本书受教育部人文社会科学研究项目"当代德国小说二战历史书写关键词研究"（项目批准号：22YJC752013）资助

当代德国小说二战历史书写关键词研究

武 琳 著

学苑出版社

图书在版编目（CIP）数据

当代德国小说二战历史书写关键词研究 / 武琳著 . —北京：学苑出版社，2023.12

ISBN 978-7-5077-6842-8

Ⅰ.①当… Ⅱ.①武… Ⅲ.①小说研究–德国–现代 Ⅳ.① I516.074

中国国家版本馆 CIP 数据核字 (2023) 第 252616 号

责任编辑：	张鹏蕊 战葆红
出版发行：	学苑出版社
社　　址：	北京市丰台区南方庄 2 号院 1 号楼
邮政编码：	100079
网　　址：	www.book001.com
电子邮箱：	xueyuanpress@163.com
联系电话：	010-67601101（营销部）　010-67603091（总编室）
印　刷　厂：	北京建宏印刷有限公司
开本尺寸：	880 mm×1230 mm　1/32
印　　张：	8
字　　数：	160 千字
版　　次：	2023 年 12 月第 1 版
印　　次：	2023 年 12 月第 1 次印刷
定　　价：	50.00 元

目 录

绪 论 ……………………………………………………………… 1
 一、马赛克拼图中的关键词 ………………………………… 2
 二、关键词就像一扇门 ……………………………………… 7
 三、研究思路与研究现状 …………………………………… 17
 四、文本选择与研究结构 …………………………………… 22

第一章 语言——显、隐之中的力量 …………………………… 41
 一、流亡者的母语 …………………………………………… 43
 二、暗中发力的语言 ………………………………………… 55
 三、对语言的省察 …………………………………………… 62

第二章 感知——立体化历史书写 ……………………………… 72
 一、时空感知 ………………………………………………… 74
 二、激活感官 ………………………………………………… 78
 三、反抗"麻木" ……………………………………………… 98

第三章 每个人——多元化的"故事" ………………………… 105
 一、受害者叙事 ……………………………………………… 107
 二、科学家形象 ……………………………………………… 122
 三、书写作恶者 ……………………………………………… 135
 四、群像图之复杂性 ………………………………………… 141

第四章 迷宫——在记忆中穿行 ………………………………… 148
 一、迷宫式写作 ……………………………………………… 149
 二、历史迷宫中的坐标：隐喻 ……………………………… 159

三、"爱玩捉迷藏"的谜团 ································ 167

第五章 双重性——行与思之间 ································ 175
　一、思想渊源 ································ 176
　二、"强有力的行动" ································ 184
　三、"内省的沉思" ································ 194
　四、一点余思 ································ 202

第六章 见证——存在于"交融"之中 ································ 206
　一、叙述与展演 ································ 208
　二、真实与虚构 ································ 223

结　语 ································ 231

参考文献 ································ 235

绪　论

在开启本书的论述之前，我想先引用德国作家君特·格拉斯（Günter Grass）的一段话来说明二战历史书写对于德国文学的意义：

> 在德国，即使是一些年轻作家，过了一些时间，他们也会发现又触及了他们祖父那一辈的踪迹，这是一段相对来说不算长的十二年纳粹统治时期，但是它的后果一直延伸到上个世纪末，并且将会延续下去。这是一个非常大的时间跨度，这个主题过去、现在和将来，始终都是具有现实意义的。我可以理解，有些人总是说，现在应该结束这种关于过去的讨论，我们应该关注现实，不要再纠缠历史，从"零点"重新开始。可是，过了不几个月，又会出现与纳粹时期有关的问题，比如关于纳粹时期的"强制劳工"，历史又浮出了水面，让人们面对，这是一个反复出现的过程。①

让我们先从"关键词"这一概念开始。

---

① 君特·格拉斯：《格拉斯谈〈蟹行〉（附录）》，《蟹行》，蔡鸿君译，北京：人民文学出版社，2022年，第161页。

一、马赛克拼图中的关键词

在《文化与社会：1780—1950》（*Culture and Society 1780-1950*）的开篇，雷蒙·威廉斯（Raymond Williams）提到自己检视了十八世纪下半叶到十九世纪上半叶的语词，并从中提取出对这段历史时期颇为重要的几个词——威廉斯将它们称为"关键词"。有关于此，威廉斯这样说道：

> 事实上这些词汇有一个总体变化范式，可以把这个范式看作一幅特殊的地图，借助这张地图我们可以看到那些与语言变化明显相关的生活和思想领域所发生的更为广阔的变迁……它们在这一关键时期用法的改变见证着我们在思考公共生活问题时特有思维方式的总体变化，也就是说，在思考社会、政治和经济体制、其创立目的以及如此种种与我们的学习、教育及艺术活动呈现何种相关性等问题时，我们的思维方式发生了重要转变。①

语言并非简单的符号，能指与所指之间的对应既不是理所

---

① 雷蒙·威廉斯：《文化与社会：1780—1950》，高晓玲译，北京：商务印书馆，2018年，第15页。

当然，也不会亘古不变。事实上，语词符号本身就处于永恒的变迁之中，只不过这种变化时快时慢，有时不易察觉，有时又让我们清楚地觉知。当然，在历史文化的变迁之中，我们有时还会观察到全新的词语诞生，或是某些词语彻底消失不见——如同一粒被裹挟的沙，着落在某一时代，就此沉降为往日时光的一座纪念碑。但是更多时候，我们看到的还是语词符号本身的推陈出新，它们在变化了的文化空间得到重新解释，其意义维度在某种层面被削减，又在某种层面获得增添，似乎是在新的语境之中焕发出新的活力。

威廉斯看重语词——或者更确切地说是关键词——对个体思维与公共生活的改变性力量，认为可以经由关键词建立"总体变化范式"，进而绘制某一时代的"地图"，透视其"广阔的变迁"。这一观点包含两个维度：其一是语词符号对外在世界的反映；其二是语词符号对外在世界的能动性作用。我们也许可以很迅速地理解语词符号的第一重维度，毕竟这里面所包含的是能指与所指之间的基本关联，是语词作为符号的基本特性。有关第二重维度，则需提及言语的行为力量。按照英国分析哲学家 J. L. 奥斯汀（John Langshaw Austin）的理论，言语与行为本就是一体的，言语就是行为。[①] 也就是说，言语发生在外在世界之中，它与外在世界紧密连接，对外在世界施加影响，进而产生行为效力。我们每天脱口而出的句子、随手写下

---

① 参见 J. L. Austin, *How to Do Things with Words* (Oxford: Oxford University Press, 1962), pp. 94–107.

的内容,也许在历史的长河之中皆非偶然,而是或隐或显地表达并建构着这个时代。如同一片片明暗程度各异、大小各异的马赛克,镶嵌在时间与空间之中,拼贴着并不规则的形状,演绎着人们所生活的世界。

在威廉斯《关键词:文化与社会的词汇》(*Keywords: A Vocabulary of Culture and Society*)中译本"代译序"中,陆建德这样总结了威廉斯的核心观点:"词语的使用既反映了历史的进程,也改变了历史的进程,它们始终与政治社会利益和合法性问题紧紧相联。"[①] 这是对威廉斯理论非常精准的概括。此处需要对在当代影响颇大的新历史主义略作说明。传统的历史主义将历史作为话语发生的背景,从日常语用到文学文本,从社会话语到历史书写,无不处于宏大历史的辖制之下。然而,新历史主义学者却并不认同这一早已约定俗成的理念。在他们看来,历史本身即为话语,[②] 著名论断"文本的历史性和历史的文本性"[③] 便是此意。具体到历史和文学,二者自然具备"同质性":"两者都是话语实践,传统历史学所强调的同一性、

[①] 陆建德:《关键词·词语的政治学(代译序)》,载雷蒙·威廉斯《关键词:文化与社会的词汇》,刘建基译,北京:生活·读书·新知三联书店,2016年,"词语的政治学"第8页。

[②] 参见陈榕:《新历史主义》,载赵一凡等主编《西方文论关键词》,北京:外语教学与研究出版社,2006年,第673页。

[③] Louis Montrose, "New Historicisms," in *Redrawing the Boundaries: The Transformation of English and American Literary Studies,* eds. Stephen Greenblatt and Giles Gunn (New York: Modern Language Association, 1992), p. 410.

发展性的历史甚至是诗学机制在历史叙述领域运作的结果。"①历史与语词由是不再有地位高低之分，历史可以塑造语词，语词也可以塑造历史。从广义上来说，无论历史还是语词，都可被称之为"文化现象"，它们平等地存在于广大的时间与空间之中，共同构成了涌动于历史时空中的"社会能量"②。

从更细腻的角度来看，这里还涉及"概念化"的问题。认知语义学中有一个很重要的观点，即"人类只有通过头脑中的概念范畴才能接触现实，反映在语言中的现实结构是人类心智运作的产物"③。也就是说，语言和认知是密切结合在一起的，人们通过语言来理解世界、建构世界。认知语言学家罗纳德·W. 兰艾克（Ronald W. Langacker）将个体对外在世界的主观认知称为"识解"。他认为：

> 广义上讲，意义既包括概念内容，又包括对该内容加以识解的特定方式。"识解"（construal）一词表示我们明显具备以不同方式对同一情景加以构想与描写的能力……在概念层面，我们或许有能力以某种不

---

① 陈榕:《新历史主义》，载赵一凡等主编《西方文论关键词》，北京：外语教学与研究出版社，2006年，第673页。

② "社会能量"是美国新历史主义学者斯蒂芬·格林布拉特（Stephen Greenblatt）提出的概念，可参见其专著 Stephen Greenblatt, *Shakespearean Negotiations: The Circulation of Social Energy in Renaissance England* (Berkeley: California UP, 1988)。本书将在下一小节对这一概念做更详细的说明。

③ 王寅:《认知语言学》，上海：上海外语教育出版社，2007年，第296页。

偏不倚的方式唤起这一内容。但是，一旦将其加以语言编码，我们就必然将特定的识解方式施加于其上。①

由此，兰艾克提出，"语言意义寓于概念化之中"。鉴于概念化与识解不可分割，其自然具备动态性、想象性等特点，涉及诸如"隐喻、整合、虚拟性及心理空间构造"等复杂且精密的认知流程。②就本书的研究而言，兰艾克的观点提供了一个很有力的支撑，亦即他从人类认知的角度说明了词语的意义发生于对其识解、对其概念化的过程之中。所谓"意义"，其远不是一本词典所能概括、所能容纳的，这正是前文所述"语词符号本身就处于永恒的变迁之中"的认知根源。换句话说，语词的变迁有时并不是能指符号本身的变换，而是对其识解的变换，以及由此导致的概念化意义的变换。

兰艾克这样概括自己的语义观："相对于一个本质上精确界定的、具有完全组合性、但认知地位相当可疑的语义观，我更推崇一个现实的只可模糊界定的、仅有部分组合性的语义观。"③这也是本书做关键词讨论的语言学基础。我们将在文本的"肌理"中，在社会历史文化的语境中，去发现、接近以

---

① 罗纳德·W.兰艾克:《认知语法导论》（上卷），黄蓓译，北京：商务印书馆，2016年，第76页。

② 参见罗纳德·W.兰艾克:《认知语法导论》（上卷），黄蓓译，北京：商务印书馆，2016年，第75页。

③ 罗纳德·W.兰艾克:《认知语法导论》（上卷），黄蓓译，北京：商务印书馆，2016年，第75页。

及讨论当代德国小说二战历史书写的关键词。

二、关键词就像一扇门

在正式进入本书的研究对象之前，这里还想再列举一些例子，一方面对前文所提到的理论话语做更形象的说明，另一方面也做少许铺垫，以便更好地进入后文的研究。

在《空洞的奇迹》（"The Hollow Miracle"）一文中，美国学者乔治·斯坦纳（George Steiner）这样说道：

> 同意：战后德国是个奇迹。但它是个非常奇怪的奇迹。表面上是一片生活的狂热，而骨子里，却是反常的死寂。到那儿走走：先偏开视线，别去看那些令人叹为观止的生产线；再把耳朵捂上一会儿，别去听那些马达的轰鸣。
>
> 死掉的是德语。翻翻日报、杂志，读读那许许多多新近涌现的通俗读物与学术著作；看一场新创作的德语戏剧，再听听广播或是联邦议院里是怎么说话的。德语已经不再是歌德、海涅和尼采的德语。它甚至不是托马斯·曼的德语。德语遭受到了极大的摧残。[1]

---

[1] George Steiner, "The Hollow Miracle," in *Language and Silence* (New Haven and London: Yale University Press, 1998), pp. 95–96.

斯坦纳认为，尽管二战这一人道主义灾难画上了句号，但是德语却并没有从中涅槃重生，德语已经"死掉"。他还进一步解说道，德语之死并非始自二战，其走向死亡的历史进程开始于1871年德国的统一，也就是以普鲁士为核心的德意志第二帝国的建立。从斯坦纳在文章开头非常微妙的语用表达就可以看出他的这种观点：歌德、海涅和尼采①的德语是他心中德语应有的样子，而生于1875年、卒于1955年的托马斯·曼就已不再属于此列了。在他看来，自1871年起，德语就走向了自己的毁灭，并在二战之中彻底沦入野蛮与非人道的深渊。②

可以想象，《空洞的奇迹》引起了不小的争议，用斯坦纳的原话来说是引起了"许多伤害与愤怒"。1966年，他将该文收入《语言与沉默》（*Language and Silence*）。借此机会，斯坦纳也回应了文章发表之后所引发的讨论。他写道，自己之所以再版此文，是因为他坚信"语言与非人道政治"之间具备"至关重要"的联系。此次他还特别提及德国语文学家维克多·克莱普勒（Victor Klemperer）的著作《第三帝国的语言：一个语文学者的笔记》（*LTI: Notizbuch eines Philologen*）。作为生

---

① 有关尼采（1844-1900），斯坦纳还特意在后文做了补充说明，表示对于尼采的"诗性天才"，只能考虑其在德意志第二帝国建立以前的创作。参见 George Steiner, "The Hollow Miracle," in *Language and Silence* (New Haven and London: Yale University Press, 1998), p. 97.

② 关于斯坦纳对"德语之死"的论述，参见 George Steiner, "The Hollow Miracle," in *Language and Silence* (New Haven and London: Yale University Press, 1998), pp. 95-109.

活于纳粹德国的犹太人,克莱普勒将自己的亲身体验化为翔实的语料记载,细腻地展现了德语在纳粹统治之下的"崩溃瓦解",并从语言以及历史的层面对其抽丝剥茧,做了非常扎实的分析。① 此处可以略举几例,这对后文的研究思路也会很有启发。

例如,克莱普勒写道,在第三帝国时期,以 ent 为前缀的德语词汇有所增加。② 这里先做一下说明:在德语中,ent 有"去掉、消除、脱离"之意,比如十分常见的动词 kommen 表示"来",那么 entkommen 就会带有一些与"来"反向的意义,如"逃脱、逃出";又如动词 ziehen 表示"拉、拖、拽",那么加上前缀 ent 后的 entziehen 就表示"从某人那里抽出、抽走"。与这些相对而言司空见惯的词汇相比,克莱普勒在书中提到的"ent 类词汇"则让人印象深刻:

动词 entdunkeln 由 ent 和形容词 dunkel 构成,dunkel 本身的意思是"黑暗的",那么 entdunkeln 直译便是"去掉黑暗"。战争期间可能遇到轰炸,为防备空袭就需要把窗户弄"暗",在此基础上就衍生出一项每日例行工作——"去掉黑暗"。

动词 entbittern 中的形容词 bitter 表示"味道苦涩",那么

---

① 以上内容被斯坦纳写在脚注中,参见 George Steiner, "The Hollow Miracle," in *Language and Silence* (New Haven and London: Yale University Press, 1998), p. 95.

② 出于精确,克莱普勒还特意在后续的括号中补充道,对于这些他口中新"增加"的 ent 类词汇,他确实无法确定它们是完全新生的词汇,还是此前业已在专业圈子里耳熟能详,如今不过是进入了大众的语用表达而已。参见 Victor Klemperer, *LTI: Notizbuch eines Philologen* (Frankfurt a. M.: Röderberg, 1957), p. 1.

该词字面直译便是"去掉苦涩的味道"。由于战时资源越发匮乏,食物供应青黄不接,人们就需要寻找新的食物来源,本来不适合入口的七叶树果实便需要被"去掉苦涩的味道",用以果腹。①

仅仅是两个小小的动词,我们就能体察到前文所述的语词符号之社会历史文化性。词汇犹如通往历史的大门,看似平平无奇,但其身后却浓缩着一整个时代的文化体验与社会精神。我们推开一扇扇门,就如同进入一个又一个历史时空。它有可能是一扇很大的门,带领我们进入一个宏大但却有可能细节模糊的空间;也有可能是一扇很小的门,带领我们进入一个缩微但却细节清楚的房间。倘若我们尝试推开同一个时代的多扇门,也许就能在大大小小的空间中不停穿梭,最终拼凑出那个时代的些许样貌。当然,这种样貌永远也不可能全面,永远也无法完满,它将处于无限的延展之中,无论是向上还是向下,向前还是向后,向内还是向外。历史样貌的碎片化无法终止,这也许正是它的迷人之处。这一点对于已经"过去的"历史是如此,对于当下正在"发生的"历史更是如此。身处其中,想要探究其样貌,发掘其细节,沉降于语词似乎是一种绝佳的方法。

新历史主义学者斯蒂芬·格林布拉特(Stephen Greenblatt)

---

① 参见 Victor Klemperer, *LTI: Notizbuch eines Philologen* (Frankfurt a. M.: Röderberg, 1957), p. 1. 另:七叶树在德国比较常见,其果实外观看起来很像栗子,但因含有毒物质且味道苦涩,并不适合食用。

将某些在"言语、听觉和视觉痕迹"中展现出来的能量称为"社会能量"。在他看来,"社会能量"具备"产生、塑造和组织集体的身体、精神体验"的力量。① 这一概念与威廉斯的"感觉结构"(structure of feeling)② 契合度很高。在《马克思主义与文学》(Marxism and Literature)中,威廉斯提到,感觉结构是"一种文化假设","这一术语很难理解"。③ 威廉斯曾在不同文章或著作中尝试对其进行描述,此处引用的"定义"源自其经典著作《漫长的革命》(The Long Revolution):

> 我想用感觉结构这个词来描述它:正如"结构"这个词所暗示的,它稳固而明确,但它是在我们活动中最细微也最难触摸到的部分发挥作用的。在某种意义上,这种感觉结构就是一个时代的文化:它是一般组织中所有因素带来的特殊的、活的结果。④

---

① Stephen Greenblatt, *Shakespearean Negotiations: The Circulation of Social Energy in Renaissance England* (Berkeley: California UP, 1988), p. 6.

② 也有译者将这个概念译为"情感结构",例如赵国新(参见赵国新:《情感结构》,载赵一凡等主编《西方文论关键词》,北京:外语教学与研究出版社,2006年,第433—441页)。本书按照王尔勃、周莉译《马克思主义与文学》以及倪伟译《漫长的革命》将其译为"感觉结构"。

③ 雷蒙德·威廉斯:《马克思主义与文学》,王尔勃、周莉译,郑州:河南大学出版社,2008年,第141—142页。另:该译本将作者译为"雷蒙德",此处与其出版信息保持一致,也写作"雷蒙德",后同。

④ 雷蒙德·威廉斯:《漫长的革命》,倪伟译,上海:上海人民出版社,2013年,第57页。前文之所以给"定义"打引号,是因为威廉斯并没有对"感觉结构"做过完整、统一的定义。

感觉结构中蕴藏着"一个时代的文化",表达着某种普遍性心理。无论是在《文化与社会》,还是在《漫长的革命》中,威廉斯都很注重对十九世纪工业小说的探讨,试图以此为媒介,对当时的社会与时代做文化分析。很明显,威廉斯认为文学是接近一个时代感觉结构的有效手段。就本书对当代德国小说二战历史书写的讨论而言,无论是从操作方法上来讲,还是从研究意义上来看,都可以在此找到部分理论依据。尤其考虑到威廉斯的下述论述,这种理论支撑力会显得更加强大:"……感觉结构可以被定义为溶解流动中的社会经验,被定义为同那些已经沉淀出来的、更加明显可见的、更为直接可用的社会意义构形迥然有别的东西……"① 正如前文已经提到的,相较于对历史的文化探索而言,对于当代的文化探索在某种程度上要显得更加模糊,更加难以勾勒一些。借助文学文本,我们也许就可以获得一扇扇小门,进入那些尚未清晰可见、仍在暗流涌动的"社会经验"。

这里有必要具体谈一下德国的反思文化。所谓"反思文化",概括而言是指战后德国对纳粹、战争、历史等内容的反思。2018年,由孙立新、孟钟捷、范丁梁几位学者合著的《联邦德国史学研究:以关于纳粹问题的史学争论为中心》出版。书中认为,与纳粹问题相关的史学争论主要涉及以下问题:

---

① 雷蒙德·威廉斯:《马克思主义与文学》,王尔勃、周莉译,郑州:河南大学出版社,2008年,第143页。

纳粹主义产生的根源，它的本质特征、性质、作用和影响；希特勒发动侵略战争和屠杀犹太人的罪行；普通民众对纳粹暴行的参与及其应当承担的罪责；德意志民族的国家历史及其文化传统，当代德国人处理历史问题的立场态度，以及联邦德国的未来走向；等等。①

纳粹主义是所有德国人必须直视也必须正视的历史问题。但从战后发展来看，这种反思文化却并没有完全行走在历史发展所期待的道路之上。《联邦德国史学研究》中详细梳理了关于纳粹问题的主要史学争论，其中涉及许多侧面，包括德国政界在不同时期的反思、影响颇大的菲舍尔争论、关于德意志特殊道路命题的争论等，从中可以一窥德国反思文化的多面性以及变迁性。或者可以这样说，在德国，反思文化的构成从来都不是单质或者说均质的。

威廉斯将社会文化区分为"主导、残余与新兴"三种。他认为："文化的复杂不仅体现在它那多变的过程及社会性定义——传统、习俗机构、构形等等——之中，而且（就这种过程的每一阶段而言）也体现在那些业已发生或将会发生历史变化的诸

---

① 孙立新、孟钟捷、范丁梁：《联邦德国史学研究：以关于纳粹问题的史学争论为中心》，北京：社会科学文献出版社，2018年，第209页。

因素之间的动态关系中。"① 也就是说，我们不能以一种一劳永逸的态度去看待德国的反思文化，而是要看到它复杂交缠的状态，从流动中去理解。当然，这也并不是说不应当去关注那些"主导性"内容，而是说不要"排斥那些'边缘的''偶然的'或'次要的'证据"②。基于这样的认知基础，本书尝试尽量全面地去看待当代德国的反思文化以及与其密切相关的反思文学，既注重那些表达出延续性的关键词，也注重那些反映出新特点的关键词——我们试着多推开一些门，寻找更多闪耀不同颜色的马赛克碎片，拼贴出具备更丰富侧面、更多细节的文化地图。这将有助于增进对当代德国话语体系的认知，在对历史书写的探究之中鉴往知来，深化对当下德国社会的理解。

关于克莱普勒的 ent 类词汇，我们已经了解到这类词汇是如何渗透进入社会话语，成为时代的表征。在此基础上，还可以说明一下词汇是如何影响人们的认知与体验——运用前文提到的概念，如何改变人们的"识解"并进而作用于人们的"概念化"——以及如何对外在世界产生能动与形塑作用的。在《纳粹医生：医学屠杀与种族灭绝心理学》（*The Nazi Doctors: Medical Killing and the Psychology of Genocide*）一书中，作者罗伯特·杰伊·利夫顿（Robert Jay Lifton）提到一个触目惊心

---

① 雷蒙德·威廉斯：《马克思主义与文学》，王尔勃、周莉译，郑州：河南大学出版社，2008年，第129页。

② 雷蒙德·威廉斯：《马克思主义与文学》，王尔勃、周莉译，郑州：河南大学出版社，2008年，第130页。

的事实:"一位研究大屠杀的著名学者说自己查看了'数以万计'的纳粹档案,一次也没有看到过'杀'这个字眼,许多年后他终于发现有这个字的使用——在一份与狗有关的法令上。"替代"杀"这个字眼,纳粹采用了"疏散""转移""重新安置""筛选"等看起来似乎更加中性的词语。①其结果是什么?来看一下利夫顿如何描述集中营中的纳粹医生对此所做出的反应:

> 纳粹医生并不老老实实地相信这些委婉语。即使是一个发展得很充分的奥斯维辛自我,也知道犹太人并不是被重新安置而是被杀掉,知道"最后解决"意味着把他们全杀光。然而,这种语言使用却仍然给纳粹医生们一种屠杀不再是屠杀的表述方式,于是他们就不需要将屠杀作为屠杀来体验,甚至不需要这样来感知了。随着他们越来越生活在这种语言之中,他们彼此之间也使用这种表述,纳粹医生就变得在想象上束缚于一种现实感丧失、否定和无感的心理领域。②

很明显,语言左右人的感受,由此也就能够理解为什么利

---

① 罗伯特·杰伊·利夫顿:《纳粹医生:医学屠杀与种族灭绝心理学》,王毅、刘伟译,南京:江苏凤凰文艺出版社,2016年,第513页。

② 罗伯特·杰伊·利夫顿:《纳粹医生:医学屠杀与种族灭绝心理学》,王毅、刘伟译,南京:江苏凤凰文艺出版社,2016年,第513页。有关"奥斯维辛自我",本书还将在第三章述及。

夫顿在《没有杀字的屠杀》这一小节的开头这样写道:"奥斯维辛自我使用的语言,以及纳粹整体使用的语言,对于心理麻木都有至关重要的作用。"① 文字的陷阱似乎在努力将伤害或者更确切地说是杀害无害化。在这种替代的过程中,语词符号直接影响了人们对事物的识解,形塑了个体、群体以至社会的认知。人们不仅可以借此像上面的纳粹医生一样自欺欺人,甚至还可以坚信确实没有发生什么——前者还有自我欺骗的成分,后者已经出神入化。

当克莱普勒在战后看到又一个新增的 ent 类词汇——"Entnazifizierung"——时,想必他的心情是复杂的:Nazifizierung 一词以 Nazi("纳粹")为词根,表示"纳粹化",Entnazifizierung 是其反义,即"去纳粹化"。克莱普勒这样说道:

> 我不希望,也不相信,这个丑陋的词汇会长久存在;只要它完成了当下的任务,它就会陷落,从此仅仅是历史中的存在。

第二次世界大战一再向我们展示了这样一个过程,一个刚刚还具有超强生命力、看起来将永不消亡的表达是如何突然间就沉寂下去:它和产生它的局势一同陷落,并将在日后的某一天为这个曾经的局势提

---

① 罗伯特·杰伊·利夫顿:《纳粹医生:医学屠杀与种族灭绝心理学》,王毅、刘伟译,南京:江苏凤凰文艺出版社,2016年,第513页。

供证言，就如同一块化石。①

从当前德国社会的发展来看，Entnazifizierung 应是仍然没有完成"任务"，短时间内是不可能退出历史舞台的（参看后文研究对象《蟹行》中的新纳粹分子康拉德）。我们虽然不必一定认同斯坦纳对德语之死的论断，却也会在触碰到歌德、席勒致力于人类完满的古典主义文学著作时心有戚戚焉。在《空洞的奇迹》中，斯坦纳还说道，战后德国"经济奇迹"②的背后是"无边的精神死寂"，是"无法逃避的浅薄和虚荣"。③如今，留给研究者的任务之一便是，探究当代德国文学对于二战历史的书写到底是如何进行的，它们是否避免了"浅薄和虚荣"，走向了深刻和自省，当我们推开那一扇扇门时，那后面到底是"空洞""死寂"，还是有丰富且活跃的精神在汩汩溢出。

三、研究思路与研究现状

本书视语词为历史经验与时代体验的聚合与浓缩，将关键

---

① Victor Klemperer, *LTI: Notizbuch eines Philologen* (Frankfurt a. M.: Röderberg, 1957), p. 1.

② 1950 到 1955 年间，西德社会总产值平均每年增长 13%。所谓"经济奇迹"，指的便是西德战后经济的飞速发展。参见李伯杰、姜丽等：《德国文化史》，合肥：安徽文艺出版社，2019 年，第 400–401 页。

③ George Steiner, "The Hollow Miracle," in *Language and Silence* (New Haven and London: Yale University Press, 1998), p. 96.

词作为探索当代德国小说二战历史书写的出发点。所谓"关键词",威廉斯已经做了比较明确的界定,这也构成了本书研究的概念基础:

> 我称这些词为关键词,有两种相关的意涵:一方面,在某些情境及诠释里,它们是重要且相关的词。另一方面,在某些思想领域,它们是意味深长且具指示性的词。它们的某些用法与了解"文化""社会"(两个最普遍的词汇)的方法息息相关。对我而言,某些其他的用法,在同样的一般领域里,引发了争议与问题,而这些争议与问题是我们每个人必须去察觉的。对一连串的词汇下注解,并且分析某些词汇形塑的过程,这些是构成生动、活泼的语汇之基本要素。在文化、社会意涵形成的领域里,这是一种记录、质询、探讨与呈现词义问题的方法。①

本书将从重要性、相关度、思想指示性等角度出发,对"生动、活泼的语汇"进行考辨研究。在此过程中,本书将既着眼于那些以能指符号形式直接出现在小说文本中的语词,同时也关注那些以所指形式见诸多个文本的概念类关键词;既看重表征新发展、新态势的词汇,同时也不忽视有延续性意义的符

---

① 雷蒙·威廉斯:《关键词:文化与社会的词汇》,刘建基译,北京:生活·读书·新知三联书店,2016年,第29页。

号。概括说来,本书认为关键词兼具表征与形塑的双重力量,其中不仅沉淀着二战历史书写的多样化态势,同时还隐含着以语词为入口,进入当代德国社会、历史等话语体系的路径。从这个意义上来说,对二战历史书写关键词的研究具有认识论意义。

从前文的梳理可见,本书将一方面以语言学为指导,尝试探索语词符号的概念化空间,钩稽其认知结构,另一方面视关键词为文化现象,将其沉降于社会历史,释放并阐释其中所浓缩的历史经验与时代体验。此处举一个后文会涉及的例子——"科学家"。倘若对其进行检视,会发现一个耐人寻味的现象:当下的二战历史书写正在解构这个语词所带有的某种光环。

有关语词这类微观研究,张剑认为:"微观概念在文本解读过程中往往具有很强的操作性,在分析作品时能帮助人们看到更多的意义,帮助人们更好地理解人物、情节、情景,以及这些因素背后的历史、文化、政治、性别缘由。"[①] 倘若将关键词视为微观概念,那么文学文本本身就可以成为一个缩微世界,或者就像一部词典,其中蛰伏着许多词条,看似无比平常,实际则暗含玄机,等待着被激活、被认识。

下面关注一下当代德国小说二战历史书写的研究现状。

总体而言,国内对当代德国小说二战历史书写的研究已

---

① 张剑:《战争文学·总序》,载胡亚敏《战争文学》,北京:外语教学与研究出版社,2021年,"总序"第 x 页。

经取得一定成果,这为本书的研究提供了有益参考。部分比较有代表性的文献如:安尼的专著《聆听沉默之音——战后德国小说与罪责话语研究》、刘海婷的博士学位论文《1980年以来德国自传文学中记忆话语的转变与身份认同——以〈字谜画——我的父亲〉〈以我的哥哥为例〉及〈失踪的孩子〉为例》、施显松的博士论文《出入历史之境——本哈德·施林克作品罪责主题研究》、叶隽的论文《启蒙之路与现代性未竟之业——以伯尔、格拉斯、施林克等为代表的战后德国文学的历史观》、印芝虹的论文《十字架下的德国反思文学——从今年的德语文坛大事谈起》、李双志的论文《家族史与当代德国文学的历史记忆叙述模式》等。① 从此处所列举的论著可以看出:从文本选择上来看,学者们尤其偏爱《朗读者》;从研究方法上来看,文化记忆是主流的理论方法;从研究主题上来看,罪责问题很受关注。

---

① 有关该主题,国内还有不少也很扎实的研究。限于篇幅,这里仅选取了部分进行列举,参见安尼:《聆听沉默之音——战后德国小说与罪责话语研究》,上海:华东师范大学出版社,2014 年;刘海婷:《1980 年以来德国自传文学中记忆话语的转变与身份认同——以〈字谜画——我的父亲〉〈以我的哥哥为例〉及〈失踪的孩子〉为例》,北京外国语大学外国文学研究所博士学位论文,2014 年;施显松:《出入历史之境——本哈德·施林克作品罪责主题研究》,上海外国语大学德语系博士学位论文,2011 年;叶隽:《启蒙之路与现代性未竟之业——以伯尔、格拉斯、施林克等为代表的战后德国文学的历史观》,载《译林》2012 年第 6 期;印芝虹:《十字架下的德国反思文学——从今年的德语文坛大事谈起》,载《外国文学动态》2002 年第 6 期;李双志:《家族史与当代德国文学的历史记忆叙述模式》,载《当代外国文学》2013 年第 4 期。

国外学者的研究更为多样化，这为本书的讨论提供了开阔的视野。就文本选择而言，学者们基本能兼顾到主流作家、边缘作家，经典作品、新生作品，研究的覆盖面比较全面。针对某些话题度比较高的作家、作品，出版社也会及时推出论文集，以促进相关领域的深入研究，如有关马塞尔·巴耶尔（Marcel Beyer）、乌韦·蒂姆（Uwe Timm）等知名作家的论文集。①学者们的研究方法也很丰富，这一点只需要翻开上面列举的两部论文集就可见一斑。整体而言，文化记忆仍是广受欢迎的理论方法。在该领域，德国文化学者阿莱达·阿斯曼（Aleida Assmann）很有影响力。她的文化记忆研究非常看重文学的二战历史书写，因此对其多有涉猎。例如，在《记忆中的历史——从个人经历到公共演示》（*Geschichte im Gedächtnis: Von der individuellen Erfahrung zur öffentlichen Inszenierung*）一书中，阿斯曼就对两部小说的代际问题做了细致探讨：达格马尔·雷奥帕特（Dagmar Leupold）的《战争之后》（*Nach den Kriegen*, 2004）以及斯蒂芬·瓦克维茨（Stephan Wackwitz）的《看不见的国度》（*Ein unsichtbares Land*, 2003）。此外，阿斯曼对文学二战历史书写的关注点还包括创伤问题、受害者叙事、

---

① 参见 Friedhelm Marx (ed.), *Erinnern, Vergessen, Erzählen. Beiträge zum Werk Uwe Timms* (Göttingen: Wallstein, 2007); Christian Klein (ed.), *Marcel Beyer: Perspektiven auf Autor und Werk* (Stuttgart: Metzler, 2018).

个体记忆、国家记忆、国家认同等多个领域。[①] 除文化记忆外，叙事学、性别话语、媒介理论等也是比较主流的方法。在研究主题上，大屠杀书写、家庭史叙事、个体身份认同等都是比较重要的研究方向。

从国内外的研究现状来看，对当代德国小说二战历史书写关键词的探讨仍具备比较宽广的研究空间。诚然，部分论著（如某些主题性研究）在一定程度上可以视作关键词研究。但一方面，就体系性而言，这类研究多关注个别主题；另一方面，就研究方法而言，这类研究往往对语言学方法关注不足，而语言学与社会历史的联动非常有建设性，其理应是一条富有启发性且能够带来丰富认知的研究途径。

四、文本选择与研究结构

本书共选择四部小说作为主要研究对象，其中包括前文提到的两位作家格拉斯的《蟹行》（*Im Krebsgang*，2002）以及巴耶尔的《卡尔腾堡》（*Kaltenburg*，2008），另外还包括本哈

[①] 参见阿莱达·阿斯曼：《记忆中的历史——从个人经历到公共演示》，袁斯乔译，南京：南京大学出版社，2017年。阿斯曼的其他相关研究还可参见：阿莱达·阿斯曼：《回忆空间——文化记忆的形式和变迁》，潘璐译，北京：北京大学出版社，2016年；Aleida Assmann, *Generationsidentitäten und Vorurteilsstrukturen in der neuen deutschen Erinnerungsliteratur* (Wien: Picus, 2006); Aleida Assmann, *Der lange Schatten der Vergangenheit: Erinnerungskultur und Geschichtspolitik* (München: C. H. Beck, 2006).

德·施林克（Bernhard Schlink）的《朗读者》（*Der Vorleser*，1995）以及斯特芬妮·茨威格（Stefanie Zweig）的《无处为家》（*Nirgendwo in Afrika*，1995）。下面就文本选择做一些说明。

在《启蒙之路与现代性未竟之业》一文中，叶隽这样来划分二战后德国反思文学创作主体以及创作阶段：

> ……一种是成年亲历者，这些人作为那个时代的历史见证人，不管是流亡异国，还是抽屉写作，或者曾为炮灰而积累下大量的生命体验，都直接经历并体验了那样的时代历史风云，如布莱希特、西格斯等都可算作代表，至于像伯尔这样年轻些的从军者亦然，他们在战后继续了这方面的探索；一种是少年记忆者，如格拉斯，当时年纪很小，但在幼小的心灵深处，却烙上了深刻的印记，他获得诺贝尔文学奖的但泽三部曲，基本上可以作为反法西斯的重要反省著作来阅读；一种是历史继承者，如施林克、特莱希尔等，他们没有亲历那个时代的体验，但却从历史中吸取教训，能够尝试返回历史现场，并尽可能在一定高度上去重思历史。①

在本书选取的四位作家中，格拉斯与茨威格皆已作古，格

---

① 叶隽:《启蒙之路与现代性未竟之业——以伯尔、格拉斯、施林克等为代表的战后德国文学的历史观》，载《译林》2012 年第 6 期，第 6 页。

拉斯生于1927年，去世于2015年，茨威格生于1932年，去世于2014年。另外两位作家中，施林克出生于1944年，巴耶尔出生于1965年。按照叶隽的划分，大体上可以说格拉斯与茨威格都是"少年记忆者"，而施林克与巴耶尔则是"历史继承者"。就本书所探讨的当代德国小说二战历史书写而言，我们考虑的是从两德统一直到当下，其中尤其重视的是1995年这一"回忆文化转折年"[①]以来的文学书写。这样看来，其主要的创作群体便是"少年记忆者"与"历史继承者"，且随着时间的推移，将越来越以"历史继承者"为主。代际划分将个体的人与重大的社会历史事件紧密结合在一起，包含一种尽管宏大却竭力细致的趋向。作家的作品不仅是当下时代的产物，也是作家所出身的那个历史阶段的产物。尤其对本书的研究主题而言，历史的迷雾在每一代人身上留下不同的剪影，时代的风潮将其吹干后所显露出来的印迹也自然深深浅浅，各不相同。因此，有必要在探索当代德国小说二战历史书写的过程中融入对代际问题的考虑。

这里还想引入阿斯曼对二十世纪的代际划分。较之上文中的"成年亲历者""少年记忆者""历史继承者"，阿斯曼的代际划分要更为细致，从中可以更确切地看出四位作家所分属的不同代际。在《记忆中的历史》中，阿斯曼对有关二十世纪

[①] 转引自阿莱达·阿斯曼：《德国受害者叙事》，张硕译，载冯亚琳、阿斯特莉特·埃尔主编《文化记忆理论读本》，余传玲等译，北京：北京大学出版社，2012年，第175页。有关1995年这一时间点，后文还将对此做详细说明。

代际划分的既往研究做了整理,提出可以将其划分为七个代际,包括"一四一代""三三一代""四五一代""战争中的儿童""六八一代""七八一代"以及"八五一代"。这里面的"一四""四五"等数字指的都是二十世纪的年份。例如"一四一代"就是以1914年为标识的一代人。阿斯曼提到,她在代际划分中给出的年份不是十分严格,其更多的是象征性意义。比如"一四一代"很明显是强调第一次世界大战对这一代人的影响,"三三一代"则是强调二战,等等。① 根据阿斯曼的代际区分,格拉斯属于"四五一代",茨威格属于"战争中的儿童",施林克是"六八一代",巴耶尔则是"八五一代"。现将阿斯曼对这四代人的说明大致摘引如下:

> "四五一代":出生于魏玛共和国时期的1926年至1929年间……他们直到战争后期都被搁置在后方,只是到战争最后的几年或者几个月才被征上战场……战争的失败影响了这一代人的经历。不过战争的结束也给这一代人提供了彻底重新开始的机会;只要能在心理和生理上幸存下来,他们就有机会在1945年重新开始他们的生活,从而建立自己新的身份。他们中

---

① 参见阿莱达·阿斯曼:《记忆中的历史——从个人经历到公共演示》,袁斯乔译,南京:南京大学出版社,2017年,第40—48页。部分译文略有改动,原文参见 Aleida Assmann, *Geschichte im Gedächtnis: Von der individuellen Erfahrung zur öffentlichen Inszenierung* (München: C. H. Beck, 2007)。

有一些负有道义感的人，像格拉斯和哈贝马斯一样，他们以民族社会主义的消极经历作为规范，长期引导自己的生活，将过去作为他们艺术创作的对象并对之后的记忆文化产生深刻影响……

"战争中的儿童"：生于1930年至1945年间，是中间的一代人，他们的早期经历被烙下了送往乡村、炮声轰鸣的夜晚、逃亡和被驱赶以及失去父亲的印迹。他们经历了各种各样的创伤……令人惊讶的是，他们现在才并且非常缓慢地……成为被解读和历史研究的对象。

"六八一代"：成长于战争中或战争后，他们出生在1940年至1950年之间。这一代人的社会化不尽相同：一部分人在很长一段和平时代中经历了民主的"再教育"计划，而另一部分恰恰是成长于"缺失"这种民主再教育的家庭教育中。这一两难境况的后果是针对其父母及其所代表的社会的反叛；父辈们1933年没有做出的抵抗，在时光推移了35年后补偿在他们子辈身上。他们回避其父母亲的受害者意识，将自己等同于纳粹主义的犹太受害者……直到现在，当这一代人已经到了祖父母的年龄，他们中的许多人才意识到，自己也是"战争中的儿童"。

"八五一代"：包括了大概自1965年至1980年出生的这代人。这一代今天30岁左右的人成长的世界充满着接踵而至的技术革新和全球挑战……作为"六八一代"的孩子,他们是"免于战争苦难成长起来的"的一代……通过与"六八一代"在价值观以及他们所成长的社会环境保持疏离,"八五一代"对自己进行定义。不过,在这样的疏离中,"八五一代"的人表现得更为冷静并且不再带有愤怒的气焰:他们信奉至上的享乐主义和以自我为中心的冷漠态度,而非道德主义和忧郁情结。①

很明显,不同代际呈现出不同的历史意识。认识到这一点,不仅有助于我们对所选取的四位作家有更清晰的认识,同时也能够帮助我们更好地走进小说人物的世界。例如,在格拉斯的《蟹行》中,祖孙三代分属三个代际,大致是"四五一代"、"六八一代"以及"八五一代"。读者由此就能够从部分上理解三人对待历史的不同态度。倘若再考虑到作者格拉斯的代际归属,将其与小说文本做并置考察,这种历史意识图景会变得更加意味悠长。

下面再具体看一下所选取的四部小说。无论是从作者的代际归属来看,还是就作品在当代德国文学二战历史书写中的意义而言,这几部小说都为后文探讨关键词提供了有益的文本源

---

① 阿莱达·阿斯曼:《记忆中的历史——从个人经历到公共演示》,袁斯乔译,南京:南京大学出版社,2017年,第43—46页。另:本书德语原著出版于2007年,因此阿斯曼称"八五一代""今天30岁左右"。

泉。尽管不同作品的书写重点不同，所体现的关键词也不尽相同，但总体而言，它们都处于千丝万缕的关联之中。例如，《蟹行》中的时空感知联动着《朗读者》中的感官感知，正如"社会能量的文化流通"①，或说"感觉结构"的外显。

先来关注一下《朗读者》。该书可谓当代德国反思文学发展史上一个重要的文化事件。小说讲述了少年米夏爱上了年长他二十一岁的汉娜。汉娜似乎有许多秘密，米夏无从知晓。两人很喜欢的一件事就是由米夏给汉娜朗读文学作品。某一天，汉娜突然不告而别，从此音信皆无。当米夏再次遇到汉娜时，二者一人是法律系大学生，一人则是被审判的集中营看守。米夏在审判的过程中才发现汉娜一切秘密的源头就在于她目不识丁。汉娜对这件事深感羞耻，不愿承认自己文盲的身份。为掩饰此事，当其他集中营看守诬陷她为许多罪恶勾当的主谋时，汉娜因无法做笔迹鉴定，最终没有否认。然而米夏尽管发现了汉娜文盲一事，却并未为她发声。汉娜入狱后，米夏录制了很多文学作品的朗读磁带寄给汉娜，汉娜由此学会了读书写字。但让人猝不及防的是，在出狱的前一天，汉娜在清晨时分自杀身亡。

由于涉及诸多敏感话题，《朗读者》并未直接在德国出版，而是先在美国出版，其后才回归德国。②尽管如此，该书依然

---

① Stephen Greenblatt, *Shakespearean Negotiations: The Circulation of Social Energy in Renaissance England* (Berkeley: California UP, 1988), p. 13.

② 参见安尼：《聆听沉默之音——战后德国小说与罪责话语研究》，上海：华东师范大学出版社，2014年，第193–194页。

引发了不小的争议。①其争议点之一就在于女主人公汉娜。作为谋杀犹太人的帮凶,她麻木盲从,手染鲜血,然而小说却没有将其表现为一个十恶不赦的罪人,而是对其做了立体化的呈现,其中既有她所犯下的罪,也有其人性的优缺点。从小说表现来看,作者想要表达的是人的复杂性,善与恶位于两端,中间是巨大的模糊地带。

我们能够想象该书在评论界引发的不安与诘问。汉娜所挑起的事实上是当时德国文学二战历史书写仍鲜少涉足的一个领域,即德国人自己所遭受的战争创伤。鉴于德国在二战中施害者的身份,书写自己的创伤显然是个"禁忌"②,传统反思文学对此也往往避而不谈。本书研究所涉及的"威廉·古斯特洛夫"号③海难、德累斯顿大轰炸等内容也与此相关,此处暂且不论。再有,对汉娜的人性化书写似乎是作者对人道主义的"挑衅",尤其考虑到作者施林克学习法律出身,这个问题就显得更加严重、更加复杂。小说中有一个地方让人印象深刻。汉娜接受审判时,话语"捉襟见肘",于是转向法官问道:"要是您的话,

---

① 有关该书所引发的争议,可参见印芝虹:《十字架下的德国反思文学——从今年的德语文坛大事谈起》,载《外国文学动态》2002 年第 6 期,第 6 页;安尼:《聆听沉默之音——战后德国小说与罪责话语研究》,上海:华东师范大学出版社,2014 年,第 196 页。

② 阿莱达·阿斯曼:《德国受害者叙事》,张硕译,载冯亚琳、阿斯特莉特·埃尔主编《文化记忆理论读本》,余传玲等译,北京:北京大学出版社,2012 年,第 177 页。

③ 《蟹行》中译本将其译为"威廉·古斯特洛夫号"。本书为体例统一,均写作:"威廉·古斯特洛夫"号。其他类似情况做同样处理。

您咋办?"对此,"法官无言地摇摇头"。[①] 在《朗读者》中译本的附录中,有这样一句评论:"小说讲述了法律条文在回答我们这个时代最大的道德灾难问题时的束手无策。"[②] 人性、罪责、法律、道德在此被联系在一起,这与传统反思文学的写作方式大不相同,必然会引发激烈的争论。

从施林克接受采访时的表述中可以看出,作家并不是要美化甚至否定历史,为纳粹翻案,他想要的更多是在新的时代环境下对这段历史做更多维的探讨:

> 人并不因为曾做了罪恶的事而完全是一个魔鬼,或被贬为魔鬼;因为爱上了有罪的人而卷入所爱之人的罪恶中去,并将由此陷入理解和谴责的矛盾中……
> 是爱将米夏卷入了汉娜的罪责之中;是爱,孩子对他们的父母、亲人、老师和神父的爱将战后一代卷入了他们上代人的罪责之中。
> …………
> 通过汉娜和米夏,我想表现的是,第三帝国是如何在那些一起参与了建设和维护它的人身上打上烙

[①] 本哈德·施林克:《朗读者》,钱定平译,南京:译林出版社,2012年,第130页。以后引用,在正文中随文标注页码,部分译文略有改动,原文参见 Bernhard Schlink, *Der Vorleser* (Zürich: Diogenes, 1995)。

[②] 克利斯托夫·施扎纳茨:《朗读者·"我把它一夜读完"(附录)》,姚仲珍译,载本哈德·施林克《朗读者》,钱定平译,南京:译林出版社,2012年,"'我把它一夜读完'"第226页。

印，如何给世界和战后一代留下印记，它又造成了什么样的罪责感。如今，罪责感一代代在变轻。今天的年轻一代所思考的是，第三帝国当时给犹太人和他们的邻居、吉卜赛人、精神病患者以及同性恋者带来了怎样的灾难和伤害，应该如何以尊重和得体的态度面对受难者的后代等等。①

显然，作为"历史继承者"的施林克关心的是更多可以进入那个时代的"门"，他也想为读者呈现出更多"门"，例如人性之复杂，例如爱与罪责，例如"历史继承者"应该如何为比他们更年轻的德国人书写历史——"他们是不是还只能，或者还可能重弹前辈反思的老调，拘泥于前辈的角度，沿袭他们的语言，并以此来满足和教育读者呢？"② 可以看出，施林克不想要"老调重弹"。《朗读者》中当然有对传统反思文学主题的延续，但它同时也是在探索新的书写主题与叙事方式。理顺《朗读者》的坐标地位，能让本书的研究思路更加清晰。作为德国反思文学史上具有转折性意义的作品，《朗读者》的出现不仅"昭示了德国历史反思的漫长而艰难之路途"，也"提出了一个德国当前和未来的作家作品亟待回答的问题：这条路

---

① 本哈德·施林克：《专访："人不因为曾做罪恶的事而完全是魔鬼"》，陆志宙译，载本哈德·施林克《朗读者》，钱定平译，南京：译林出版社，2012年，第2-4页。

② 印芝虹：《十字架下的德国反思文学——从今年的德语文坛大事谈起》，载《外国文学动态》2002年第6期，第6页。

下面该怎么走?"①

我们再来探讨一下《蟹行》。前文提到过,《朗读者》出版于被称为"回忆文化转折年"的1995年。在十年前的1985年,时任联邦总统里夏德·冯·魏茨泽克(Richard von Weizsäcker)在讲话中将1945年称为"解放",以此替代了此前使用较多的"失败和灾难"。这种语词上的转换意味深长,承载着历史阐释上的转型。十年过后的1995年,人们发现"纪念活动开始更多地倾向于纪念诸如大轰炸、逃亡和驱逐这样的主题"。对此,阿斯曼总结道:"从1995年开始,关于德国受害经历的回忆讨论越来越多地被公开提起。但我们在回顾中确定的1995年却并非是一个转折期,回忆真正的决堤直到七八年之后才发生。"②出版于2002年的《蟹行》正是这一"决堤"时期的作品。因此,它的地位不言而喻。

《蟹行》以真实事件"威廉·古斯特洛夫"号海难为背景,虚构了祖孙三代在此次事件影响下的生活。这里先介绍一下相关的历史背景:1936年,犹太青年大卫·法兰克福特刺杀纳粹党瑞士分部主席威廉·古斯特洛夫,后者中枪身亡。为达到煽动性目的,希特勒在1937年以古斯特洛夫的名字命名了一艘轮船,也就是"威廉·古斯特洛夫"号。战争中,该船被改

---

① 印芝虹:《十字架下的德国反思文学——从今年的德语文坛大事谈起》,载《外国文学动态》2002年第6期,第6页。

② 阿莱达·阿斯曼:《德国受害者叙事》,张硕译,载冯亚琳、阿斯特莉特·埃尔主编《文化记忆理论读本》,余传玲等译,北京:北京大学出版社,2012年,第175页。

为军医船和军训船。1945年1月30日夜,"古斯特洛夫"号在波罗的海被苏联潜艇击沉,当时船上载有数千德军士兵以及近万名逃往德国西部的难民。在此次事件中,"死亡人数估计超过九千人,大部分是妇女儿童,是世界历史上死亡人数最多的海难"[①]。

《蟹行》的第一人称叙述者保尔出生于"古斯特洛夫"号沉船当晚,母亲图拉多年以来一直催促保尔对当晚的事情进行记述,然而保尔对此事非常反感。保尔的儿子康拉德(康尼)则反其道而行之,对祖母的讲述非常感兴趣。某一日,保尔震惊地发现康尼专门运营了一个网站,在网上大肆宣传极右翼思想,最后甚至模仿当年大卫刺杀古斯特洛夫一事杀死了自己化名"大卫"的网友。格拉斯对整个故事的布局非常精巧,小说尽管篇幅不长,但所涉及的历史空间以及当下的话语空间却堪谓广大。尤其是小说神来之笔一样的结尾,让人感受到晚年的格拉斯对二战、对历史发展以及对人类社会清醒而又深邃的认知:

> 我在网上漫游了很长时间。虽然经常还能在视窗里看到那条该死的轮船的名字,但是没有任何新东西或者终成定局的东西。然而,终于出现了比担心更糟糕的。在特别的地址下面,有一个网页在用德文和英

---

① 参见蔡鸿君:《蟹行·译本序》,载君特·格拉斯《蟹行》,蔡鸿君译,北京:人民文学出版社,2022年,"译本序"第3—4页。

文自我介绍,这个叫"康拉德·波克里弗克战友同盟"的网页www.kameradschaft-konrad-pokriefke.de在为一个行为和思想均堪为楷模、因此被令人憎恨的社会制度投入监狱的人大作宣传。"我们相信你,我们等待你,我们追随你……"等等,等等。

没有停止。也绝不会停止。①

在小说的"停止"之处,格拉斯两次提醒读者一切都"不会停止",这不仅突出了《蟹行》强烈的社会批判意识,也让人们更为深刻地意识到对战争反思的重要性与必要性。

与《蟹行》类似,《卡尔腾堡》也意在将二战历史融入对整个二十世纪德国史的书写中。该书作者巴耶尔在中国知名度不算高,但是在德国,他称得上是重量级作家。他曾于2016年斩获德国最高文学奖毕希纳奖,此外还曾荣获柏林文学奖（1996）、海因里希·伯尔文学奖（2001）、克莱斯特文学奖（2014）等多项大奖。另外,巴耶尔不仅从事文学创作,还开展文学研究,是很典型的学院派作家,其作品的文学性和反思性都非常值得推崇。巴耶尔对二十世纪的德国历史,尤其是纳粹德国的历史非常关注,这几乎构成了他文学创作的核心主题。《卡尔腾堡》正是这样一部作品。小说以第一人称叙述者赫尔曼·冯克的回忆为框架,通过断片式的叙述结构呈现了冯克与动物学

---

① 君特·格拉斯:《蟹行》,蔡鸿君译,北京:人民文学出版社,2022年,第150页。以后引用,在正文中随文标注页码。

家卡尔腾堡的过往，时间跨度从二十世纪三十年代末一直绵延到二十一世纪。在后面的研究中，本书会着重分析冯克对德累斯顿大轰炸以及卡尔腾堡教授学术研究这两项内容的回忆。

很有意义的一个文化事件是：2010 年，《卡尔腾堡》被译成中文，并斩获了当年"21 世纪年度最佳外国小说奖"。在颁奖词中，评选委员会将这部作品称为是对"20 世纪德国历史的独到反思"[①]。总的来看，就对二战的书写而言，这部小说还是很有代表性的。尤其考虑到，当代德国文学的二战历史书写已经逐步走向"后创伤文学"，这种代表性就更加凸显。所谓"后创伤文学"，指的是当代德国文学的创作主体已不再是纳粹历史和创伤的亲历者，他们需要在个体经验之外达成对战争创伤的书写，需要"以敏锐的方式记录历史创伤的余波"，使文学在后创伤时代参与历史、"见证"历史。[②] 从本书所选取的几部作品来看，最符合"后创伤文学"定义的自然是《卡尔腾堡》。事实上，"后创伤"这个视点很重要，它不仅意味着文学的"后创伤"，也暗合着文化的"后创伤"，也就是说，它是这个时代的某种文化表征。

最后，再来探讨一下《无处为家》。小说作者茨威格是当代德国知名犹太作家暨 1993 年德意志联邦共和国勋章获得

---

① 引文出自韩瑞祥译《卡尔腾堡》扉页。参见马塞尔·巴耶尔：《卡尔腾堡》，韩瑞祥译，北京：人民文学出版社，2010 年。

② 参见 Aleida Assmann, "Geschichte aus der Vogelperspektive: Die Erfindung von Vergangenheit in Marcel Beyers *Kaltenburg*," in *Marcel Beyer: Perspektiven auf Autor und Werk*, ed. Christian Klein (Stuttgart: Metzler, 2018), p.158.

者。《无处为家》以茨威格的亲身经历为基础，讲述了一家三口——父亲瓦尔特、母亲耶特尔、女儿蕾吉娜——为躲避纳粹的迫害，背井离乡，流亡到肯尼亚的故事。这部小说是典型的"自传体小说"，也称得上是严格意义上的"见证文学"。在文学批评集《谁，在我呼喊时——20世纪的见证文学》一书的译序中，译者李金佳写道："见证文学是一种特殊的自传文学。它指的是那些亲身遭受过浩劫性历史事件的人，作为幸存者，以自己的经历为内核，写出的日记、回忆录、报告文学、自传体小说、诗歌等作品。"[①] 显然，严格说来，见证文学的主体应当是历史的亲历者，例如这里所提到的茨威格。然而生命的长度大多不过百年，我们如今不得不面对的现象就是，"成年亲历者"与"少年记忆者"都在渐行渐远。这就给我们提出了一个问题，即如何在未来保持"见证"应有的力度与深度？

　　作为诞生于1995年这一"回忆文化转折年"的文学作品，《无处为家》的"见证"很值得探究。另外，小说于2001年被改编为同名影片，先后斩获了第五十二届德国电影奖最佳故事片金奖、第七十五届奥斯卡金像奖最佳外语片奖等多项大奖。可以说，小说与影片联袂而行，激起了很大的文化效应。这种

[①] 李金佳：《谁，在我呼喊时·译序》，载克洛德·穆沙《谁，在我呼喊时——20世纪的见证文学》，李金佳译，上海：华东师范大学出版社，2015年，"译序"第1页。

"叙述与展演"①相结合的见证方式是当下大众影像时代的特征,也是探索见证文学之未来不可或缺的组成部分。

本书分为绪论、论证主体(共六章)与结语三个部分。其中,绪论对总体框架进行说明,结语则对论述进行回顾。主体部分均以关键词作为章节标题。需要说明的是:首先,在关键词选择中,某些在既往研究中关注度已经很高的词语不是论述重点,如罪责、大屠杀、记忆、家庭、代际等。论述中会对其有所涉猎,但是未将其作为焦点。其次,就具体的每一章节而言,除标题中所示的关键词外,还将在讨论中涉足其他重要词汇,如身份认同,其与文中论述的许多关键词关系密切,因此它也构成了本书关键词研究一个不可分割的组成部分。

现将主体部分内容概括如下:

第一章关注"语言"。当代德国小说的二战历史书写在不同层面上表现出对语言的关注。本书将从显性呈现、隐性发力以及对语言的省察等几个角度出发,对作为关键词的"语言"进行考察。

第二章关注"感知"。当下的历史书写追求多维度、多层次。在此背景下,感知叙事就显得非常重要。对历史空间的感知与书写都应当开放且鲜活,追求立体化,避免单薄、封闭,

---

① 参见阿莱达·阿斯曼:《记忆中的历史——从个人经历到公共演示》,袁斯乔译,南京:南京大学出版社,2017年,第128—132页。本书将在第六章对"叙述与展演"做详细说明。

也避免"麻木"。

第三章关注"每个人"。当下的二战历史书写关注到更为广泛的群体，如同为战争受害者的德国普通民众、在战争中表现各异的科学家等。另外，对"每个人"的关注也有助于对人性复杂性的书写。

第四章关注"迷宫"。宏大历史犹如迷宫，对历史的书写则表现为语言的迷宫。隐喻在此如同若隐若现的路标，重重谜团如同笼罩其中的迷雾，读者唯有拨开迷雾方能激活历史、得见真相。

第五章关注"双重性"。双重性长存于德国的思想史、社会史，是德意志民族性格的体现。勘查双重性在反思文学中的表现，将有助于对当下德国话语体系的探讨。

第六章关注"见证"。"见证"是反思文学的核心词。然而，随着亲历者逐渐退场，我们也需要去探索见证文学的未来。本书将关注叙述与展演相交融、真实与虚构相交织等现象对"未来的见证"的影响。

前文提到的《谁，在我呼喊时》是法国学者克洛德·穆沙（Claude Mouchard）的文学批评集，其标题取自诗人里尔克《杜伊诺哀歌》（"Duineser Elegien"）的首句。无论是里尔克的原诗，还是穆沙的引用，都拨动着读者的心弦。从广义上来说，本书的研究也是一种见证，不仅见证着过去，也见证着当下。就让我们带着这种见证的心情，走进当代德国二战文学的历史书写。

  谁，倘若我呼号，究竟谁会在天使之列
  将我垂听？我呼号，即使我已料到
  其中一位突然将我放在心头：我会因他
  更强壮的此在而消逝。因为美之物无非
  只是我们尚能承受的恐怖之物的开端，
  我们对它报以惊叹，缘于它冷静得不屑
  将我们摧毁。每一位天使都是恐怖的。
  就这样我抑制着自己，忍住暗中
  啜泣的诱唤。唉，究竟谁我们
  有能力需要？不是天使，不是人，
  机警的动物早已察觉，
  我们并不非常可靠地安居于
  被解释的世界。或许为我们停留的
  是坡上的某一棵树，使我们日日再次
  看见；为我们停留的是昨日的街道
  与对一个习惯的扭曲的忠诚，
  这个习惯喜欢与我们同在，于是停留不去。
  哦夜啊，夜，盈满世界空间的风消损了
  我们的容颜——，谁，夜不为他停留？被盼望、
  又使人失望的柔夜啊，含辛茹苦地临到
  单独的心。夜可让恋人们更觉轻松？

唉，他们只是在用对方掩饰自身的运数。
这你还不知道吗？且将双臂里的空虚
抛向我们呼吸着的空间吧；或许鸟
会以更由衷的飞翔感受那延远的空气。①

---

① 赖纳·马利亚·里尔克：《杜伊诺哀歌》，载《里尔克诗全集》（第三卷），陈宁译，北京：商务印书馆，2016年，第849—850页。此处的首句"谁，倘若我呼号"对应"谁，在我呼喊时"，两者翻译方式不同。另：着重号为原译本添加，对应德语原文的斜体。

第一章 语言——显、隐之中的力量

> 当时，我又重新阅读了《奥德赛》。这本书我在中学时代就念过一遍，在我的记忆里，这是一个"家乡不到十年间，鱼鸟今应怪我还"的故事。但是，实际上，这个故事讲的并不是离乡背井又回来了。希腊人相信一个人不可能两次掉进同一条河，怎么会相信有返回从前那个故乡的事儿？奥德修斯回来，不是为了留下，而是为了重新出发。《奥德赛》其实是一部关于运动的历史，有目的，同时又无目标；是成功，同时又是徒劳。一部法律史同它相比，又有什么差别呢？（183）

上面这段文字出自《朗读者》。目睹汉娜接受审判后的米夏遁入法学史研究。彷徨中的他却发现《奥德赛》并不是归乡的故事，奥德修斯甚至不会有故乡，毕竟他无法两次回到同一个地方。在此，文字的所指意义遭到解构，变得浮动。它召唤人们不断地努力，不断地向前，不断地重新开始，却不知道何时才能到达，或者说，不知道是否能够到达。"有目的，同时又无目标；是成功，同时又是徒劳"，更是让人想起卡夫卡的一句箴言："目标确有一个，道路却无一条；我们谓之路者，乃踌躇也。"①在《共同体的焚毁——奥斯维辛前后的小说》(The Conflagration of Community: Fiction before and after Auschwitz)中，J. 希利斯·米勒（J. Hillis Miller）从反思大屠杀的角度对卡夫卡的作品进行了解读，认为卡夫卡的作品中存在"奥斯维辛先兆"。②卡夫卡笔下那永远无法接近的城堡到底意味着什么，至少在米勒的研究中，我们不言而喻。如果施林克的"有目的，同时又无目标；是成功，同时又是徒劳"果真是在戏仿卡夫卡，那这种互文之下格外浓密的语义空间让人不由得在此检视作为对象的语言本身。

本章的关键词正是"语言"。在所选取的研究对象中，语言有时呈现为显性主题，如《无处为家》中流亡者的母语问题，有时在隐性层面暗流涌动，成为历史书写的发力者，如语言之于《蟹行》与《卡尔腾堡》中人物形象的塑造。无论是显性呈现，还是隐性发力，二者都表达着对语言的关注。在此基础之上，本书还将讨论格拉斯在《蟹行》中对语言的省察，以期进一步呈现语言之于历史的力量。总的来看，在当代德国小说的二战历史书写中，语言本身的重要性得以凸显，其方式或明或暗，但无论如何都值得我们探索与发掘。

---

① 弗兰茨·卡夫卡：《随笔》，载叶廷芳主编《卡夫卡全集》（第4卷），黎奇译，北京：中央编译出版社，2015年，第5页。
② 参见 J. 希利斯·米勒：《共同体的焚毁——奥斯维辛前后的小说》，陈旭译，南京：南京大学出版社，2019年，第51–87页。

第一章 语言——显、隐之中的力量

一、流亡者的母语

在《无处为家》中，流亡者的母语成为叙事主题。落难在外的瓦尔特对母语珍之重之，孜孜以求通过母语来维系自己与遥远故土之间的精神牵绊。透过语言以及同为文化性力量的音乐，小说赋予了这段历史书写以"文化共同体"的精神向度。

在哲学著作《乡愁》中，法国学者芭芭拉·卡森（Barbara Cassin）"探寻了祖国、流亡和母语之间的关系"[①]。卡森的探寻之路始于刚刚提到过的《奥德赛》中背井离乡的奥德修斯，终于流亡在外的犹太思想家汉娜·阿伦特（Hannah Arendt）。奥德修斯历尽千辛万苦，回到自己的故乡（至少在卡森的眼中，奥德修斯还是有家可回的），那里有他亲手在一株橄榄树根部筑墙盖起的卧房："背井离乡和落叶归根：这就是乡愁。"[②] 故乡和他乡的分界线在"扎根和拔根"[③]中一望而知。然而当脚下的土地不再是父辈的土地，生存的根须被尽数拔除，母语便成为连接自我与祖国的隐秘纽带——显然，此时的祖国更多

---

① 芭芭拉·卡森:《乡愁》，唐珍译，上海：华东师范大学出版社，2020年，第13页。
② 芭芭拉·卡森:《乡愁》，唐珍译，上海：华东师范大学出版社，2020年，第13页。
③ 芭芭拉·卡森:《乡愁》，唐珍译，上海：华东师范大学出版社，2020年，第57页。

是精神层面的"文化共同体"。

按照德国社会学家斐迪南·滕尼斯（Ferdinand Tönnies）的观点，共同体可以区分为"血缘共同体""地缘共同体"与"精神共同体"。其中，"血缘共同体"是基础，其发展、分化的结果便是"地缘共同体"，后者则"直接地体现为人们共同居住在一起"，且"它又进一步地发展并分化成精神共同体"。所谓"精神共同体"，"意味着人们朝着一致的方向、在相同的意义上纯粹地相互影响、彼此协调"，因而是"一种真正属人的、最高级的共同体类型"。[①] 从这个意义上来讲，当地理意义上的共同体遥不可及时，精神层面的共同体便成为支撑个体身份认同的避风港湾，而基于共同文化关系的文化共同体自然列数其中。滕尼斯将共同体"相互一致的、结合到一起的信念"称为"共同领会"，并认为语言尤其是母语是"共同领会"的原发性力量。[②] 前文提到，语言不只是交流的手段，同时也建构了人类的思维，不同语言必然关涉不同的概念结构。正因如此，母语意味着一种独特的烙印标记，它诉诸个体的思维，牵扯着某些独特的文化记忆。阿伦特曾这样说道："在你的母语和其他任何一种语言之间有一种巨大的差别。就我而言，这个差别可以很直截了当地表述为：我谙熟大量德语诗歌，能够

---

① 斐迪南·滕尼斯：《共同体与社会》，张巍卓译，北京：商务印书馆，2020年，第87页。

② 参见斐迪南·滕尼斯：《共同体与社会》，张巍卓译，北京：商务印书馆，2020年，第95-98页。

倒背如流，它们总是在我的记忆深处打转。"①

然而悖论的是，尽管流亡者如此需要母语来保持与文化共同体之间的紧密关联，他们不得不面对的却是语言的困境。首先，流亡不仅仅是从一方土地到另一方土地的漂泊不定，同时也意味着从一种语言到另一种语言的颠沛流离。在他种语言的挤压下，母语的生存空间被缩减至最小，甚至只能退守进入个体内心的方寸世界。逾越了母语的疆界也意味着语词抵达了"共同体的边界"，意义便也随之"踉跄起来"。②很自然地，许多流亡者出现了语言问题，甚至丢失了"自然反应，简单的动作以及感情的本能表达"③，沦入失语的境地。其次，对于二战期间流亡在外的犹太人而言，语言的困境不仅来自母语在新环境下的式微，同时也来自理性的语言无法言说纳粹惨无人道的种族屠杀，"不足以表现人类的苦难与进击的暴行"④。面对如此惨剧，言语显得苍白无力，能指的符号似乎将永远跌倒在通往所指的道路上。最后，对以德语为母语的犹太流亡者而言，语言的困境还来源于纳粹对德语的戕害。"健康"的语词

---

① Hannah Arendt, "What Remains? The Language Remains," in *Essays in Understanding 1930-1954*, trans. Joan Stambaugh, ed. Jerome Kohn (New York: Schocken Books, 1994), p. 13.

② Hannah Arendt, *Denktagebuch 1950-1973*, eds. Ursula Ludz and Ingeborg Nordmann (München: Piper, 2002), p. 42.

③ 转引自芭芭拉·卡森:《乡愁》，唐珍译，上海：华东师范大学出版社，2020年，第92页。

④ George Steiner, "The Hollow Miracle," in *Language and Silence* (New Haven and London: Yale University Press, 1998), p. 103.

被赋予了恶毒的意义,不断问世的新词汇宣扬的尽是纳粹反人类的思想,正如同为犹太流亡者的斯坦纳所说:"当德语词'喷'向数百万人表达过犹太人的鲜血从刀尖上'喷涌而出'之后,这个词怎样才能恢复其健康的意义?"①

在《无处为家》的三口之家中,父亲瓦尔特对于流亡的体验与思考最为敏感深入。②相比于瓦尔特,妻子耶特尔自始至终都显得有些天真,女儿蕾吉娜幼年时便已远渡重洋来到肯尼亚,对故国、战争以及流亡本身的认知都是另一番模样。因此,下文主要关注瓦尔特,从他的流亡经历来透视小说对于语言问题的呈现。

就瓦尔特之于母语的关系而言,倘若援引阿伦特,可以这样一言以蔽之:"母语无可替代。"③在整部小说中,瓦尔特尽管身处肯尼亚,却始终难忘故土。他曾在写给父亲的信中说道,自己嫉妒农场的肯尼亚厨子奥沃尔,因为"他有家乡"④,而他自己"却再也没有了祖国"(15)。但"没有了祖国"并不意味着瓦尔特在心中放弃了德国,不愿再把德国视为自己的

---

① George Steiner, "The Hollow Miracle," in *Language and Silence* (New Haven and London: Yale University Press, 1998), p. 99.

② 在小说德文版的扉页,茨威格所写也正是"纪念我的父亲"。

③ Hannah Arendt, "What Remains? The Language Remains," in *Essays in Understanding 1930-1954,* trans. Joan Stambaugh, ed. Jerome Kohn (New York: Schocken Books, 1994), p. 13.

④ 斯特芬妮·茨威格:《无处为家》,徐纪贵译,上海:上海译文出版社,2005年,第13页。以后引用,在正文中随文标注页码。

祖国，而是他对于被"拔根"的痛苦悲鸣。在瓦尔特心中，德国永远都是他的祖国。即便是在父亲和妹妹惨遭纳粹毒手之后，瓦尔特也依然无法割舍自己对德国的赤子之情。在他看来，德国人和纳粹分子是两码事，不能混为一谈，正如他多次对女儿说起的"只有纳粹分子坏。他们把我们赶出了德国"（70）。第三帝国是纳粹分子的罪恶勾当，但这并不能代表德国。德国始终是那个诞生了歌德和席勒的国度，是瓦尔特祖祖辈辈的世居之地，是他魂牵梦绕的祖国。因此，战争结束后，瓦尔特即便排除万难也要返回德国。他曾在彷徨之中对一只酣睡的小狗这样说道："除了你以外，我还没有向任何人透露过我的这种想法……但是我要回去。我没有别的选择。我再也不愿意置身于外国人之中当一个外国人了。像我这种年纪的人，必须有自己的家乡。你猜猜看，我的家乡何在？"（242）

从某种程度上来说，异国他乡意味着个体的身份认同遭到消解。正如以律师为业的瓦尔特在异乡只能是农场的管理员，他的律师黑袍只能送给奥沃尔遮风挡雨："唯有构成本意和陌生之间关系的误解——船桨/粮铲——才是他乡的标志和牢固的符号。""船桨/粮铲"这一隐喻源自《奥德赛》。在"世界的另一端"，奥德修斯肩头的船桨被误认为"粮铲"，在这种误解中蕴含着"遥远处的最遥远的东西"。[1] 在异乡，瓦尔特的律师黑袍失去了原初的所指意义，被消解为蔽体的衣物，

---

[1] 芭芭拉·卡森：《乡愁》，唐珍译，上海：华东师范大学出版社，2020年，第45页。

正是在这种差异化中潜藏着故乡与他乡之间遥远而陌生的距离。当瓦尔特战后决定重返德国时,奥沃尔将黑袍还给了他,黑袍再度升格成为瓦尔特身份的符号象征。黑袍的回归不仅意味着瓦尔特律师身份的恢复,同时也意味着他作为德国人这一共同体身份的复位:"我又可以说祖国了"(241),"我还是德国人"(263)。

身份认同危机使瓦尔特格外珍重自己的母语。此时此刻,语言关乎着瓦尔特与"想象的共同体"[①]之间的现实羁绊,支撑着他精神世界中最后一方保留地,亦即他的文化身份认同。小说伊始,既不会英语也不会斯瓦希里语的瓦尔特在肯尼亚举步维艰,他意识到,为了生存,自己必须要习得当地的语言。正如卡森所述:"漂泊使人放弃母语。父辈的土地,母亲的语言:只有用他者的语言才能形成新的祖国。"[②]但瓦尔特学习"他者的语言",其目的并不在于"形成新的祖国",而只是基本的生存需要。在他看来,"人们需要说自己的语言"(102),只有这样才能维系与深藏心底的文化共同体之间的牵绊。

但在遥远的异乡,瓦尔特不得不面临语言的多重困境。一方面,在陌生的新环境中,母语显得如此微不足道。当英语、斯瓦希里语、肯尼亚各部族的方言与德语交织在一起时,仿佛

[①] 参见 Benedict Anderson, *Imagined Communities: Reflections on the Origin and Spread of Nationalism* (London and New York: Verso, 2006), pp. 5–7.

[②] 芭芭拉·卡森:《乡愁》,唐珍译,上海:华东师范大学出版社,2020年,第68页。

第一章 语言——显、隐之中的力量

一首多声部的音乐,而德语只是其中最微弱的那曲和声。另一方面,面对惨绝人寰的屠杀,瓦尔特却无法将心底的情感诉诸语言。当他从瑞士广播电台收听到"水晶之夜"的惨剧之后,"他的舌头却不灵了"(35)。此刻,任何言语都显得苍白无力,都断裂在通往所指的道路上,人类理性的语言早已不足以应对逾越理性的惨剧。在需要表达与无法表达的困境中,瓦尔特只能陷入无边的沉默,陷入彻底的"哑然失语":

> 瓦尔特害怕看耶特尔,可是当他最后终于敢看她的时候,才发现,她其实并没有明白他想告诉她的意思——对于她的母亲和克特,对于他的父亲和莉泽洛而言,已经是再也没有希望逃出苦海了。瓦尔特从早上把收音机关了以后,一直就在准备履行自己的义务,把真相讲出来,但是临到要讲的时候,他的舌头却不灵了。在这面临挑战的时刻里,给他毁灭性打击的不是痛苦而是哑然失语。(35)

母语在生活中的逐步退场使瓦尔特"对母语的渴念"(16)也愈加强烈。让人尤为觉得悲伤的是,他甚至通过收听纳粹宣传部长戈培尔的演说来满足自己对德语的思念之情。瓦尔特无法忍受女儿蕾吉娜与自己"已经没有共同的母语了"(195),无法忍受出生于肯尼亚的儿子"说的第一个单词是斯瓦希里语"(312)。在女儿的心中,语言和故乡是爸爸永恒的话题:"他要与你用他的语言交谈，谈他的祖国。"（312）这也正如阿伦特所述："母语是我唯一可以从以往的祖国带出来的东西。我一直努力让这个无可替代的东西保持生命力且不受损害。"①德语是瓦尔特必须抓紧的工具，只有抓紧德语他才能抓紧在语言另一端遥远的祖国。换言之，在地理意义上的地缘共同体中，瓦尔特无法回到祖国；但在精神意义上的文化共同体中，瓦尔特与祖国同在。

面对语言的困境，流亡者要怎样才能保持自己的文化身份，在异国他乡达成精神世界的"共同领会"呢？答案是音乐。在《无处为家》中，音乐这一要素未见得很凸显，但却意味深长——它"比话语更丰满"②。

在门德尔松（Felix Mendelssohn Bartholdy）看来，以语言表达出来的思想永远只是思想的一部分，"不充分，缺乏普遍的东西"，而音乐则"用成千上万种比话语更丰满的东西填满了一个人的灵魂"。③在《音乐如何可能》中，弗朗西斯·沃尔夫（Francis Wolff）从哲学的角度探讨了门德尔松的这种观

---

① 转引自芭芭拉·卡森：《乡愁》，唐珍译，上海：华东师范大学出版社，2020年，第92页。

② Felix Mendelssohn Bartholdy, *Briefe aus den Jahren 1833 bis 1847. Band 2*, eds. Paul Mendelssohn Bartholdy and Carl Mendelssohn Bartholdy (Leipzig: Hermann Mendelssohn, 2007), p. 229.

③ Felix Mendelssohn Bartholdy, *Briefe aus den Jahren 1833 bis 1847. Band 2*, eds. Paul Mendelssohn Bartholdy and Carl Mendelssohn Bartholdy (Leipzig: Hermann Mendelssohn, 2007), p. 229.

点。他认为，语词的能指符号始终无法弃绝与所指的牵绊，而音乐却能够实现自我指涉，在声音事件的关联中构建一个自足的世界。换言之，音乐可以带来"一种完整的感知"与"一种完整的情绪"，[1] 这种完整性是语言力所不逮的。因此，当语言遭遇困境时，音乐却能以其完整性给予个体以生存的空间与存在的可能性。音乐的这种特性加持了其自身作为文化符码的能量，使之成为个体文化身份认同的重要形塑力量。斯坦纳曾这样说道："歌曲引导我们回到我们未曾到过的家。"[2] 或许可以改写一下这句话——从超验的角度来讲，音乐所引领的也许的确是"我们未曾到过的家"；然而，从经验的角度来讲，音乐还能引领我们逾越地域的屏障，进入精神的家园，那里承载着人们赖以生存的共同且共通的文化。

按照德国媒介学者维尔纳·沃尔夫（Werner Wolf）的观点，文学中音乐的在场不限于诗歌这一传统上便被赋予音韵美的体裁，叙事体文学中同样不乏音乐的在场。他将小说中音乐的在场区分为"显性主题化""隐性模仿"等形式。对当前探讨比较有帮助的是属于前者的"文本内主题化"与属于后者的"文字音乐"。其中，"文本内主题化"指的是小说人物或叙述者以任何方式"讨论、描述、倾听"音乐；"文字音乐"指的是

---

[1] 弗朗西斯·沃尔夫：《音乐如何可能》，白紫阳译，北京：生活·读书·新知三联书店，2018年，第279页。

[2] 乔治·斯坦纳：《斯坦纳回忆录：审视后的生命》，李根芳译，杭州：浙江大学出版社，2012年，第85页。

"一种旨在利用文字能指与音乐能指间主要相似之处的音乐化技巧",其通过"前景化言语能指(原初的)声响维度引发音乐在场的效果"。[1]在《无处为家》中,作者茨威格主要选取了这两种形式的音乐,用以包裹瓦尔特日渐荒芜的内心世界。

从"文字音乐"的角度来看,瓦尔特言语方式上所表现出来的重复性消解了所指的意义,凸显了能指本身的音响性,使能指链条降解为一曲漫漫黑夜中的"迭奏曲",言说着瓦尔特被"拔根"的漂泊心境。在小说表现中,肯尼亚原住民酷爱"好话得连说两遍"(40),这样才"能够在耳朵和脑子里生根"(41)。这也许与当地的自然环境相关。来自大自然的回声使当地人习惯了袅袅余音,言语在唱和之间才算是画上一个休止符。正如幼小的蕾吉娜曾敏锐地感受到,奥沃尔的笑声能"引起山坡的回音"(27)。然而,令人惊奇的是,始终沉浸于思乡之苦、"双眼总在睡觉"(369)的瓦尔特却迅速习得了这一技能。这意味着什么?很明显,瓦尔特的重复绝不同于奥沃尔,那不是与自然紧密相接的动听回响,而只是一种自言自语与自我确认。失落了故土也失落了语言的他,在异国他乡以重复自己话语的方式为自己寻求一个坐标。在此,所指的意义濒临滑落,能指的音响效果跃居其上,使话语变异为自我指涉的音符,变异为一曲寂寞的旋律,一曲在黑暗中寻找方向的"迭奏曲"。在《资本主义与精神分裂(卷2):千高原》中,德

---

[1] 参见 Werner Wolf, *The Musicalization of Fiction: A Study in the Theory and History of Intermediality* (Amsterdam: Rodopi, 1999), pp. 55–58.

勒兹和加塔利认为迭奏曲是"一种界域性的配置"。黑暗之中被恐惧攫住的孩子用低声歌唱来辨别方向,"这首小曲就像是一个起到稳定和平静作用的中心的雏形",是孩子"从混沌跃向秩序的开端"。在德勒兹和加塔利看来,迭奏曲"始终卷携着大地;它将一片疆土——往往是一片精神性的疆土——作为相伴随之物;它与一个故乡、一个故土之间存在着本质性的关联"[①]。对瓦尔特来说正是如此。在由重复搭建的话语空间里,瓦尔特犹如黑暗中迷失的孩子,他只能依靠这小小的迭奏曲去寻找混沌中的方向,使自己逃离茫茫的黑夜。正如弗朗西斯·沃尔夫所述,"任何音乐,或许都是基于一种对反复的需要而产生的",反复"将不可预期的东西变得可以预见",起到"平复和安抚情绪"的作用。[②]

与之相应的,瓦尔特也很依赖音乐这一文化性力量。倘若从"文本内主题化"这一角度进行观察,便会发现小说中穿插了多首德语歌曲,其中尤以《我把自己的心落在了海德堡》值得一提。在小说表现中,这首歌反复出现,贯穿首尾,堪称这部小说的主题音乐,同时也是瓦尔特的主题音乐。《我把自己的心落在了海德堡》并非小说虚构,而是一首家喻户晓的德语歌曲。歌曲首发于1925年,对瓦尔特那一代人来说满载着青

---

① 吉尔·德勒兹、费利克斯·加塔利:《资本主义与精神分裂(卷2):千高原》,姜宇辉译,上海:上海书店出版社,2010年,第441-445页。

② 弗朗西斯·沃尔夫:《音乐如何可能》,白紫阳译,北京:生活·读书·新知三联书店,2018年,第137-139页。

春年少时期共同的文化记忆。这首歌旋律优美,抒情意味浓厚,以回忆的视角遥看多年前的一个夜晚:银光闪闪的内卡河水,静谧安详的夏日夜晚,蔷薇花般的情人,天堂一样的海德堡。歌词里写满了温柔缱绻,记忆像一幅徐徐展开的画一样情意绵绵,以致曲中人一生一世都将铭记这古老的海德堡和这美好的夜晚。当瓦尔特反复提起这首歌时,他早已取代了曲中人,在万里之外的肯尼亚思念着自己的祖国,遥看着美好的、无法割舍的过去。曲中人"把自己的心落在了海德堡",瓦尔特则把自己的心落在了德国。柔情似水的旋律仿佛要从文字中溢出,使文本自然而然地带有一种歌唱性。瓦尔特还教会了奥沃尔唱这首歌,这显然是他努力在异乡创造"共同领会"的尝试。音乐此时犹如一种"身份标签","我在这段音乐中听出了比'我'更加强烈的感情,那就是'我们',于是'我'从此依存在'我们'的概念中"。[①] 与瓦尔特共享这段音乐符码的"我们"或是身处德国命悬一线,或是流亡在外音讯皆无。他只有通过在身边再造一个"我们"来获得些许的归属感,似乎这个两人的"我们"能够成为无形的文化共同体的有形显现。

从总体结构来看,小说不是瓦尔特个人的独奏,而是一曲多声部的复调,然而瓦尔特却从未踏出自己的旋律进入复调音乐的整体。在小说的叙述层面,叙述者让不同人物都获得了独立说话的空间。这些独立的声音各有特点,如瓦尔特忧愁的声

---

① 弗朗西斯·沃尔夫:《音乐如何可能》,白紫阳译,北京:生活·读书·新知三联书店,2018年,第99–100页。

音、女儿天真的声音、奥沃尔等非洲原住民纯朴的声音等。这些声音既形成一种冲突张力，同时又表现出和谐共生，在并置中构建起一个差异化的整体，共同书写着一曲关于战争、关于祖国的多重奏。根据弗朗西斯·沃尔夫的观点，"声音的天地"关乎客观，"乐音的世界"关乎主观，从"声音天地"到"乐音世界"的过渡意味着从一个"陌生而且毫无归属感的环境世界中解放出来"，构建"自我感知"与周围世界的联系。① 从这种意义上来看，"双眼总在睡觉"的瓦尔特既无法真正与周围世界建立认知关系，也无法真正踏入小说的整体音乐。这一乐音世界对他而言始终只是一片声音天地，如同天地初开的状态，混沌且模糊。瓦尔特的心始终都沉浸在自己的那曲旋律里，无法自拔，不能视物。在这曲只属于他的旋律中，他能"听到"他的语言，"感受到"他的祖国，甚至连木柴燃烧时发出的噼噼啪啪声听起来都像是从前"学生时代唱的歌"（140）。显然，对瓦尔特而言，这是如母语般"无可替代"的旋律。

二、暗中发力的语言

阿多诺有一句论断经常被广泛征引："奥斯维辛之后写诗

---

① 参见弗朗西斯·沃尔夫：《音乐如何可能》，白紫阳译，北京：生活·读书·新知三联书店，2018年，第42页。

是野蛮的。"① 在此，阿多诺想要表达的并不是奥斯维辛之后究竟能否写诗，他要探讨的是语言问题。奥斯维辛触及人类语言的边界，应该如何"写诗"才能避免"野蛮"？在《奥斯维辛后的写作》中，格拉斯也曾对阿多诺的名言做过评述，他认为这里关乎的不是"禁令"，而是"尺度"，也就是该如何写作。②

在《狗年月》（*Hundejahre*）中，格拉斯写过一段寻找希特勒牧羊犬的内容，其中的文字叙述令人印象深刻：

> 告诉所有的人！所有的人！元首爱犬失踪了。名字叫亲王。猎犬。德国黑牧羊犬亲王。给我接措森。指示所有的人：元首爱犬失踪了！
>
> …………
>
> 在深入观察这个虚无缥缈之物时可以看出，这条

---

① Theodor W. Adorno, *Prismen: Kulturkritik und Gesellschaft* (München: Deutscher Taschenbuch Verlag, 1955), p. 26.

② 参见君特·格拉斯：《奥斯维辛后的写作》，载君特·格拉斯《与乌托邦赛跑》，林笳、陈巍等译，上海：上海译文出版社，2008年，第338页。需要说明的是，该译本将"Auschwitz"译为"奥斯威辛"；此处考虑全书的表述一致性，将其统一为"奥斯维辛"。另外，有关阿多诺的这句论断，《朗读者》中也曾有过互文影射。在给汉娜选取朗读内容时，米夏曾对"诗"这个体裁有过犹豫："曾经有很长一段时间，我不大敢读诗歌，但是后来我却乐此不疲。"（186）米夏对"诗"的犹豫呼应的应当是阿多诺的论断。倘若无辜之人"写诗"是"野蛮的"，那么米夏作为爱上战犯的人、汉娜作为犯下罪过的人，他们读诗自然也是"野蛮的"。但显然，米夏最后克服了这个问题——他"乐此不疲"。米夏决定读诗以及汉娜最终走向内心认罪，这也在一定程度上说明了不是"诗"本身出了问题，而是语言需要得到反思。

狗已经超越实存，从现在起被称为超验！①

耐人寻味的是，以上两段文字模仿了不同的语言风格，正如格拉斯本人所解释的："小说部分是用国防军总司令部的日常用语以及海德格尔的语言组合而成的。从一个语言层次到另一个语言层次的过渡非常流畅，这让我自己都感到很惊奇，因为两种语言都喜欢把词名词化，直到出现一长串复杂的名词……"②很明显，这里涉及以语言本身为手段参与对历史的书写。格拉斯的有意模仿使文字在语音、句式、结构等层面酷似"国防军总司令部的日常用语以及海德格尔的语言"，这必然会作用于读者的概念化过程，最终形成认知关联与意义关联。可以说，语言在此成为历史书写的发力者。

从《蟹行》中也能看出，格拉斯非常钟爱这种写作方式。例如，小说中图拉的语言风格就引人遐思："他必须学习，学习，再学习！为此目的，仅仅是为此目的，我才把这个孩子送到西边去的，我就是要让他有所作为……"（10）这是小说开篇不久图拉说给女友燕妮的一段话，其语气不禁让读者想起上面所引《狗年月》的第一段文字——"告诉所有的人！所有的人！元首爱犬失踪了"。在图拉的身上，这样的语言现象绝非

---

① 君特·格拉斯：《狗年月》，刁承俊译，北京：人民文学出版社，2022年，第381、385页。

② 君特·格拉斯、哈罗·齐默尔曼：《启蒙的冒险：君特·格拉斯对话录》，周惠译，北京：人民文学出版社，2022年，第39页。

个例，也并非偶然。随着阅读的深入，读者会慢慢意识到，图拉是一个带有纳粹主义思想倾向的人物形象。然而这种认知并非来自作者的直接说破。格拉斯对此更多是秘而不宣，以一种隐晦的方式来引导读者对图拉做出判断。[①]联想一下康尼受审时图拉的语言表现，想想她是如何在"标准德语"和朗富尔方言中如鱼得水地来回切换，其狡猾的态度、隐藏的真相都在这种语言切换中暴露出来。

当然，这种效果的达成少不了情节发展中的隐秘暗示以及某些叙述表层的提示，如图拉在法庭上的陈述："真是一个骗局！俺的小康拉德咋会晓得，这个大卫是个冒牌的犹太人。一个自欺欺人的家伙，只要有机会，他就装得像真正的犹太人，总是在说俺们的耻辱……"（126）但总的来看，显性的提示少之又少。倘若不考虑图拉此前曾出现在格拉斯的早期作品中，[②]仅就《蟹行》而言，读者对图拉纳粹主义思想倾向的体察很大程度上来源于语言的暗中发力，而非作者的直接表述。

与格拉斯对图拉的表现手法类似的是巴耶尔对卡尔腾堡教授的塑造。在这部作品中，卡尔腾堡教授的纳粹经历直到小说尾声才渐渐明晰起来。但从叙事效果来看，读者并不需要等到文末就能揭晓谜底——在此之前，作者已经通过语言手段以及某些暗示让读者领会到这一事实。

在谈及语言手段之前，先来看一下小说开篇就出现的暗示。

---

① 有关《蟹行》中的隐秘暗示（或称谜团），本书将在第四章进行论述。
② 在《狗年月》等格拉斯的早期作品中，图拉也有出现，后文会提到。

叙述者谈到卡尔腾堡教授的著作《恐惧的本原形式》,称其"首先呈现给你的不是什么别的东西,而是一幅各种可能的恐惧反应的全景图像",著作"从概念上界定了各种不同的恐惧经验",并在"死亡的恐惧"一章里展示了"一系列引起轰动的狒狒照片"——"按照卡尔腾堡的观点",在命悬一线之际,狒狒的"面部表情和一个绝望地听任死敌摆布的人就根本没有什么区别"。[①] 此处的"恐惧"呼应的是潜伏于小说叙事的一条暗线,即作为科学家的卡尔腾堡教授在二战期间加入纳粹,并开展人体实验。在这类暗示的加持下,当读者体察到其他相关线索时,会自然而然地在心理空间对这些碎片进行整合。

与图拉类似,卡尔腾堡教授的上述形象同样深植于语言层面,也就是说,有赖于语言对读者认知世界的影响。例如,在与冯克初遇的场景中,[②] 卡尔腾堡教授动作不断且连续发话,与之相对,冯克及其母亲不仅行为上处于被动,话语上也遭到遮蔽。这种形象对比乍看之下并无特别之处,但联系小说全文,其暗示意味非常明显。来看一下卡尔腾堡教授的话语,"太凑巧了","夫人","好啊,我的小子"(51)。由于直接引语的音响效果本身就要强烈一些,再加上此处是连续性短句,读者能够很明显地感受到句子的力量感与节奏感。这与卡尔腾

---

① 马塞尔·巴耶尔:《卡尔腾堡》,韩瑞祥译,北京:人民文学出版社,2010年,第4-5页。以后引用,在正文中随文标注页码,部分译文略有改动,原文参见 Marcel Beyer, *Kaltenburg* (Frankfurt a. M.: Suhrkamp, 2008)。

② 有关这一场景,此处仅做初步分析,详细分析留待关键词"双重性"。

堡教授偏爱的口号式句子也很有类似之处，如"生命就意味着观察"（99），"你不会那么快摆脱我的"（155），"我在研究你们"（160），等等。[①] 这几个句子是非常有力量感的表述。以"生命就意味着观察"为例，这是对卡尔腾堡教授来说非常重要的一句话，映射着他对动物以及人类行为的研究（"我在研究你们"中的"你们"指的就是人类）。从德语原文"Leben heißt Beobachten"来看，此句虽然只有三个单词，但其全部具备动词属性："Leben"（生命）虽然是这句话的名词性主语，但在德语中，该词兼具动词与名词属性，既可以表示名词的"生命、生活"，也可以表示动词的"生存、活着"等；"heißt"（意味）是这句话的谓语动词；"Beobachten"（观察）虽然在此充当名词使用，但就其词本身而言，它实际上是个动词[②]。如此看来，这个短句虽然在前景中只有一个动词，但在背景中、在潜叙述层面上却关联着三个动词，因而其动态感、力量感都很不寻常。另外，从音响效果上来看，此句的第一个单词"Leben"和第三个单词"Beobachten"押尾韵，再加上尾韵 en 以浊辅音 n 结尾，连续使用之下也会强化句子的节奏感与力量感。

不难想象，铿锵有力的短句正是卡尔腾堡教授的话语风格，

---

① 这三个句子的德语原文如下："Leben heißt Beobachten"，"du wirst mich so schnell nicht los"，"Ich studiere euch"。参见 Marcel Beyer, *Kaltenburg* (Frankfurt a. M.: Suhrkamp, 2008), p. 128, 192, 198.

② 在德语中，动词可以直接大写首字母做中性名词使用。这类词汇动作感会比较强。

这一点从后文中也能得到佐证,正如冯克对卡尔腾堡教授语言风格的叙述:

> 卡尔腾堡那些如此明了,如此直率的言语,它们贯穿于我的一生之中——我始终觉得它们像谜一样:他那毫不含糊的"我好为这小子担心啊"……他那"我可给你说过,你不会那么快摆脱我的"……那句容不得任何反驳的话,那句从一个根本就不存在反驳卡尔腾堡言语的世界里朝我呼喊过来的话:"你将会成为我的学生。"(155)

克莱普勒曾将纳粹德国时期的德语称为"Hacksätze"[①],一个很形象的德语词,由动词"砍、劈"(hacken)与名词"句子"(Satz)构成,听起来就好似言语正一刀一刀迎面劈来。这与卡尔腾堡教授的语言风格很有契合之处。当读者在小说尾声听教授亲口说到自己曾加入纳粹组织时,并不会觉得太过惊讶——此前的伏笔早已源源不断地进入了读者的识解之中。这也印证了是语言在暗中发力,从语音效果、形式结构等方面影响了读者的概念化过程,塑造了卡尔腾堡教授的纳粹历史。

---

① Victor Klemperer, *LTI: Notizbuch eines Philologen* (Frankfurt a. M.: Röderberg, 1957), p. 262.

三、对语言的省察

就《蟹行》而言,无论是其作者格拉斯,还是小说中的人物保尔,都十分敏感于语言的力量,表现出明显的语言省察意识。

语言可以如何改变人的思维、扭曲历史的本来面貌,这一点格拉斯自青少年时期就有了切身体会。也许正因如此,他终其一生都对书写本身充满警醒。在1990年的一次演讲中(即《奥斯维辛后的写作》),格拉斯介绍了一段自己十七岁时的经历(1945年5月):

> 其信条曰:我们德国人是……作为德国人意味着……最后:德国人从来不……
>
> 最后引用的省略号甚至经受住了大德意志帝国的投降,达到了顽固不化的程度。当我与许多同龄人……面对这些应由德国人负责、统归在奥斯维辛这个概念下的罪行的后果时,我的反应是:不可能。我告诉自己和别人,别人也告诉自己和我:德国人从来不会干这种事。
>
> 这种确认自己"不可能"的态度甚至乐于表现得坚定不移。大量确凿的照片再现了这儿一堆鞋子,那

儿一堆头发，到处堆满了尸体，图片下面的说明写着大得惊人的数字和陌生的地名……我们的回答无论是说出来或者没有说出来都同样地肯定：不可能，德国人从来不会干这种事。①

"我们德国人是……作为德国人意味着……最后：德国人从来不……"多么简单的语言结构，然而其力量却可以无穷之大，以至于将整个民族带入非理性的旋涡。即便是在战后面对实实在在的历史图片，这种语言结构仍然可以蒙蔽人的双眼："不可能，德国人从来不会干这种事。"语言的力量可见一斑，历史、现实、真相在它的面前都显得无比脆弱。

在《蟹行》的开篇，对语言的省察便跃然纸上，奠定了整部小说的基调：

"为什么现在才写？"某人说，这个人并不是我。因为母亲总是一再地对我说……因为我想呼喊，就像当年水面上飘荡着喊声的那个时候一样，但是，我喊不出声……因为事实真相只有不到三行字……因为现在才……

诉诸文字，我还是感到困难重重。某人，他不喜欢别人找借口，总盯着我的职业不放。从毛头小伙的

---

① 君特·格拉斯：《奥斯维辛后的写作》，载君特·格拉斯《与乌托邦赛跑》，林笳、陈巍等译，上海：上海译文出版社，2008年，第334-335页。

时候起，我就和文字打交道……（1）

这里的"我"是小说叙述者保尔，"某人"则更多指向格拉斯本人。① 作为第一人称叙述者，"我"无法言说自己当年的苦难，因为"我"不知道如何将其"诉诸文字"。来自"某人"的诘问"为什么现在才写"，不仅开启了保尔对自身的省察，也反衬着作者格拉斯对书写问题的自省。在与《蟹行》译者蔡鸿君的对话中，格拉斯表示，书写"古斯特洛夫"号海难与外界所揣度的"向右转""趋向保守"毫无关联，"这完全是愚蠢的说法"。他的写作动机在于："我们不应该把这个主题，这个重要的主题，交给极右分子，其实这也是左翼自己的疏忽失职，把这个主题放到一边，避而不谈，让右翼将它送到互联网上去了，因此，我站在我的左派立场上来写书进行反击。"② 可见，《蟹行》本身便意味着对书写的省察。

这种敏锐的语言省察意识也反映在小说的"命名"问题中。在《蟹行》的叙事进程中，命名问题反复出现，例如"威廉·古斯特洛夫"号以及其后出现的一系列"古斯特洛夫"衍生品——"威廉·古斯特洛夫工厂""古斯特洛夫大桥"等（26）。命名并不是简简单单的动作，它会赋予事物以不同寻常的意义，进而影响人们的识解，创造事物与"我"之间的纽带。当"威

---

① 在后文中，"某人"还会以"老家伙"（19）和"雇主"（37）等名义出现。
② 君特·格拉斯：《格拉斯谈〈蟹行〉（附录）》，《蟹行》，蔡鸿君译，北京：人民文学出版社，2022年，第159页。

第一章　语言——显、隐之中的力量

廉·古斯特洛夫"号被命名后,读者看到小说中这样描写周遭人的沸腾欢庆:"神经强健的民众发出的欢呼盖过了香槟酒瓶在船头撞破时发出的响声。新船缓缓离开船台,人们唱起了两首歌……"(34)很显然,命名在此如同仪式。

保尔曾在网上提出这样一个问题:"假如一九三六年八月四日在汉堡开始建造的这条轮船,在下水的时候,仍然是以元首的名字命名的,那会怎么样?"对此,有网友做出回答:"'阿道夫·希特勒'号绝不可能沉没,因为这是天意……"(26)一艘轮船究竟是叫"威廉·古斯特洛夫"号还是叫"阿道夫·希特勒"号,这不单是个简单的符号问题,而是关乎了整艘船以及全船人的命运走向。在这种赤裸裸的对比之中,可以直观地感受到命名的语词力量——作为语词,它关乎人的思维。由此就不难理解为什么康尼"坚持不懈地把什未林称作'威廉·古斯特洛夫的城市'"(23)。什未林是古斯特洛夫出生的城市,其究竟是叫"什未林",还是叫"威廉·古斯特洛夫的城市",这中间的区别已经不言而喻。

简单说来,命名可以是一种标签。然而当历史的大潮反复冲刷,标签也将反复改变。比如"什未林的皇宫花园大街,在一九三七年被改为威廉·古斯特洛夫大街,现在又恢复了旧街名"(114)。从这种意义上来讲,命名虽然不仅仅是个符号,但又只能是个符号。在符号的更新迭代、不停替换之中,历史如同迷宫(后文还会谈及的一个关键词),让人很容易就迷失了方向。来看看命名会如何发酵,影响历史:

在所有评论和后来在其他地方发表的演讲中,都没有提到大卫·法兰克福特的名字。从此以后,他就只被称作"犹太刺客"。对立方试图将这个体弱多病的医学院学生封为英雄,根据他的塞尔维亚血统,把他作为"南斯拉夫的威廉·退尔",捧上纪念碑,这种企图被瑞士爱国者们用气愤的标准德语予以拒绝,但是却增强了关于行刺青年背后有幕后策划者的猜测。很快就把犹太人的组织称为是幕后操纵者,说"卑鄙的谋杀"的委托人是有组织的世界犹太教会。(21)

在小说所塑造的几个主要人物中,保尔的语言省察意识尤为值得一提,其表现之一是他从不愿以"我的母亲"称呼图拉,而是直截了当地称其为"母亲":"我从来没有叫过她'我的母亲',而总是只叫'母亲'。"(4)在这里,保尔指的并不是与母亲直接对话时的称呼问题,而是说他在叙述中从不用"我的母亲"这一词组。这在后文中可以得到证实:但凡提及图拉,保尔都直接采用"母亲"这一独立名词。从语法上来说,这是很奇怪的。在德语中,只有少部分名词才可以这样零冠词使用,"母亲"并不属于此列。从小说表现来看,保尔和图拉的关系非常紧张,两人在思想上无法取得任何共鸣。保尔甚至将图拉称为"顽固不化的坏东西"(10)。这种关系反映在语言层面就是保尔不能接受将有归属感的"我的"用在图拉身上。显见,语言对保尔来说是一件非常重要的事情,他的语用是经过思考、经过选择的结果。从概念化的角度来看，鉴于语言与思维的一体性，保尔与图拉的关系在其语用之中已经显露无遗。

在浏览康尼建立的网站时，保尔在主页上看到几个问句："你们想要更多地了解我们的烈士吗？要不要我们把他的故事一段一段地呈现给你们？"对此，他的反应非常迅速、直接："绝不可能是我们！也绝不可能是战友同盟！"（20）这里的字面意义是，保尔认为网站是一人所为（此时他还不知道就是康尼），没有什么"战友同盟"，一切都是伪装。但在这近乎一问一答的上下文中，读者所感受到的更多是保尔第一时间就拒绝与网站建立者共称"我们"，拒绝与极右分子成为"战友同盟"。"我们"这个词在某些场合里非常有欺骗性，它不经对方的同意就直接将其纳入己方的阵营，倘若对方缺乏省察意识，就会在不知不觉间落入语言的圈套。比如在康尼的网站这儿，稍不小心，"你们"就也成了"我们"。

更耐人寻味的是"一月三十日"这个词。将"一月三十日"称为词，是因为在保尔的语言体系里，"一月三十日"早已不再是单纯的日期。保尔出生在这一天，但是这一天对他来说形同"三重诅咒"（7，80）：1895年1月30日，威廉·古斯特洛夫出生；1933年1月30日，希特勒出任德国总理；1945年1月30日，"古斯特洛夫"号被击沉船。保尔强烈的语言省察意识让他无法忍受自己出生在这样一天，他甚至多次表示自己宁可不要来到这个世界也不希望出生在这样一个被诅咒的日子。这也是他在篇首就表示自己"喊不出声"的原因之一。

又是这个该诅咒的日期。历史,准确地说,这段被我们触摸的历史,真是一个被堵塞住了的茅坑。我们冲水啊冲水,可是大粪还是往上涌。比如说,这个该死的一月三十日,它始终压在我的头上,给我打上了烙印。不管是上小学,上大学,还是当了报纸编辑,结了婚,我总是拒绝在朋友、同事、家庭的圈子里庆祝我的生日,但是,这也没有任何用处。我总是担心,在这样一个庆祝活动上,不管是否有一个祝酒词,一月三十日这个遭到三重诅咒的含义,可能会被套在我的头上,尽管看起来这个被喂得就要快爆炸的日期,这些年里已经苗条多了,现在已经毫无褒贬之义,就像其他日期一样只是日历上的一天。我们利用词汇来和历史打交道:要对历史进行补偿,要摆脱历史往事的纠缠,要努力地在心灵里处理悲痛。(79—80)

格拉斯的语言实在太过精妙!在这段对语言省察的文字本身里又潜藏着微妙的文字游戏:"要摆脱历史往事的纠缠"这句话的名词是"Vergangenheit"(译文中的"历史往事"),动词是"bewältigen"(译文中的"摆脱")。[①] 这里涉及战后德国"克服过去"(Vergangenheitsbewältigung)的问题。所谓"克

---

① 德语原文如下:"Wir haben ja Wörter für den Umgang mit der Vergangenheit dienstbar gemacht: sie soll gesühnt, bewältigt werden, an ihr sich abzumühen heißt Trauerarbeit leisten." 参见 Günter Grass, *Im Krebsgang* (Göttingen: Steidl Verlag, 2002), p. 116.

服过去",指的是"人们与纳粹历史所进行的交往。它牵涉到当代德国人认识纳粹历史、评价纳粹罪行、反省民族责任的立场、途径与限度……"①"过去"到底能不能被"克服"、是否已经被"克服"、"克服"这个概念本身到底是否适合用在"过去"之上,这些问题都尚有争议。格拉斯要提醒读者的是,用"词汇和历史打交道"必然要遭遇危险,词汇的意义可能膨胀到快"爆炸",也可能萎缩到很"苗条"。另外,它还可能被利用、被"胡编乱造"——比如,康尼就认为古斯特洛夫"是有预感地出生在后来夺取政权的这一天",这一切当然是"被天意所决定的事实"。聊天室里的"大卫"同样将这几个日期信手拈来、"胡编乱造",于是历史就又成了另一番光景:"那艘以你的这个小得可怜的党棍命名的船,在他的出生日暨希特勒政变十二周年纪念日,全船沉没,也是天意,而且恰恰就在古斯特洛夫出生的那一分钟,二十一点十六分,三声巨响……"(81)语言符号在顷刻之间从建构走向解构。

"投入"祖母怀抱的康尼也接手了祖母的语言天分。联想一下保尔是如何慢慢确认了网络那一端的人就是康尼——他识别出了母亲图拉的"遣词造句"(49)。图拉的语言攻势将康尼引上歧路,"离开母亲左翼的长期教育,投入祖母灵感的源泉"(80)。在自己的网站里,康尼巨细无遗地跟踪"古斯特洛夫"

---

① 孟钟捷:《公共历史文化中的"克服历史"之争——近来德国公众史学研究中的一个热点问题》,载《复旦学报(社会科学版)》2015年第6期,第55-56页。

号沉船事件，但却带着"机敏"的技巧。他先是采用了纳粹的语言来扭转整个事件的情感色彩："这条船静静地有条不紊地接纳了这些逃避俄国野兽的姑娘、妇女、母亲和孩子……"继而对某些内容夸大其词，对某些内容避重就轻。他隐瞒了船上还有"几千名潜艇水兵、三百七十名海军辅助女兵以及那些急匆匆地被拆卸的高射炮的射手"，稍提一笔的伤员也被冠以"前线的战士，是他们顶住了红色洪水的冲击"之名；他巨细无遗地列举了"往船上运了多少公斤面粉和奶粉，多少头宰杀好的猪"，却没有提"那些训练很差、被派来补充船上兵力的克罗地亚志愿军"，也没有提"古斯特洛夫"号"缺少的那十条救生艇……被派去在空袭时释放烟雾隐蔽港口"。看样子，康尼是有意要将"古斯特洛夫"号表现为"难民船"，这是多么可怕的概念替换！这种替换事实上是在"虚构一件战争罪行"，意在"对实际发生的事加以美化"（70—71）。格拉斯在接受采访时专门提道："许多报刊把'威廉·古斯特洛夫'号称为'难民船'，把这场海难和战争犯罪等同起来。实际情况并不是这样，这是一场灾难，而不是犯罪。当时仍在交战，而且船上还有许多军人，苏军潜艇指挥官下令击沉该船完全是正确的。"[①]

  有关康尼的语言策略，小说里还有很多表现。例如他未被允许的报告，被学校老师评述为"受纳粹主义思想影响很深，而且是别有用心地以非常聪明的方式表达出来的"（130）；

[①] 君特·格拉斯：《格拉斯谈〈蟹行〉（附录）》，《蟹行》，蔡鸿君译，北京：人民文学出版社，2022年，第152页。

第一章 语言——显、隐之中的力量

又如他在描述俄国人时完全套用了纳粹"官方公告的语言",将其称为"野蛮的俄国人""施暴的俄国士兵","如果不筑起一道抵御亚洲洪水的堤坝,这种恐怖就会永远威胁着整个欧洲……"(70)但最让人印象深刻的还是康尼通过对图片、文字的巧妙编排,将古斯特洛夫纪念碑上的铭文做了如是呈现:"从上往下,共有三行字:'献身于运动——遭到犹太人谋杀——为了德国而死'。因为中间的那一行字不仅省略了凶手的名字,而且强调所有犹太人都是谋杀凶手……"(118)康尼是"八五一代",互联网对这一代以及这一代以后的代际是如此重要。网络中文字、图片以及如今更为时兴的视频媒介成为新时代的语言,它们受众广泛,传播快捷,信息生动,赋予历史以更为鲜活的样貌。但这种"鲜活"却质量参差不齐,真假难辨。在互联网时代,历史与记忆的编码和解码似乎都变得更为容易且更为随意。康尼的语言把戏如同大作的警铃:我们到底该如何在传统语言以外,对新时代的多种符号语言做出反应?

在这一小节的最后,再来对比两个句子。1936年2月4日,大卫·法兰克福特刺杀纳粹分子威廉·古斯特洛夫。向警方投案时,他说:"我开了枪,就因为我是犹太人。"(16)1997年4月20日——希特勒出生于4月20日——网名"威廉"的康拉德·波克里弗克刺杀网名"大卫"的沃尔夫冈·施特雷姆普林。向警方投案时,"威廉"说,"我开了枪,就因为我是德国人"(121)——以语言为名的把戏在此昭然若揭。

第二章　感知——立体化历史书写

　　齐：比如说，您的美学是一种对世界的确证，它很可能基于能感知的、能触摸到的东西，但继而又走向一条复杂的写作道路，通往如某种真实，通往一种认识世界的尝试……

　　格：……春天的时候，走到厨房门口去观察一根树枝，看树枝是怎样有机地从另一根里生长出来……迷惘的时候，大自然总比我们能想出更多的形式与惊喜。尤其是当我们有独立的、非常突出的想象的时候，值得把我们的想象力总置于千姿百态的大自然中……①

　　以上是对话录《启蒙的冒险》(*Vom Abenteuer der Aufklärung*)中哈罗·齐默尔曼（Haro Zimmermann）与格拉斯之间的一次问答。从中可以很明显地体察到格拉斯对于感知的重视。无独有偶，当读者进入《朗读者》中米夏的回忆时，也会觉察到多种感官模式的联动。米夏的故事似乎充斥着声音、流动着画面、

---

① 君特·格拉斯、哈罗·齐默尔曼：《启蒙的冒险：君特·格拉斯对话录》，周惠译，北京：人民文学出版社，2022年，第16–17页。

弥散着味道,回忆在此立体起来,成为可感知的"回忆空间"①。

　　事实上,对感知的激活只是表象。正如齐默尔曼所述,在格拉斯的文学世界里,感知与通往"某种真实"、通往对世界的"认识"密不可分。就二战历史书写来说,无论是《蟹行》,还是《朗读者》,小说对于感知的调动都不是目的,而只是手段,它们所服务的是对历史真实的探索与呈现。这就涉及"立体化历史书写"的问题。此处采用"立体化历史书写"是想要突出一种多层次、多维度的历史书写方式。阅读当代德国的反思文学作品,读者能够感受到作家对历史不同侧面、人性不同层面的重视,这也就意味着当下的二战历史书写告别了简单的二元对立,一切不再停留于非黑即白、泾渭分明。书写者可以表现宏大历史,也可以沉降到对"小小"个体的关注;可以表现纳粹德国的战争罪责,也可以呈现普通德国人所遭受的战争创伤;可以表现纳粹分子作恶多端,也可以呈现普通人的"平庸之恶"。显然,立体化的历史书写是复杂多维的。这其中当然有新历史主义的剪影,对"单数大写的历史"的破除,对"小写复数'诸历史'"的强调,"发掘那些被湮没和被边缘化者的历史",这正是新历史主义的理论诉求。②

　　就对历史的立体化追溯而言,感知叙事之所以十分重要,

---

① 关于"回忆空间",可参见阿莱达·阿斯曼:《回忆空间——文化记忆的形式和变迁》,潘璐译,北京:北京大学出版社,2016年。

② 张进:《新历史主义与历史诗学》,北京:中国社会科学出版社,2004年,第46页。

是因为身体与事实之间存在着紧密的牵连："身体的感观具有接近事实的能力，而且它们天然契合事物的特征。身体显示着生成、流动和变化，这些正是世界的本来面目，因此，根据尼采的观点，身体才是贴近真理的所在。"① 另外，从"感知"的角度来讲，对立体化历史书写的追求就意味着要反抗对历史的"麻木"。在《朗读者》中，当米夏看到周遭人等都陷入麻木、自己也一度为麻木所控制之时，他的困惑事实上逾越了个体的情爱故事，直指对于历史的总体感受。总的来看，历史空间应当是多维的、开放的、鲜活的，对历史的体验、对历史的书写也应当要避免单薄、封闭与僵死。一言以蔽之，追求立体化，反抗麻木——就如齐默尔曼对格拉斯美学的评述，这是一种"研究性的，一种对概念、经验与舆论敞开的，一种讨论性的，相对的，悬而未决的"② 诉求。

一、时空感知

"现实世界的一切事物都处在一定的时间和空间之中，因此，时间与空间作为一对相互对立又相互依存的哲学概念古而有之。"③ 时空是人存在的基本方式，是我们对外界感知的两

---

① 张金凤：《身体》，北京：外语教学与研究出版社，2019年，第39页。
② 君特·格拉斯、哈罗·齐默尔曼：《启蒙的冒险：君特·格拉斯对话录》，周惠译，北京：人民文学出版社，2022年，第17页。
③ 陈丽：《空间》，北京：外语教学与研究出版社，2020年，第8页。

个基础向度。对于呈现立体化的历史来说，在小说文本中呈现历史的时空维度，恢复时间与空间的鲜活感，唤起读者犹如在场的时空感知就显得非常重要。有关于此，《蟹行》的时空叙事显得格外精妙。

从时间维度来看，由于嵌套了多个叙事层面，《蟹行》的叙事表现出很明显的碎片化。但耐人寻味的是，在这种叙事的破碎性之中，格拉斯设置了一条模拟现实世界时间流动的暗线。小说伊始，叙述者并没有立即进入对"古斯特洛夫"号海难的描述，而是从该事件所涉及的几个主要人物如何一点点地走进历史舞台讲起。"三驾马车"（4）的出生、成长，刺杀事件的发生，"古斯特洛夫"号的命名，被击沉船等核心要素基本按照时间顺序一一上演。由于叙述者对"小写复数'诸历史'"等量齐观，因此，他也不急于讲完一件"大事"就立即进入对下一件"大事"的叙述，而是去细数那些"小事"，这就达成了对物理世界时间流动的模仿，也达成了对历史空间之时间维度的追溯。例如："我……甚至没有权利现在就来写我偶然出生的那个决定性的时刻，因为还有许多次和平的 KdF 旅行等着这艘轮船去完成。有十次是绕过皮靴形状的意大利，包括西西里岛，而且可以在那不勒斯和巴勒莫上岸观光……"（47-48）在这段内容以后，叙述者继续展开说明了此间一些大大小小的细节，似乎是按照自然时间发展缓缓向前推进——当然，其中不乏一些碎片化叙事的插入。广义上来看，此处可以与语言"象似性"进行类比。所谓"象似性"，指的是"语言形式与意义之间更为具体的理据关系，即两者在关系或结构上'相似'"[①]。也就是说，格拉斯的语言表达方式有利于从形式上模拟时间的流动，这也就必然会潜移默化地影响到读者对文字的识解、对故事世界的感知，使读者有如身临其境，跳过黑白字符的二维世界，进入三维空间。

从空间维度来看，格拉斯很看重碎片化之下历史空间的联动，尤其是同一时间点上多个历史空间的并置。这里举两个例子：

> 被告大卫·法兰克福特坐在或者站在两名州警察之间接受审判的这段时间里，潜艇指挥官马林涅斯科要么是在海上航行，要么就是在黑海的塞瓦斯托波尔港口休假，完全可以想象，他会放量狂饮，烂醉三天，在这期间，正在汉堡建造的新船也已经初具规模，铆钉锤日夜响个不停。(30)

> 一月三十日凌晨，亚历山大·马林涅斯科接到电报，苏联红军已经占领了梅莫尔市的港口，于是，他就确定了新的航线，但并没有通知指挥中心。"S-13"号载着四十七名官兵和十枚鱼雷朝波莫瑞海岸行驶，这时，"古斯特洛夫"号正在奥克斯霍夫特码头让最后几批难民上船，其中就有波克里弗克一家。

> 在我的报道里，两条船彼此越来越接近，但是没

[①] 李福印：《认知语言学概论》，北京：北京大学出版社，2008年，第45页。

有发生任何重要的事，因此还有机会来简要地提一下在格劳宾登的一所监狱里的日常生活情况……那个……被判处十八年徒刑的人，迄今已经坐了九年牢。因为不再受到来自大德意志帝国的威胁，他又被转回了库尔的森霍夫监狱，由于战争局势发生了决定性的改变，他认为可以递交一份宽恕申请，但是就在那两条船在波罗的海航行的时候，他的申请被瑞士联邦最高法院拒绝了。不仅大卫·法兰克福特没有得到宽恕，而且那艘以他的谋杀对象命名的船，也没有得到宽恕。
（84）

显然，两段叙述都在平行的历史碎片间来回跳跃：

第一段叙述：受审的大卫·法兰克福特——航行或度假的马林涅斯科——正在汉堡建造的新船"威廉·古斯特洛夫"号（此时还没有这个名字）。

第二段叙述：接到电报的马林涅斯科——波克里弗克一家登上"古斯特洛夫"号——狱中的大卫·法兰克福特——不会被宽恕的"古斯特洛夫"号。

叙述者力图将碎片化的"小空间"（"小历史"）并置、珠联在一起，从而呈现出侧面丰富的"大空间"（"大历史"），使它们共同演绎虽则支离破碎，却不乏或紧张或松散关联的历史图景。事实上，作为生活在历史大潮中的个体，人们往往只能感受到与自己有关的小小世界，很难真正跳脱出来，看到历史事件之间千丝万缕的缠绕关系。因此，倘若仅将某一历史空间所发生的事情作为中心，而不注重对其关联性的呈现，就如同复制人们的日常感知，这就再次掩盖了历史事件之间的勾连。格拉斯的呈现中带着想象，不可能是全然的真实，但这种叙事方式给予人们更为细腻的历史关联、更为具体的历史画面，因此能够使人们更好地感知到层次更为丰满的立体化历史空间。历史在此有如一个立方体，其中万象丛生。

格拉斯将自己的写作方式称为"'过去现在未来'融为一体的东西"①，这与我们所探讨的立体化写作方式相得益彰。值得一提的是，在以上的第二段引文中，格拉斯依然在模拟物理时间的流动："在我的报道里，两条船彼此越来越接近，但是没有发生任何重要的事，因此还有机会来简要地提一下在格劳宾登的一所监狱里的日常生活情况。"两种立体化手段交织在一起，既有时间又有空间，实在绝妙。

在立体化历史书写中，时空感知是基础，感官感知则可以让历史空间更为鲜活。因此，下文来关注一下对感官的激活。

二、激活感官

《朗读者》整部小说是米夏往事已矣后的回顾性叙述。在此，

---

① 君特·格拉斯、哈罗·齐默尔曼：《启蒙的冒险：君特·格拉斯对话录》，周惠译，北京：人民文学出版社，2022年，第19页。

不同感官模式交杂缠绕，试图打造立体化的回忆空间。感官在这里成为个体追溯历史的手段，它赋予历史碎片以意义，并给予历史碎片以阐释——也许这正是感知叙事的深层意义所在。

从小说开篇的第一段文字起，感官就渐次得到激活：

> 记得那时候我是十五岁，得了黄疸病。病是那年秋天发作的，到第二年春天才好。旧年的天气逐渐寒冷和暗淡起来，我的病体也愈来愈虚弱了。直到新年来到，才有了点起色。这年一月份很暖和，于是母亲把我的床移到阳台前边。我可以看见天空，太阳，云彩，听见小孩在院子里玩耍的欢声笑语。二月的一个傍晚，我听到一只鸫鸟在歌唱。（3）

告别了上一年的"寒冷"与"暗淡"，米夏迎来了"暖和"的春天。因为身体渐渐好转，米夏得到把床移到"阳台前边"的机会。很明显，"阳台"代表着内外之间的过渡，米夏由是获得了进入更开阔的感知天地的机会——他"看"到了"天空，太阳，云彩"，"听"到了"欢声笑语"以及"鸫鸟在歌唱"。尽管涉及孱弱的病体，但整段描写总归还是比较美好的感官世界。不幸的是，马上就要出现一些不那么美好的片段了。因为患有黄疸，米夏控制不住地在大街上呕吐了——这想必不是让人愉快的味觉与嗅觉。正是在此时，汉娜来到了米夏的身边。她不仅帮助米夏做了清洗，还拎来清水冲洗了石子路面。当汉娜将因羞耻而哭起来的米夏搂进怀里时，米夏"闻到自己嘴里那阵子难闻的味道，又闻到了她身上那股子新鲜的汗味"（4）。至此，所有感官都被激活，米夏与汉娜之间也建立了潜在的纽带，两人的故事就此拉开帷幕——"感官知觉不止借各种大大小小行为使人的生命有了意义，而且还把现实分割成充满生命力的碎片，将之重组为有意义的样式。"[①]下文将主要从听觉、视觉与嗅觉三种感知模式出发，具体分析感官是如何给米夏与汉娜的故事打下烙印，成为其回忆的历史空间中挥之不去的在场。

就听觉而言，其重要性已毋需多言——"朗读"是贯穿整部小说的结构性要素。对米夏和汉娜来说，朗读扮演了启蒙的角色。尤其是两人第二阶段的朗读，无形中促成了汉娜学会读书写字，她也因此走向了对自己罪责的认知。另外，朗读使施林克有机会展现汉娜感性的一面，例如下面这段文字中所展示的：

> 她是一位专心的听客。她时而嫣然一笑，她忽而嗤之以鼻；她一会儿愤怒难当，她一忽儿又击节赞赏。这一切都毫无疑问地表明，她一直在紧张地跟踪着情节发展。她也发表看法，认为不管是爱米丽亚，还是路易丝，全都是傻丫头片子。她偶尔会迫不及待地催促我接着往下念，就是带着一种希望，要让这些愚蠢言行尽早收场。她会说："哪有这么样的事！"（46）

---

① 戴安娜·阿克曼：《感觉的自然史》，庄安祺译，北京：中信出版集团，2017年，第XI页。

这种非常人性化的描述——为弱小者感怀、为故事共情、为艺术瘖寐思服——让读者很难将此处的汉娜与作为集中营看守的她联系到一起。读者在阅读中似乎看到"两个汉娜",一个对朗读全情投入,一个对他人辣手无情,就如同米夏后来所想象的那样(147-148)。米夏之所以在回忆中无法将汉娜彻底看清,大概也与此有关:"在我回忆中她那时的脸蛋上,覆盖重叠上了她后来的脸盘。而每当我希望把她重新呼唤到我眼前来、要看她当时是什么模样时,她虽然显现出来,却是一个没有脸的她了。"(13)

对米夏来说,年少时给汉娜朗读不仅启发了他对艺术的热爱,也引导他走向了心智的成长,多年以后的"重新出发"不仅是读给汉娜,也是读给自己,朗读不仅在救赎汉娜,也在救赎自己。在这里,声音不仅仅是一种感官,它也帮助个体"阐释、沟通和表达"所面临的周遭世界。① 对米夏而言,未曾帮助汉娜讲出真相让他羞耻,爱上集中营女看守让他痛苦,无法与其他同学一起对父辈同仇敌忾使他与同代人格格不入。与汉娜的这段过往,让米夏的生活变得一团糟糕。对家人冷漠,与妻子离婚,遁入法学史研究,这都是米夏为此付出的代价。但他慢慢对法律有了重新的理解,也对生活有了新的思索。总的来看,这种理解与思索是朝着更为人性化、更为贴合人类世界与人类历史之复杂性的方向去的:

---

① 戴安娜·阿克曼:《感觉的自然史》,庄安祺译,北京:中信出版集团,2017年,第203页。

很长时间以来我就坚信,尽管曾经出现可怕的倒退和挫折,但是法律总是向前进步的,会发展得愈来愈接近优美,愈来愈符合真理,愈来愈充满理性,愈来愈饱含人道。但是,我不久就发现,我这种信念不过是春梦一场而已。从那时起,我的法律进步观就演示出了另一番图景。其中固然包含着目的,但是这目的却又是经过多次震撼摇晃、迷茫困惑和丧失理智才达到的。这正是重新出发的起点;因为,原先实际上并没有到达过,所以现在必须重新开始。(183)

不过,尽管有了新的认识,米夏却也只是大致想通。否则读者又该怎么理解米夏接下来的所作所为呢——他尽管给汉娜朗读,实际上却并不情愿汉娜真正进入他今后的生活,因此才在汉娜即将出狱时无比纠结,左右为难。① 但大体上,读者可

---

① 这里还可以进一步说明一下,汉娜为什么会自杀。对罪责的认识必然是重要原因,但还缺少一个直接原因。至少在与米夏重逢之前,汉娜应该是没有决意自杀的,甚至也许没想过自杀。从监狱长写给米夏的信中可知:"明年,施密茨女士将再次提出赦免申请。"(193)倘若汉娜真的从一开始就想要自杀,她断然不会"提出赦免申请",并且是"再次"提出。从情节发展来看,是多年以来从未给汉娜写过只言片语的米夏,是汉娜始终盼望的米夏,最终成了汉娜自杀的直接原因:"她认出是我,我也看出了她充满期待的眼神。我慢慢向她走近,我瞧见她在上下打量我,我看见她眼光里饱含着搜索、疑问、游移和伤痛,最后她脸上的光彩消失了。我站在她身边了,她挤出一片笑容,那微笑既友好亲切,又疲惫慵懒。"(197-198)也许是从米夏的身上,汉娜明白了一个问题——她回不去,她无法再进入社会了。当然,这是从故事世界的角度进行分析;倘若从作家书写的角度来看,汉娜之死应当是一种必然走向。

以理解米夏。总而言之，米夏的"重新出发"不仅是在救赎汉娜，也是在帮助自己，"克服"那段充满羞耻与痛苦的经历。对米夏而言，朗读也是一条启蒙之路。

此外值得一提的是，在《朗读者》中，对听觉的表现绝不仅限于"朗读"，而是贯穿首尾。例如，米夏第二次鼓足勇气来找汉娜时，汉娜并不在家，于是米夏便坐在楼梯台阶上，等待汉娜归来：

> 她家过道的钟敲过一刻钟，敲响半点钟，又敲完了整点。我尽力想跟上那轻柔的滴答滴答声，跟着去数数，去数那下一次敲打之前的九百秒，不过，我总是在中途又分心了。院子内细木工场的锯子在刺耳地响，楼房里有从某一套房子里传出的音乐声，有说话声，有开门关门声。接着，我听见了有谁在上楼来，脚步声停匀，缓慢，沉重。我希望这人住在三楼。要不，如果他上来看见我，问我在这儿干什么，我又怎么解释呢？可是，脚步声没有在三楼止住，而是继续向上。我于是站起身子。（23-24）

钟声、锯声、音乐声、说话声、开关门声、脚步声——米夏就是伴随着这些声音正式敲响了汉娜世界的大门。当汉娜走上楼来、伸手去掏钥匙时，"有几枚马克硬币掉到地上了"（24）。想必是叮叮当当的声音。让人联想到魔咒，可能是在警示米夏立即停止，回到自己的生活之中，如此便再无他事。但米夏没能领会到命运的提醒，他捡起硬币，交给了汉娜。十五岁少年的爱情正式开启。

两人最后一次实质性接触则是汉娜出狱之前。其时，米夏给汉娜打了一通电话。当其他感官退去，听觉便立刻凸显出来。米夏忽然意识到，自己上次狱中探访汉娜时完全没有注意到一件事："她的嗓音还是青春长驻。"（205）

类似的声音片段其实不胜枚举，此处特地选出以上两个片段是想要说明：米夏的回忆空间众声喧哗，如同"嘈嘈切切错杂弹，大珠小珠落玉盘"，其间为各种各样的声音片段所填充，给回忆打上了坚实的声音标记。

当米夏回忆自己与汉娜的朗读故事时，他的耳边不仅有"院子里的电锯声"与"窗外鹎鸟"的歌唱声，眼前似乎还能看见"厨房里的那些东西斑驳陆离，或明或暗，全都笼罩在一片暮色之中"（47）。这是非常有画面感的场景。

视觉在米夏的回忆中同样扮演了重要角色。[①] 米夏梦中的房子被直接描写为"像是瞎了眼，盲了目一般"（9），这代表着米夏的心结，以视觉的方式再现了他与汉娜之间剪不断、理还乱的故事。另外，这也与前文提到的一个文本细节相契合：

[①] 值得一提的是，科学研究结果显示，视觉"传达给我们最大量、也最多姿多彩的资讯……人体 70% 的感官接收器集中在眼部，我们主要透过眼睛观看世界，从而评鉴和了解它"。参见戴安娜·阿克曼：《感觉的自然史》，庄安祺译，北京：中信出版集团，2017 年，第 263 页。

汉娜在米夏的回忆中缺乏面部细节。越追溯,越模糊,这大抵也是回忆的固有特征。在小说中,米夏经常提到汉娜给自己留下许多"写照":

> 汉娜都有些什么写照呢?其中一幅是她在厨房里拉上长筒袜;另一幅是她站在澡盆前,伸出双手,手里拿着浴巾;还有一幅就是汉娜在骑自行车奔驰,裙边儿在车子带起的风中飘拂;最后,就是她站在父亲书房里。那天,她身上穿了一袭蓝白相间的条纹连衣裙,那时叫作衬衫式连衣裙。一穿上她就显得年轻朝气。那会儿,她用食指轻轻地划过书脊,她又看着窗子上的一片黑暗。她朝我转过身子,那么轻盈地一回眸,裙边围绕着她的腿肚子旋转起舞,然后又轻轻垂下。我发现她的眼神有点疲倦。(65—66)

阿斯曼认为:"图像首先出现在记忆中无法用语言来加工的地方。尤其是那些创伤性的和前意识的经验。"[①]对米夏而言,与汉娜的过往不可避免地成为一种创伤。倘若用"难以言喻"一词来述说二者之间的故事,应当不为过。此处值得一提的是,在《卡尔腾堡》中,成年后的冯克回忆创伤性事件——德累斯顿大轰炸时,也是同样诉诸图像记忆:"……我看到一行光秃

---

① 阿莱达·阿斯曼:《回忆空间——文化记忆的形式和变迁》,潘璐译,北京:北京大学出版社,2016年,第247页。

秃的、深灰色的红鹳,它们准保是从被炸毁的动物园逃到大公园里来的。滚滚热浪烧毁了它们美丽的粉红羽毛,看着它们烧焦的、扭曲变形的大喙,几乎让人都认不出来了……"(72)在这里,冯克仿佛双眼仍注视着当晚,试图厘清其中每一个细节,看清那个让记忆混乱的夜晚到底发生了什么,而这也就回应了阿斯曼的那句话——"图像首先出现在记忆中无法用语言来加工的地方",无论对于米夏还是冯克,皆是如此。

从文本表现来看,处于米夏回忆空间的汉娜也酷爱用视觉体察外界。前文曾提到汉娜对大自然的热爱;即便是在狱中,汉娜也钟爱透过窗子观察周遭景物。汉娜还曾在米夏父母外出时到其家中做客。下面来看看她在米夏父亲书房都做了什么,准确地说,是她都看了什么,因为汉娜在不停地"看":

她打量每一件东西,从比得迈亚家具,到三角钢琴,再到老式落地大座钟,当然还有绘画、图书,以及铺陈在餐桌上的盘子餐具……我闷声不响,斜靠在门框上注视着她。只见她的目光扫在每一排齐着天花板的书架上,就像是在翻阅书页一样。然后,她走到一排书架前面,把右手的食指举得齐胸那么高,轻轻地划过书脊,接着又走到第二排书架前,仍旧用食指划过书脊,就这样,书脊联翩着书脊,她划着划着,穿过了整间书房。她走到窗子边就站住了,透过玻璃去看外边那一派黑暗景色,又看那些书架在窗子玻璃

上的反光，还有她自己在玻璃里的照影。(65)

这里似乎有一种感官的联动。不识字的汉娜希望通过"看"、通过"触碰"来体察"神圣"的书房。读者能感受到汉娜对知识的敬畏之心，她关心米夏父亲是否写书，米夏自己以后会否写书，就连在餐桌用餐都选择坐在米夏父亲的椅子上——她心中高贵知识的代言人。从她将目光扫过每一件家具、每一本书，到最后看向外面的"黑暗景色"以及玻璃反光之中自身的照影，这似乎是一个目光流动的路径，其终点则是隐藏在黑暗之中的自己。不识字的汉娜不愿见光，她不敢给予自己任何接触光明的机会。而"我"——米夏——站在灯光下，"斜靠在门框上注视着她"，将这幅图像存留在了记忆之中。如阿斯曼所述，图像是"记忆的隐喻"。[①]

在《朗读者》中，嗅觉也是非常突出的感官模式。事实上，气味是一种很神秘的"东西"，它与语言似乎没那么亲近，但却与我们的生命无比接近：

> 如果同一色调中，所有的色彩都有词语可形容——淡紫、粉紫、紫红、深紫和紫丁香的紫，谁又能为气味定下用色调和色度特征组成的名字呢？我们仿佛被集体催眠，而遗忘了其中的某些部分。也可能

---

① 阿莱达·阿斯曼：《回忆空间——文化记忆的形式和变迁》，潘璐译，北京：北京大学出版社，2016年，第247页。

是因为气味感动我们至深,因此我们无法唤出它们的名字。在辞藻丰富的世界里,几乎所有的奇迹都能用语言来解读,唯独气味常常就在我们的舌尖——却仅此而已,它和语言有一段神奇的距离,神秘不可测,是一股无名的力量,神圣不可侵犯。①

可以说,作为"感动我们至深"的力量,气味伴随了米夏与汉娜的全部故事,弥漫在整个回忆空间之中。从小说第一章开始,读者就会面对许多有关气味的描写,其中尤其是与汉娜有关的气味。两人初遇时,米夏就闻到汉娜身上"新鲜的汗味",第一次去找汉娜时"空气里闻得出清洁剂的味道"(11),还有"木料的味儿"(12)。两人在一起后米夏依然很痴迷汉娜身上的味道,"那种香水味儿,新鲜的香汗味儿,还有她从工作里带回来的电车味儿"(35)。"汗味"是米夏对汉娜回忆的"路标"。米夏总是说起汉娜的汗味,从最初令人愉悦的味道到两人狱中重逢时令米夏却步的味道,"汗味"为两人的回忆奠定了气味的基底,以至于和妻子格特露德在一起时,米夏总觉得"她不是味儿,她碰起来、摸起来不是味儿,她闻起来也不是味儿,味道总不对"(173),他甚至还坦率承认"我所寻寻觅觅的女人要有那么点像汉娜,摸起来、碰起来要像她,气味和滋味也要像"(174)。

---

① 戴安娜·阿克曼:《感觉的自然史》,庄安祺译,北京:中信出版集团,2017年,第7页。

第二章　感知——立体化历史书写

及至多年后,两人的狱中重逢激起了米夏对汉娜所有气味的回忆,淋漓尽致地将这些年都未曾得到满足的"气味渴望"一股脑地释放了出来:

> 以前,我总是特别爱闻她身上的气味。她闻起来那么清新,是才洗过了澡,是新洗过的衣服,是方才沁出的香汗,是刚刚被爱过的余味。有时候她也用香水,可我不知道是哪一种。而且,就是她用的香水,闻上去也要比其他香水清新爽朗。就在这种闻上去清爽的气味之下,又流连着另外一种味道,很浓重,潜伏着,涩得刺鼻。回想那时候,我经常在她身上嗅来嗅去,就像一只小动物似的。我从脖子和肩膀开始,嗅那新洗过澡的气息;从那两只乳房当中,嗅那新沁出汗的味道,那汗味儿在腋窝处又和别的气味混合在一起;从那腰部和腹部,嗅那浓重而说不上来的气息,不过倒是近乎纯正的;还从那大腿之间嗅出一种水果般的气味。我也在她腿上和脚上嗅来嗅去,嗅到小腿时,浓重的气味就消失了,膝盖窝又有点刚沁出的汗水,她的脚闻起来是香皂味、皮鞋味和身体疲乏的味道。后背和胳膊没有什么特别的气味,什么也闻不出来,或者说,就是她身体本来的味道。她的手是白天干活的味道,带有车票的油墨香、钳子上的铁器味,以及洋葱头、鱼、煎肥肉、肥皂水、烫衣服的蒸汽等

的味儿。如果她刚刚洗过澡，手上就什么也闻不出来了。不过，那也只是香皂味把其他气味都掩盖起来而已。过了一会儿，那些味道又会卷土重来，微弱地混合进一天干活的气息当中，那就终于是傍晚、回家和居家的氛围了。（198）

嗅觉在这里成为记忆的导火索，它"就像威力强大的地雷，隐藏在岁月和经验之下，在我们的记忆中安静地爆炸。只要触及气味的引线，回忆就同时爆发，而复杂的幻影也由深处浮现"①。显然，米夏记忆中的汉娜类似于美好的气味复合体。然而，令人痛苦的是，就在重逢的这一刻，"我坐在汉娜身旁，闻到的是一个老女人的体臭"（198）。汉娜是从什么时候开始变了味呢？自少年时与汉娜分开，直至此次狱中重逢，米夏与汉娜再无其他亲密接触。因此，对他而言，汉娜的气味改变是在这一次突然降临的。米夏非常困惑："这种气味对于汉娜来说未免太早了吧。"（199）的确"太早了"。读者可以从监狱长的话里得知，汉娜并非因为年迈而产生"这种气味"：

> 多年以来，她在这儿的生活同在修道院也差不了多少，好像她是心甘情愿退隐到这儿来的，好像她自觉自愿服从这儿的规章制度，好像这里单调乏味的工

---

① 戴安娜·阿克曼：《感觉的自然史》，庄安祺译，北京：中信出版集团，2017年，第2页。

作对她是一种反省……几年前她突然放弃了这一切。在这之前,她一直很注意保持体形,身体强壮,但很苗条匀称,也好像有洁癖。后来,她就暴饮暴食起来,甚至还很少洗澡呢。她变得肥胖臃肿,闻起来也有股味儿。可是,乍看上去,她又并不是不幸福、不满足。实际上,对她来讲,好像光是退居到修道院已经不够了,好像修道院的生活对她还是太过五方杂处、太多闲言碎语了,好像她必须退居到一间离群索居的斗室中去才好。那时,就再也没有人见到她,什么人的外观啦,穿的衣服啦,身上气味啦,都无所谓了。不!讲她自暴自弃并不确切。她重新给自己定了位,而且采取的是一种只关乎自己、不影响别人的方式。(211-212)

转折点发生在"几年前",具体是"几",读者无从得知。从米夏的朗读来看,他是从汉娜"服刑的第八年"开始邮寄录音资料,"最后一次是第十八年"(186)。汉娜的改变应该就是发生在这十年间。监狱长提到汉娜自服刑之初就"心甘情愿",如同退隐到"修道院"。但此时的她很可能只是厌倦了外界的生活:一方面,因为文盲,汉娜多年来担惊受怕,唯恐这不敢示人的秘密一朝大白于天下;另一方面,在战后的审判中,仍处于迷茫的汉娜既不明白自己做错了什么,笨口拙舌的她也不知该如何在其他集中营看守诬陷自己时进行分辨。想一想宣判结束后汉娜的表现:"她目不斜视,眼光穿透尘世一切,扬长而去。那是一种睥睨万物、深受伤害、彻底绝望而无限疲惫的眼神,一种任何人、任何物都不再想看的眼神"(166)。如此,读者就能理解汉娜在狱中对米夏说的话:"我一直有一种感觉,就是人家不了解我,没人晓得我本是什么人、干过些什么事。"(200)可以说,汉娜在入狱之初并非万念俱灰,只是深感受伤,宁愿偏安一隅,故而这一阶段的她没有彻底"离群索居",反而是犯人中的"权威人物"(211)。

一切的改变要从汉娜逐渐识字开始。在汉娜入狱的第八年,也就是她自杀的十年前,米夏开始给汉娜邮寄录音磁带。汉娜借此学会了读书写字,方式是从监狱图书馆借来《奥德赛》,对照米夏的录音,前后来回倒转磁带,"一会儿向前转,一会儿向后倒,一会儿又暂停,一会儿再启动"(210)。可以想象,这必然是个艰辛的过程。不是说倒带本身有多么折腾人,而是说以《奥德赛》作为识字的起点,这对于目不识丁的人是多么辛苦的开始。再加上汉娜并不想让人知道她在学习认字,想必她也需要寻找机会,在一个人的时候暗中发力。因此,汉娜识字的过程大抵不会太快。及至米夏收到第一封汉娜写来的简讯时,已经是朗读的第四年、汉娜自杀前的第六年了。自此之后,米夏就不断收到汉娜的来信:"那总是寥寥数语,或一份谢意,或一纸祝福,或想多多聆听某一作者,或不想再听某一作者,或对一位作者、一首诗歌、一个故事、一本小说的人物品评几句,甚至是监狱里的所见所闻。"(190)此时的汉娜应当是

具备了基本的读写能力。对此，监狱长回忆道："她学会了读写，简直为此欣喜若狂……"（210）

转折点应当就是从汉娜掌握了读写开始。汉娜死后，监狱长提道，"自从施密茨女士学会读写之后，她马上就开始阅读有关集中营的书籍了"。从六年前学会读写"欣喜若狂"到"几年前她突然放弃了这一切"，这中间发生的最大变故应当就是汉娜真正了解到了自己所作的恶，起因便是汉娜开始阅读集中营书籍：

> 我走近书架，有莱维、魏泽尔、博洛夫斯基、阿美希等人描写集中营幸存者的书，还有赫斯的罪行录和阿伦特关于艾希曼在耶路撒冷被判处绞刑的报告，以及一些有关集中营的学术文献，全都摆在一起。
> "这些书汉娜都读过吗？"
> "不管她读过没有，这些书都是她经过深思熟虑后订阅的。多年前，我就同意她的要求，弄来一份集中营的一般性书目；一两年前，她又要求我给她提供关于集中营中的女人、女囚犯和女看守的书名。自从施密茨女士学会读写之后，她马上就开始阅读有关集中营的书籍了。"（208-209）

从最初的一般性集中营文献，到后来的专门关于集中营中女性的图书，读者能看出汉娜在努力了解自己的过往，努力了解纳粹主义的罪恶。尽管监狱长没有就汉娜是否阅读了这些书做出明确回答（"不管她读过没有"），但倘若汉娜真的没有读过，她又如何会经历从一般性到专题性文献的阅读过程呢？

识字后的汉娜有了真正的反思，惩罚由此不再是由外向内，而是由内向外。汉娜对自己做了宣判，监狱对她已经不再足够，"她必须退居到一间离群索居的斗室中去才好"——她宣判自己在狱中入狱。就这样，汉娜"暴饮暴食"，"很少洗澡"，"肥胖臃肿"，最终"闻起来也有股味儿"——米夏多年以后闻到的"体臭"自此开始。

一言以蔽之，记忆飘散着气味，陪伴了《朗读者》整个故事的起承转合，它"不像其他知觉，它不需要译者，它的效果直接，不因语言、思想或翻译而减弱"，因此，它也更适于长期记忆，"正如埃德温·T. 莫里斯（Edwin T. Morris）在《香味》（Fragrance）中所指出的：'气味几乎没有短期的记忆'"。[①]汉娜的气味塑造了米夏长久的回忆，成为回忆空间中永不消散的在场。就此，读者也感受到，施林克着意为小说打造了层次丰富的感知空间。米夏的回忆似乎可以看、可以听、可以闻，它逾越了单薄的平面，变得生动，变得立体。起起伏伏的故事流动不再是苍白的单向度，而是在整个回忆空间里激越翻腾。这种非常立体化的感知模式涉及心理上的"共感觉"，也可以

[①] 戴安娜·阿克曼：《感觉的自然史》，庄安祺译，北京：中信出版集团，2017年，第10页。

叫联觉、通感，它指的是"一种感官的刺激会连带刺激另一种感官"[①]——类似普鲁斯特的点心"小玛德莱娜"，同样令人"回味无穷"的感知、记忆空间。[②]

多种感官模式的联袂而行不是《朗读者》单个文本的特点。以《卡尔腾堡》为例，有关其视觉叙事，前文已经大概述及，此处可以再追踪一下小说对听觉和嗅觉的呈现。与《朗读者》相类似的是，《卡尔腾堡》同样建立在听觉叙事的基础之上。小说的外在框架是冯克接受女翻译采访，两人的对话引发了下

[①] 从词源上来看，"共感觉"的英文"synesthesia"来自希腊文的 syn（共）和 aisthanesthai（感觉），意即感觉的厚重外衣借由丝丝缕缕的重叠而织成"，与之相似的另一个词是"synthesis（综合），意即思想的外衣借由一个一个的想法织成，此词原意是指古罗马人所穿的薄棉衣"（参见戴安娜·阿克曼：《感觉的自然史》，庄安祺译，北京：中信出版集团，2017年，第331页）。无论是感觉的"共"也好，还是想法的"综合"也好，其立体性可见一斑。

[②] 在《朗读者》中有一处很隐蔽的感知类互文。汉娜自杀后，米夏来到汉娜的牢房，看到汉娜挂在床头的诗句："春天让她那蓝色的飘带又在风中飞舞。"（209）这句诗出自德国抒情诗人默里克（Eduard Mörike）的名篇《是它》（"Er ist's"），曾由舒曼谱曲，在德国可谓家喻户晓："春天的蓝色飘带／又飞扬在空中；／熟悉的香甜味浓浓／招摇地掠过大地。／紫堇花已在做梦／巴望快快把芳心吐。／——听，远处传来轻柔的琴音！／春天，是你！我已听到你的脚步声。"默里克是德国比德迈耶尔时期的代表性诗人。这一流派极为推崇对自然风光的书写，而其诗意表现手段之一则正是对感官的调动。例如，在这首诗歌中，读者似乎跟随着诗人的脚步，先是看到春天的样子，然后闻到它的味道，感受到它的抚摸，听到它的声音，甚至还借由紫堇花儿的梦境进入了另一维度的空间。在此，多种感知模式得到激活，从潜文本层面呼应了《朗读者》对感官的调动。一种很微妙的互文性游戏。另：《朗读者》所引的是诗歌前两句，此处的全译本与小说中译本的译法略有不同。参见任卫东等：《德国文学史》（第3卷），南京：译林出版社，2007年，第274页。

一重叙事框架之中冯克的回忆性诉说。对话自不必说，这属于典型的听觉内容。这里主要关注一下巴耶尔对冯克回忆的呈现——一种如同絮语般的低低倾诉。读者在阅读时就好似有一位上了年纪的老年人坐在你的面前，在向你低声讲述着自己的陈年往事。文字仿佛自动带上了语气，流淌出声音：

> 当年那会儿，我可是为那些同龄人感到惋惜啊。他们总是到处炫耀自己的拉丁语和希腊语知识，甚至连 Omnibus（拉丁语：公共汽车）这样一个词都说得神神秘秘的样子，仿佛他们以此给身旁的女人透露出了隐秘的知识。然而，那些当年少年老成的男人如今或许已经成了贤明的智者，他们要么一天到晚默默无声地守候在几根草茎旁，要么显出一副乐呵呵的傻样子，不合时宜地讲述着他们那些暗藏苦心的古典笑话。可我呢，今天却拿出自己的拉丁语来接待这个年轻的女翻译。(9)

这种近乎聊天的语气，其间带着几分嘲讽，几分无奈，几分阅尽沧桑之后的疲惫倦怠，在整部小说中都有体现。小说结尾，冯克结束了与女翻译之间的全部对话，回忆部分到此终止；然而，即便是想着未来，想着妻子克拉拉马上到家，冯克也没有摆脱这种絮语性的诉说，依然以一种充满倦怠感的口吻结束了全文：

第二章　感知——立体化历史书写

> 我打开窗户。出租车很快就会停在门口,克拉拉会提着自己的小箱子下车,朝上面张望,并且在楼上这儿发现我。空气里已经闻到雪花的气味。
>
> 一只孤零零的乌鸦缓慢地扇动翅膀,飞动在翩翩起舞的雪花里。
>
> 它们来自西伯利亚,来自乌拉尔山脉,来自波罗的海地区。随着寒冷的临近,它们今年也要聚集在易北河河谷里。成百上千的白嘴鸦将和小嘴乌鸦、蒙面乌鸦和寒鸦一起形成巨大的乌云,飘动在我们上空,飞散向四面八方,并且再次收缩成一个个黑点。(321)

这一段文字,以听觉叙事为基础,其间融合了细腻的视觉想象,并将嗅觉卷入进来——"空气里已经闻到雪花的气味"。对气味的叙述是《卡尔腾堡》的一个重要层次,尤其体现在对德累斯顿大轰炸当晚的叙述之中,例如冯克感觉到有什么东西砸到自己肩上,"黑乎乎的……有点黏糊糊的,都是碎块,表面粗糙",他以为是"一团焦油",然而拿到鼻子前一闻,居然是"烤焦的肉"(71),"一股角质气味"(72),等等。①

---

① 有关《无处为家》与《蟹行》中的感官感知,在此不做赘述。两部作品中同样有相关印迹,例如《无处为家》的音乐元素,以及恰好与父亲相反,"用眼睛在听"(346)的蕾吉娜,又如《蟹行》中描写"古斯特洛夫"号海难时对感官的调动。特别耐人寻味的是康尼与网友"大卫"见面之前的那句话:"我们应该认识认识,闻闻对方的味道,尽可能早一些……"(110)"闻闻对方的味道"——德语动词"beschnuppern" [Günter Grass, *Im Krebsgang* (Göttingen: Steidl Verlag, 2002), p. 159],尤指动物的"嗅"。

"身体本身是精确而真实的,它贴近这个世界,贴近事实。"①借助多重感官所打造的回忆空间,米夏与冯克的个体回忆变得更加鲜活。倘若我们逾越个体的层面来看待这个问题,那么将意味着对历史的探索、体验与书写都变得更为丰满、更为细腻——当然,也意味着更加立体。

三、反抗"麻木"

在《朗读者》中,米夏多次提到"麻木",甚至有过"铺天盖地的麻木不仁"(106)这样的表述。总体而言,这一方面是指思想上的麻木,另一方面是指情感上的麻木,二者进而就会演变为对历史与现实的麻木。从结构性上来看,作为叙事主题的"麻木"与小说的感官叙事暗中对峙,只有反抗"麻木",才能打开更多进入鲜活历史的大门。因此说来,小说的感知叙事、"麻木"叙事以及历史叙事其实是紧密连接在一起的,其目的则主要在于:打造立体化的历史空间。

米夏第一次意识到这种"麻木"是在旁听汉娜受审之后。他先是发现自己的"知觉已经完全麻木"(104),继而又发现律师、检察官、法官、陪审团、集中营的囚犯、罪犯等各种人群都为"麻木不仁"所侵袭。例如:

---

① 张金凤:《身体》,北京:外语教学与研究出版社,2019年,第39页。

至于对法官和陪审团来说，麻木不仁的效果最为严重。在审判开始后最初几个礼拜，他们倾听着关于恐怖景象的陈述时，还带那么点显而易见的惊恐表情和确凿无疑的自我克制，这时，讲述者则是时而泪流满面，时而声音哽咽，时而义愤填膺，时而又断断续续。到后来，法官和陪审团们的面部表情就恢复常态了。他们甚至开始露出微笑，交头接耳，当某一目击证人作证有点荒腔走板时，他们还会表示出几丝不耐烦。可是，当审判中讨论到要去以色列出差，以便通过一名女目击证人取证时，他们就又齐发旅游之豪兴，争先恐后起来。（105）

米夏还提到被关押在集中营里的囚犯，"他们麻木不仁，正如他们每天都得面对屠杀和死亡一样"，"人只要具有这项本领，生命就可以减缩到就那么几件事儿，行为也会变得冷漠无情、肆无忌惮，煤气毒死、炉子烧死也都成了家常便饭"。至于刽子手，对他们而言，"煤气室和焚烧炉乃是日常风景；罪犯们自己的生命也减缩成了就几种功能，完全是毫无顾忌，冷血动物，冥顽不化得就像吸饱了毒、喝醉了酒一样……这些被告现在还是、也永远将是深陷麻醉之中……"（106）法庭上受审的汉娜并不认为自己在教堂失火那夜的所作所为有什么问题，她认为自己只是在维持"秩序"、履行"责任"："我们就是不能让她们给跑了！我们对她们有责任……我是说，我们一直在看守她们，在营里，在路上，这才是关键。我们不得不看着她们，不让她们跑掉。"（130）这种僵化的"尽职"，对所谓"义务"的服从，① 本身就是一种缺乏思考、缺乏自省的表现，是思想与情感的双重麻木。当汉娜提到"到底还有多少女人在那几天能活下来，我们心里也没数。那么多都死了，活下来的又那么弱"（130）时，其语气似乎只是在陈述客观事实———一种让人顿觉麻木的语气。所谓的"尽职"挤压了人性的空间，最终导致了无数人葬身火海。

小说对"麻木"的呈现非常震撼。集中营的囚犯为了生存而强行麻痹自己，这让读者感到揪心；罪犯因例行公事而对罪恶熟视无睹，审判者因见怪不怪而面带微笑，这让读者感到愤怒。麻木似乎在蔓延，就连米夏也曾为自己"终于也麻木了"而感到正确："只有这样，我才能重新回到我的生活里去，也才能继续生活下去。"（163）所谓"我的生活""继续生活"，还涉及一个潜在的麻木问题，也就是"六八一代"对父辈的麻木。这是一个很复杂的现象。一方面，"六八一代"确实对父辈的所作所为感到愤怒，"我们的父辈在第三帝国时期没有做他们理应做的事，使得年轻一代大失所望……父辈们或者直接

---

① 关于"尽职"问题，可参见安尼：《聆听沉默之音——战后德国小说与罪责话语研究》，上海：华东师范大学出版社，2014年，第137-147页。另：米夏曾提到，他为汉娜朗读了德国作家伦茨（Siegfried Lenz）（187）。作为伦茨最著名的作品，《德语课》（*Deutschstunde*）很可能是米夏的朗读内容，而《德语课》的主题就是僵化的义务伦理。倘若米夏所朗读的内容真的是《德语课》，那么他在朗读时会想什么？汉娜听到这部作品时又会想什么呢？

犯下了纳粹罪行,或者对罪行袖手旁观,或者碰到犯罪就视而不见,要不就是在1945年后还容忍罪犯、接受罪犯"(170-171)。但另一方面,他们希望的却不是与父辈共同面对罪责,而是"同负有罪责的父辈较量","消除些许由此而产生的痛苦感,还可以把羞耻引起的被动痛苦,转化成主动能量、积极态度和进攻行动"(171)。米夏之所以觉得有些人在"审判"父辈罪责的过程中表现出"某种自我炫耀",其原因也在于此。这是另一种形式的麻木,从攻击父辈而非从真正的反思中获得满足感。在一定程度上,这其实掩盖了真正的反思,其导致的结果往往就是:有罪的是他人,是上一代,是纳粹分子,而"我们"则是清白的。当然,不能否认"六八一代"表现出这种心理趋向与当时的社会环境有关——"1945年结束的战争实际上仍在许多家庭中继续蔓延"[①]。

麻木在米夏身上延续着,甚至从心理进入了生理——他无法感觉到"冷",直到一场高烧才将他从这种状态中拽了回来。很耐人寻味的转折点,身体的疾病让心理的疾病痊愈。然而,一旦麻木离开,"一切问题啦,恐惧啦,控告啦,自责啦什么的,那些在审讯期间出现过、又麻痹了的恐惧和痛苦,全都一股脑儿回来了,而且就在我心头长驻下来"(170)。到底是过麻木而无烦恼的生活,还是不麻木却有烦恼的日子,这是个问题。从小说表现来看,米夏选择了后者——正因如此,才会

[①] 阿莱达·阿斯曼:《记忆中的历史——从个人经历到公共演示》,袁斯乔译,南京:南京大学出版社,2017年,第57页。

有他的"重新出发"。

　　就小说的整体叙事而言,"麻木"问题还牵扯到施林克为什么塑造了米夏与汉娜——十五岁少年与集中营女看守——之间爱情的部分原因。绪论中曾引用过施林克接受采访时的一句回答:"是爱将米夏卷入了汉娜的罪责之中;是爱,孩子对他们的父母、亲人、老师和神父的爱将战后一代卷入了他们上代人的罪责之中。"可以看出,在作家心中,米夏与汉娜的感情涉及两个重要的叙事要素,一是爱,一是代际。当然,二者并非孤立存在,爱让代际问题更复杂。两代人之间的冲突、子辈对父辈的审判,这曾是许多反思类作品的主题。但由于有了爱情的加入,代际冲突对米夏而言就显得格外复杂。虽然依旧是两代人,却不再是父与子,而是情人。对于父母,米夏觉得自己没什么可以指摘的,他唯一需要指责的只有汉娜:

　　　　我必须指责汉娜;但是如果指责,等于搬石头砸自己的脚。我爱过她,我不仅爱过她,还选择了她!不是这样吗?不过,我也极力自我安慰。我推说,我当时爱她选择她,对她先前的所作所为一无所知。我尽力为自己开脱,说自己没有罪恶,说自己当时的状况其实同儿女爱父母一样。但是,天下只有儿女爱父母才是唯一不需要承担责任的,我的爱是这样的吗?

(172)

可以说,《朗读者》中的爱情设定,其作用之一就是逾越以父与子为核心的反思模式,加大问题本身的复杂程度,打破人们既往的思维框架,唤醒人们易于懒惰的思考本能,对问题做更深入、细致的探究与理解。由此也可以理解米夏的这句话:"我爱汉娜,这对于我们这一代来说,某种程度上是一种命运,是德国人的气数!我,比起其他人来,更难摆脱这种命运,更难战胜这种气数。"(172)这是充满隐喻意义的句子,与其说"我爱汉娜"是"德国人的气数",不如说对战争进行反思是德国人必须要面对的"命运"。因此,可以说,"爱"是施林克从小说叙事上反抗"麻木"的一种方式。

这里必须提及的一个问题是,汉娜的纳粹身份、两人之间的年龄差,读者到底该如何看待?《朗读者》是严肃反思历史的小说,还是为博眼球而对历史的庸俗化?一个因文盲而获取读者同情的战犯、一段十五岁少年与女看守之间的爱情,这样的叙事要素被叠加在纳粹、集中营、二战等人类历史的灾难性事件之上,是否会走向庸俗化、走向对灾难的工具化,值得读者深思。在施林克的笔下,汉娜死于"天色微明时分"(207),这是日与夜、明与暗的交界点。就叙事而言,这一时间点应当也寓意着一种界限性。不过,即便如此,《朗读者》依旧无法摆脱某些工具化与庸俗化的嫌疑。[1]

当二战的历史从时间上渐行渐远,人们就越来越需要激活

---

[1] 参见安尼:《聆听沉默之音——战后德国小说与罪责话语研究》,上海:华东师范大学出版社,2014年,第263页。

感官、激活情感、激活思想以及激活历史，一言以蔽之，激活对历史的立体化书写。[①]最后，我们用米夏的一段话结束本章节的讨论，对感知的激活在此得到表达：

> 今天，关于集中营有这么多书籍和电影，集中营成了我们的集体想象，补全了我们的日常世界图景。我们的想象力知道如何优游其中。而且，自从电视连续剧《大屠杀》和电影《苏菲的选择》，特别是《辛德勒名单》放映以来，想象力开始活起来了，不仅限于纪实，而且添增色彩。从前，想象只是静态的，集中营中令人发指的罪恶似乎不适用于生动活泼的想象力。从盟军拍摄的照片和囚犯们撰写的材料中，可以联想到一些情景，而这些情景却往往会起反作用，把人们的想象力束缚起来，逐渐使之僵化老套。（149）

---

① 这一小节主要关注了《朗读者》。事实上，格拉斯也多次谈到类似的内容。虽然未必直接提及"麻木"，但他想表达的观点却与此处很呼应。例如，他曾述及孩子们"是怎样去发现离他们最近的周围的世界，是怎样寻找词语去称呼它们，是怎样奇妙地去发现事物间的联系，是怎样看见那些我不再看见的东西"；又如，他解释自己为何偏好表现"滑稽"，嗜好"古怪"："您把一只旧鞋放在称信的天平上，那这就很滑稽。但它们又是那么奇特地协调，天平疯狂地偏转。相互之间没有任何联系的东西，我略施小计，而不是强迫它们，让它们出现在一个画面中……稀奇古怪的东西，它们相互对峙，需要人们去破译之间的联系。"参见君特·格拉斯、哈罗·齐默尔曼：《启蒙的冒险：君特·格拉斯对话录》，周惠译，北京：人民文学出版社，2022年，第17页、21页。

第三章 每个人——多元化的"故事"

立体化历史书写意味着对不同历史侧面进行追溯，因此也就暗含对"每个人"的关注。这里用"每个人"是想表示，就表现对象而言，当代德国小说的二战历史书写走向了多元化。在二战期间，每个德国人都经历了战争；在此后几十年的发展中，每个德国人身上都有那场战争的延续。因此，无论是"成年亲历者""少年记忆者"还是"历史继承者"，也无论其属于何种群体，"每个人"都可以成为文学表现对象。例如，在当下的反思文学中，读者可以看到德累斯顿大轰炸的幸存者冯克，生于"古斯特洛夫"号海难当晚的保尔，曾参与纳粹的科学家卡尔腾堡教授，集中营看守汉娜，为法西斯招魂的新纳粹分子康尼，流亡肯尼亚、战后重返德国从事司法建设的瓦尔特，"历史继承者"法学专业人士米夏，等等。这种多视角的立体化书写方式代表着一种更为理性的历史态度，也给予了人性更为宽广的活动空间。

在《恐惧与自由：第二次世界大战如何改变了我们》（*The Fear and the Freedom: How the Second World War Changed Us*）中，英国历史学家基思·罗威（Keith Lowe）将研究视野沉降到"每个人"，试图从该视角出发来探讨二战历史：

每一章中的单独故事都被用作一个出发点，引导读者对更广阔的画面一窥究竟——那个人所属的族群，他们的国家、地区乃至整个世界的故事。这不仅是本书的文体表现手法，也构成了我力图表达的观念的绝对基础。我不敢说一个人的叙述便可总结世人的全部经验，但我们的一切所作所为和记忆都含有普遍的元素，特别是我们彼此之间谈及自己和过去的那些内容。历史总会涉及个体和整体之间的某种妥协，而这种关系则以二战史为最。①

罗威的"每个人"叙事带有一种明显的新历史主义印记，他看重"小写复数'诸历史'"，看重文化的复杂性，这与本书对当下德国小说二战历史书写的探索也很契合。本章将主要从以下几方面关注"每个人"叙事：同为战争受害者的普通德国民众，战争中的科学家形象，作恶者的人性复杂性等。总的来说，这是当代历史书写中很耐人寻味的几个问题，体现了当下"社会能量"的涌动。在此基础上，还可以探讨一下由丰富的书写对象所衍生的"复杂的"群像图。

---

① 基思·罗威：《恐惧与自由·引言》，《恐惧与自由：第二次世界大战如何改变了我们》，朱邦芊译，北京：社会科学文献出版社，2020年，"引言"第10页。

第三章　每个人——多元化的"故事"

一、受害者叙事

在二战历史背景下,欧洲战场的战争受害者主要是指受纳粹分子迫害的群体,例如犹太人、遭受纳粹德国侵略的国家及其人民等。在这种话语体系中,德国人所遭受的战争创伤是不该被提出的,换言之,是一种"禁忌"。但客观上来说,"所有死于战争或遭受战争蹂躏的无辜平民,都是战争受害者,都应当受到纪念和安慰"①。对德国普通民众而言,他们也是纳粹主义的受害者,他们所遭受的苦难与创伤也应当有被言说的机会。

在《德国受害者叙事》一文中,阿斯曼说道:"我们不应让回忆本身承受禁忌和限制……因为只有当每一段创伤历史都能被讲述并且得到耐心倾听的机会时,那些通过论据被不断激起的仇恨和暴力漩涡才能长时间终止。"②这让人想起《蟹行》中的一个情节。康尼入狱后,保尔在探监时发现儿子手中又捧着"古斯特洛夫"号模型。于是两人之间有了这样一段对话:

> 我对在此期间已经成年的康尼说:"非常漂亮。

---

① 孙立新、孟钟捷、范丁梁:《联邦德国史学研究:以关于纳粹问题的史学争论为中心》,北京:社会科学文献出版社,2018年,第206页。
② 阿莱达·阿斯曼:《德国受害者叙事》,张硕译,载冯亚琳、阿斯特莉特·埃尔主编《文化记忆理论读本》,余传玲等译,北京:北京大学出版社,2012年,第180页。

不过，你早已过了玩这种东西的年龄，对不对？"他甚至也认为我说得对："我知道。假如你在我十三四岁过生日的时候送我'古斯特洛夫'号，我就用不着现在补玩这个小孩子的东西。挺有趣的。我有足够的时间，不是吗？"

他的指责击中了我的要害。我反复咀嚼他的话并且暗暗问自己，如果及时地玩玩这条该死的船的模型，而且是在父亲的指导下，是不是会让我儿子避免落到这一步……（144—145）

正如《蟹行》中提到的，"古斯特洛夫"号是一个"禁区"："没有人愿意听这些事，西边这里的人不愿听，东边的更不愿听。'古斯特洛夫'号和它的倒霉的故事，几十年来一直是禁区，而且在两个德国都是如此。"（19）没有"讲述"，没有"耐心倾听"。康尼的误入歧途早有征兆。小说中的第一代人图拉，其创伤无人关注、无法抹平；第二代人保尔对沉船事件深感羞耻，他甚至幻想如果自己不是当天出生的"幸运儿"该有多好。然而，压抑无法阻止人们对历史的追寻，沉默最终在第三代人康尼身上爆发了，并且是以一种令人痛苦的、倒退的方式。

《蟹行》出版于2002年，康尼的故事虽是格拉斯的虚构，但却并不脱离现实。同样是在2002年，德国学者约尔格·弗里德里希（Jörg Friedrich）出版了《大火：1940—1945年大轰炸中的德国》(*Der Brand. Deutschland im Bombenkrieg 1940-1945*)一书。在这本书中,弗里德里希极尽其"语言才能",力图将盟军的轰炸描述为"战争犯罪"。在他的笔下,丘吉尔"在1940年6月发誓要通过'灭绝性的攻击'将德国变成'一片荒芜之地'","盟军轰炸机飞行员"被比作"纳粹德国'行动队'","德国人躲避轰炸的地窖"被比作"奥斯维辛集中营的'火化场'",类似的类比手法"隐约地将大轰炸与纳粹对犹太人的大屠杀相提并论"。[①] 从中也能回到本书的主题:语词拥有塑造历史的力量。比如在这里,弗里德里希就妄图用语词来颠倒黑白,混淆视听。

2003年,"德国社会经历了一场感情尤其强烈的记忆回流",其核心内容就是德国普通民众所遭受的战争苦难。[②] 对于这种德国人作为受害者的叙事倾向,阿斯曼认为,一方面不能低估确实有"德国人准备用他们的受害者角色偷偷替换他们的历史责任",另一方面"人们不能凡是讲到苦难就想当然地认为那是要摆脱罪责甚或是否认罪责。这会导致'非黑即白'的逻辑,从而把现今关于罪责和苦难的不统一性问题的讨论引

[①] 孙立新、孟钟捷、范丁梁:《联邦德国史学研究:以关于纳粹问题的史学争论为中心》,北京:社会科学文献出版社,2018年,第200页。

[②] 参见阿莱达·阿斯曼:《德国受害者叙事》,张硕译,载冯亚琳、阿斯特莉特·埃尔主编《文化记忆理论读本》,余传玲等译,北京:北京大学出版社,2012年,第180页。

入死胡同"。① 正确的做法也许是将其视为"一种视角的扩展"："我相信话语规则和话语禁忌无法对抗记忆的活跃性。这同样适用于必须要打开一些新的视角、照亮一些新的角落、引入一些新的差别的研究。而所有这些既不需要动摇现有的全景轮廓，也不需要跳出德国人回忆的标准框架。"② 我们就带着这样一种认知来探究《卡尔腾堡》中的受害者叙事，看看巴耶尔是如何将对受害者的创伤书写与对历史的书写紧密结合在了一起。

1945年2月13日至15日，英、美空军联合发动了对德国城市德累斯顿的轰炸。据最新研究统计，在这场空袭中，约有22700—25000人丧生。③ 然而，从战略战术的角度来看，大轰炸在当时并非最好的选择；从国际法的角度来看，大轰炸有违当时的战争法。④ 尽管我们痛恨纳粹德国犯下的种种罪恶，但是对于战争中无辜丧生的平民，我们依然为其哀悼。

德累斯顿大轰炸是小说《卡尔腾堡》的关键性叙事要素。大轰炸前夕，冯克一家刚刚坐火车抵达德累斯顿，此时

---

① 阿莱达·阿斯曼：《德国受害者叙事》，张硕译，载冯亚琳、阿斯特莉特·埃尔主编《文化记忆理论读本》，余传玲等译，北京：北京大学出版社，2012年，第189页。

② 阿莱达·阿斯曼：《德国受害者叙事》，张硕译，载冯亚琳、阿斯特莉特·埃尔主编《文化记忆理论读本》，余传玲等译，北京：北京大学出版社，2012年，第190页。

③ 参见孙立新、孟钟捷、范丁梁：《联邦德国史学研究：以关于纳粹问题的史学争论为中心》，北京：社会科学文献出版社，2018年，第194页。

④ 参见孙立新、孟钟捷、范丁梁：《联邦德国史学研究：以关于纳粹问题的史学争论为中心》，北京：社会科学文献出版社，2018年，第203—204页。

第三章 每个人——多元化的"故事"

的他们尚不知道命运之手已经扼住了他们的喉咙。在这场轰炸中,年仅十一岁的小冯克幸免于难,他的父母却双双离开了人世。在《德国历史中的文化诱惑》(*The Seduction of Culture in German History*)中,作者沃尔夫·勒佩尼斯(Wolf Lepenies)写道,2月13日那天,母亲本打算带着四岁的他前往德累斯顿,但由于列车太过"拥挤",他们只能留在附近的村庄过夜,阴差阳错之下幸免于难。在事后的回想中,勒佩尼斯觉得那一夜仿佛是在德累斯顿冲天火光下的一次"露天漫步"——镁光照明炸弹、高爆炸弹、燃烧弹使城中燃起熊熊大火,[①]整个城市似乎都在"燃烧"。勒佩尼斯没能赶上的那趟"拥挤列车"如同一列开往死亡的列车,他与死亡擦肩而过,而那趟列车上的众人却直面了死亡投下的阴影。那天晚上,当勒佩尼斯看着头顶的一盏小灯轻轻摆动,上面的玻璃串珠"叮当作响"时,冯克却在德累斯顿的大火中奔跑、叫喊、逃命,身边是一块又一块"烤焦的肉"从天而降。[②]轻轻摆动的小灯仿佛是历史的神秘纽带,穿越时间、空间,穿越真实、虚构,将那场灾难中普通人的命运连接在了一起。在宏大的历史数据背后涌动着的正是这些作为个体的人,他们的命运碰撞在一起,"叮当作响",演绎着历史有声且鲜活的多重面相。

[①] 有关德累斯顿大轰炸的史料,可参见孙立新、孟钟捷、范丁梁:《联邦德国史学研究:以关于纳粹问题的史学争论为中心》,北京:社会科学文献出版社,2018年,第193-194页。

[②] 以上有关勒佩尼斯的内容参见 Wolf Lepenies, *The Seduction of Culture in German History* (Princeton: Princeton University Press, 2006), p. 1.

在《卡尔腾堡》的扉页上有一句题词,让人印象深刻:"哎,不就是只小鸟吗——它也没有什么特别的名字。"这其实是纳博科夫回忆录《说吧,记忆》(*Speak, Memory*)中的一句话。"小鸟"这个意象实在让人感慨,普普通通,平平无奇,似乎无论怎样都不会激起太大的历史波涛。就生活在宏大世界的小小个体而言,冯克与勒佩尼斯大抵都只是一只"小鸟","没有什么特别的名字"。然而,他们与那晚在德累斯顿的千百万人一样,构成了真正意义上的"历史本体"——"每个活生生的人(个体)的日常生活本身"①。

在《卡尔腾堡》中,成年后的冯克从未去过松林公墓拜祭自己的父母,而是流连于德累斯顿大公园里一株高大的橡树。这株橡树已有三百多年的历史,历经七年战争、拿破仑战争、一战、二战的战火洗礼,却依然生机勃勃。橡树树干插满弹片,那是德累斯顿大轰炸留下的历史痕迹,当地人因而将这株橡树称为"弹片橡树":

> 一棵高大的树,满身都是结疤,树皮裂成一道道槽痕。然而,你顺着树干转一圈,仿佛树皮突然开裂,白晃晃的木质裸露在外面,被厚厚的、长得畸形不堪的包块围拢起来。你向上看去,树枝歪歪扭扭,仿佛它们是为对付一种折磨人的、巨大的空气阻力而生成

---

① 李泽厚:《历史本体论》,北京:生活·读书·新知三联书店,2002年,第13页。

的,断裂处处清晰可见。在枝叶密密麻麻的树冠下方,有一大片撕裂开来,不是裂成碎碴儿,就是突伸出来,显出一道道裂缝。时间久了,人们才看出来,那些分布在整个树干上的裂口形成了一个均匀的图案:在这儿,那些炸弹碎片就插在树皮里,它们依然还插着。在这一边,木质蒙上了一种异乎寻常闪闪发光的褐色。(21)

橡树是德国文化史上一个与众不同的符号:"对德国人而言,橡树是其意象的根源,如同一个历经种种磨难得以幸存的民族。"[①] 浪漫派画家卡斯帕·大卫·弗里德里希(Caspar David Friedrich)作于1822年的著名画作《孤独的树》(*Der einsame Baum*)正是一株虽饱经风雨,却依然枝繁叶茂的橡树。这株橡树是拿破仑战争后德意志民族意识的象征,表现着德国"历经劫难而得以重生"。[②] 在德国文化史中,橡树与战争、创伤之间的紧密关联屡见不鲜,德累斯顿的"弹片橡树"便是这样一个复杂的意义复合体。但对冯克而言,他从"弹片橡树"中看到的却不是浴火重生,而是死亡的威胁:"多少年以来,在这棵遭到袭击的树心里,蔓生出一种蘑菇,是轰炸迟发的后

---

① 尼尔·麦格雷戈:《德国——一个国家的记忆》,博望译,重庆:重庆大学出版社,2019年,第120页。
② 尼尔·麦格雷戈:《德国——一个国家的记忆》,博望译,重庆:重庆大学出版社,2019年,第120–122页。

果。它挺过了那个夜晚，可不知什么时候，这种蘑菇将会置它于死地"（21）。"蘑菇"是战争"迟发"的余波，是历史创伤的具体显现，是一剂致命的毒药。当冯克说"蘑菇"将置"弹片橡树"于死地时，与其说他是在说橡树，不如说他指的是饱受创伤之痛的自己。"弹片橡树"不仅在宏观层面隐喻着作为民族/国家的德国，同时也在微观层面隐喻着作为个体的德国人，两者都为"蘑菇"所累，都遭受着创伤的侵袭。

巴耶尔十分关注战争给个体带来的创伤。在他的代际划分中，亲历二战的一代是"沉默的一代"，这代人对战争与罪责不发一言；紧接着的一代却正好与之相反，他们不想倾听，只想要"大声的表达"；[①] 后继的第三代和第四代则有必要去发掘上两代人的沉默与喧哗，看看在那下面潜藏着什么。[②] 生于1965年的巴耶尔正是第三代中的一员。在他看来，沉默的背后并非死寂，表层的喧哗之下还有众声在"簌簌作响"，[③] 这其中就包括那些处于战争阴影之下的个体声音。倘若沿用他的"小鸟"隐喻，那么每一只"小鸟"的声音都值得珍视，都应

[①] Marcel Beyer, *Nonfiction* (Köln: DuMont, 2003), p. 266.

[②] 参见 Marcel Beyer, *Nonfiction* (Köln: DuMont, 2003), pp. 263–264.

[③] Antonius Weixler, " 'Verwischt, wie ein Schleier, eine leichte Trübung': Über Unschärfe und Rauschen als Prinzipien sinnlicher Wahrnehmung in den Erzähltexten Marcel Beyers," in *Marcel Beyer. Perspektiven auf Autor und Werk*, ed. Christian Klein (Stuttgart: Metzler, 2018), p. 125.

当被纳入历史关联之中,使其免于沦为"无可挽回的图景"①。从这个意义上来说,巴耶尔认为不能将德国的二战历史简简单单地等同于一部"刽子手的历史"②,他希望能在自己的作品中展现历史更为广阔、更为深刻的多重面相,展现那些"簌簌作响"的多声部,亦即"每个活生生的人(个体)的日常生活本身"。

作为战争受害者的冯克,其凌乱驳杂的回忆正是这些"簌簌作响"的声音之一。在小说表现中,已年逾七旬的冯克却依然如同一个"没有性格的人"③。造成这种自我缺失的原因有很多,其中之一便是德累斯顿大轰炸所带来的创伤性后果。在冯克的回忆中,大轰炸的经历"令人毛骨悚然","烟雾黑压压,灰蒙蒙,笼罩着整个地平线,直冲云霄"(71):

> 我奔跑着。我喊叫着。第二天,也就是二月十四日,我穿行在这座城市,无疑自言自语大喊大叫个不

---

① Walter Benjamin, "Über den Begriff der Geschichte," in *Walter Benjamin: Gesammelte Schriften. Band I*, eds. Rolf Tiedemann and Hermann Schweppenhäuser (Frankfurt a. M.: Suhrkamp, 1991), p. 695.

② Antonius Weixler, " 'Verwischt, wie ein Schleier, eine leichte Trübung': Über Unschärfe und Rauschen als Prinzipien sinnlicher Wahrnehmung in den Erzähltexten Marcel Beyers," in *Marcel Beyer. Perspektiven auf Autor und Werk*, ed. Christian Klein (Stuttgart: Metzler, 2018), p. 130.

③ Aleida Assmann, "Geschichte aus der Vogelperspektive: Die Erfindung von Vergangenheit in Marcel Beyers *Kaltenburg*," in *Marcel Beyer: Perspektiven auf Autor und Werk*, ed. Christian Klein (Stuttgart: Metzler, 2018), p. 159.

停。这座城市我不认识了。在这天早上,长久居住在这座城市里的人,也没有谁能够再认出它来。

············

无论是在灰蒙蒙的清晨,还是在落日的黄昏,到处都在燃烧着。一座座楼房轰然坍塌,空中回荡着刺耳的怒号。尽管如此,整个白天里,弥漫着一种几乎田园般的宁静。你再也听不到嘶叫声,听不到呼喊声。人们一声不吭,痴痴地望着燃烧的火焰,仿佛给噼噼啪啪声迷醉住了。(73)

那种"几乎田园般的宁静"如同生命的悖论,让人联想起罗威所说的"世界末日式"表述:"人们使用这样的语言,是因为找不到其他的方式来表达自己经历了怎样巨大的精神创伤。很多撰写战争回忆录的人悲叹道,日常语言无法描述这种毁灭的经历,连职业作家也不例外。"[①]人们在描述战争之下满目疮痍的城市时,总是不约而同地采用"末日的意象";冯克末日般的德累斯顿绝不是个案,它是所有受战争荼毒的城市的写照,是所有战争之下受害者命运的缩影:

······慕尼黑看上去像是"最终审判"的场景;杜塞尔多夫"连个鬼影子都不剩"。克雷菲尔德当局说

---

① 基思·罗威:《恐惧与自由:第二次世界大战如何改变了我们》,朱邦芊译,北京:社会科学文献出版社,2020年,第7页。

他们的防空洞是"诺亚方舟"——暗指在那里寻求避难的人将会得到拯救,从无情毁灭全世界的末日灾变中逃脱……斯大林格勒是"死亡之城"。华沙是"吸血鬼之城",那里损毁严重,"看起来像是整个世界都土崩瓦解了"。菲律宾马尼拉的解放"完全是炮弹、炸弹和飞溅的弹片……我们都觉得,那就是世界的末日!"①

在这种末世景象中,冯克的记忆也如堕五里雾中,模糊不清,缺失了很多内容。按照冯克所述,大轰炸当晚的他"处在彻头彻尾茫然空虚的状态中"(6),就连父母都"奇怪地从我的思想里消失了"(15),对当晚的第三次空袭他更是"没有留下任何记忆"(73):

> 我不知道自己说些什么;我不知道是谁和我搭过话,大概是怎样询问的,怎样指点的——也许对我来说,正因为如此,直到今天,依然无法确定父母生命的最后时刻;也许就在当天晚上,或者随之不久,人家就向我清清楚楚地说明了一切,可是连一句话都灌不进我的耳朵里。(73-74)

---

① 基思·罗威:《恐惧与自由:第二次世界大战如何改变了我们》,朱邦芊译,北京:社会科学文献出版社,2020年,第7页。

显然，大轰炸的灾难性场景以及父母双双身亡的痛苦经历是冯克不愿面对的过去，这使他无法在创伤事件与个体回忆之间架起一座桥梁，顺利建立起对这段经历的观照。在探讨战争创伤时，阿斯曼曾提出一个悖论性问题："当被保存的'曾经的剧烈的痛苦'摧毁了人的身份认同并且摧毁了人摆脱这些痛苦的可能性，人怎样才能活下去？"[①] 对此，她认为，遗忘是解决不了任何问题的，"只有回忆才有可能"。[②] 冯克在现实与记忆之间来回打转，试图拼贴出一幅完整的过去图景，这正是他意图疗愈创伤、重建自我的表现。正如竖立在"弹片橡树"旁的纪念牌上所写："时间也许能治愈伤口，但它是一个糟糕的化妆师。"的确，时间只能是"糟糕的化妆师"，它无法拔除橡树身上的弹片，也无法阻止蔓生的"蘑菇"。唯有"回忆"——既不否认历史、也不简化历史的"回忆"——才能真正"治愈伤口"，才能使主体在过去、现在与未来的时间链条中找寻到自己的位置，在正视历史的过程中正确对待历史及其"余波"，而这一点无论是对于个体还是民族/国家皆如此。

在《记忆中的历史》中，阿斯曼提到，"新的……关于记忆和认同的主题的兴起，与创伤性断裂的经验和认知有关"[③]。

---

① 阿莱达·阿斯曼：《回忆空间——文化记忆的形式和变迁》，潘璐译，北京：北京大学出版社，2016年，第322-323页。

② 阿莱达·阿斯曼：《回忆空间——文化记忆的形式和变迁》，潘璐译，北京：北京大学出版社，2016年，第325页。

③ 阿莱达·阿斯曼：《记忆中的历史——从个人经历到公共演示》，袁斯乔译，南京：南京大学出版社，2017年，第8页。

第三章 每个人——多元化的"故事"

纳粹政权不仅是世界人民的灾难，同时也是德国人民难以愈合的历史创伤。无论对于作为个体的德国人而言，还是对于作为整体的德国国家而言，纳粹政权所造成的创伤都"像一块巨大的岩石横亘在历史的道路上"①，导致了个体以及民族/国家历史的断裂。历史书写由是与创伤书写捆绑在了一起，难解难分。只有经由创伤书写才能真正地书写历史，也只有经由历史书写才能最终疗愈创伤。从这个角度来看，有关德国人作为受害者的叙事应该成为二战历史书写的重要组成部分。也就是说，罪责与苦难应当同样受到重视：

> 有一点是肯定的，承认德国人是受害者不会减少甚至一点也不会影响德国作为"犯罪的民族"这一基本事实。他们会在两个方面重新找到自己，既作为受害者，又作为加害者。道德坐标系建立得越清晰，对被罪恶的纳粹政权所加害的牺牲者的回忆就越稳固……德国民众的创伤记忆就这样通过建立一种具有历史关联的意识而在大屠杀受害者的创伤记忆旁找到了一席之地。这不是汉堡和德累斯顿战胜奥斯维辛和特雷布林卡的问题，也不是相反，而是汉堡和德累斯

---

① 孙江：《记忆中的历史·中译版序》，载阿莱达·阿斯曼《记忆中的历史——从个人经历到公共演示》，袁斯乔译，南京：南京大学出版社，2017年，"中译版序"第 XI 页。

顿与奥斯维辛和特雷布林卡一起被人们回忆。①

与《卡尔腾堡》相类似，《蟹行》也关注到了受害者问题。《蟹行》的受害者叙事其实不限于"古斯特洛夫"号海难，还涉及"东普鲁士难民的苦难"（68）等内容。但这里更想探讨的是小说对受害者叙事问题本身的探讨。

在传记《剥洋葱》（*Beim Häuten der Zwiebel*）中，格拉斯曾回忆到自己在大轰炸后途径德累斯顿的情景：

> ……我只记得火烧的焦味，还有透过货车拉门的缝隙看到的景象：铁轨之间和焚毁的外墙之前高高地堆着一些蜷曲着的东西，全都烧成了焦炭。车厢里的人众说纷纭，有些说可能是收缩了的尸体，有些说鬼才知道是什么。我们争吵起来，七嘴八舌地也就不再觉得震惊。就像今天，在德累斯顿发生的事情也被废话掩埋起来了一样。②

倘若德累斯顿大轰炸如格拉斯所述"被废话掩埋"，他是如何反击"废话"的呢？前文曾提到，格拉斯认为，对德国人

---

① 阿莱达·阿斯曼：《德国受害者叙事》，张硕译，载冯亚琳、阿斯特莉特·埃尔主编《文化记忆理论读本》，余传玲等译，北京：北京大学出版社，2012年，第179页。

② 君特·格拉斯：《剥洋葱》，魏育青、王滨滨、吴裕康译，南京：译林出版社，2008年，第113页。

第三章 每个人——多元化的"故事"

二战期间苦难的规避给了极右分子可乘之机。有关这一点，小说中的"老家伙"也如是说道："……在那些年里最重要的是认罪和悔过，但是，绝不应该，仅仅因为自己的罪过更大更多，就对如此之大的苦难只字不提，绝不应该，把这个避而不谈的主题拱手交给右翼分子。这一疏忽是闻所未闻的……"（68）罪过应当反思，但苦难也同样需要正视。倘若始终无视、压抑德国人作为受害者的战争回忆，"具有历史关联的意识"便无从谈起。回忆的断裂不可能形成良性的历史反思，最终只能让"康尼落到他祖母手里"，成为她"继位的王子"（69）。另外，在格拉斯看来，对受害者苦难的关注不能止步于冷冰冰的数据调查："……过去和现在都只有一个抽象的数字，就像所有其他上千上万上百万的数字一样，当年和如今都只是粗略估计罢了。后面多一个○还是少一个○，这又能说明什么呢？死亡消失在统计表里的一排排数字的背后。"（94）文学书写的意义恰恰在于，它能够将"一排排数字"背后的鲜活生命复归，让人们经由文学的"感知空间"去想象、去填补、去弥合曾经的裂痕。

关于德国普通民众所遭受的战争苦难，《联邦德国史学研究》中有这样一段话，可以当作是对这个问题很中肯的评价：

> 毫无疑问，英、美空军对德国城市的大轰炸导致大量无辜平民死亡，许多珍贵的历史文化遗产荡然无存，无论在道义上还是在国际法上，这种战争过失都

应当受到谴责，其受害者完全有权申诉其所遭遇的不幸和痛苦。因为即使是正义的战争，如被滥用，也会导致严重的犯罪。但是人们不能把这种痛苦变成神话，也不应当把反法西斯同盟国的过失与纳粹德国的犯罪行为相提并论，更不应当用这种过失使纳粹德国的罪恶相对化、淡化，甚至否认纳粹德国以种族灭绝为目标的屠杀犹太人的罪行。回忆德国民众的苦难，并非鼓励寻衅复仇，而是反省战争的残忍。德意志人既是其邪恶政府的牺牲品，也是交战各方违背道义和战争法行为的受害者。战争绝不是赚钱的买卖，不是有利可图之事。回忆并牢记大轰炸历史，其意义便在于敦促人们认识暴力、报复、仇杀以及其他种种不道义、不公正行为的巨大危害，尊重他人，珍惜和平，共谋人类社会和谐、稳定、健康发展之道。[①]

二、科学家形象

在《卡尔腾堡》中，除冯克外，另一位主人公就是处于其回忆中心的卡尔腾堡教授。耐人寻味的是，这位卡尔腾堡教授并不是巴耶尔凭空虚构出来的人物，其在现实中的原型是

[①] 孙立新、孟钟捷、范丁梁：《联邦德国史学研究：以关于纳粹问题的史学争论为中心》，北京：社会科学文献出版社，2018年，第208页。

第三章 每个人——多元化的"故事"

1973年诺贝尔生理学或医学奖得主康拉德·洛伦茨（Konrad Lorenz）。巴耶尔给出许多零星线索提示读者按图索骥，发现二者之间的隐秘关联，如：路德维希·卡尔腾堡的首字母缩写为L. K.，而康拉德·洛伦茨的首字母缩写则恰好相反，为K. L.；两人都生于1903年，卒于1989年；两人都是动物学家，研究的内容都是动物行为学；两人都曾加入纳粹，并为德军服务；两人都曾被苏联军队俘虏，战后也都继续从事动物行为学研究。① 与纳粹时期的许多科学家类似，洛伦茨在纳粹时期的所作所为也充满了谜团，并且颇有争议。尽管他生前曾多次回击外界的非议，但他曾追随过纳粹主义、效力于纳粹政权，这一点是无可辩驳的。

事实上，二战结束后，有关德国与奥地利两国科学家在纳粹时期所作所为的著述并不罕见，如德国物理学家、1932年诺贝尔物理学奖获得者维尔纳·海森伯（Werner Heisenberg）的夫人伊丽莎白·海森伯（Elisabeth Heisenberg）所著的《一个非政治家的政治生活——回忆维尔纳·海森伯》（*Das politische Leben eines Unpolitischen: Erinnerungen an Werner Heisenberg,* 1980），海森伯的传记《超越不确定性——海森伯、量子物理与原子弹》（*Beyond Uncertainty: Heisenberg,*

---

① 有关洛伦茨的纳粹经历，可参见 Benedikt Föger and Klaus Taschwer, *Die andere Seite des Spiegels: Konrad Lorenz und der Nationalsozialismus* (Wien: Czernin Verlag, 2001). 需要指出的是，尽管巴耶尔对洛伦茨进行了戏仿，但在小说的整体表现中，其更多是将卡尔腾堡教授纳入了二十世纪德国史的书写之中。

Quantum Physics, and The Bomb, 2009），对纳粹时期生物学家进行细描的《希特勒手下的生物学家——纳粹政权下的生物学界画像》（*Biologen unter Hitler: Porträt einer Wissenschaft im NS-Staat,* 1995）等。① 总体而言，对这类话题的热议实际上凸显了科学家与科学在当下话语体系中的重要性。

二十世纪以来，科学以及科学家的角色越发重要。然而令人遗憾的是，随着一战的爆发，科学的"纯洁性"不再，② 科学家也成为爱因斯坦口中的"病态罪犯"："所有我们推崇备至的技术进步和一般意义上的文明，都可与一个病态罪犯手中的斧头相提并论。"③ 历史学家弗里茨·斯特恩（Fritz Stern）认为："一定程度上，是德国科学造成了德国的浩劫……德国科学家们或是犯下了可怕的暴行，或是在亵渎了一切人类尊严的罪行面前保持了沉默。"④ 因此说来，对于科学家以及科学的反思不仅事关那段"浩劫"本身，也事关对待那段历史的态

---

① 参见 Elisabeth Heisenberg, *Das politische Leben eines Unpolitischen: Erinnerungen an Werner Heisenberg* (München: Piper Verlag, 1980); David C. Cassidy, *Beyond Uncertainty: Heisenberg, Quantum Physics, and The Bomb* (New York: Bellevue Literary Press, 2009); Ute Deichmann, *Biologen unter Hitler: Porträt einer Wissenschaft im NS-Staat* (Frankfurt a. M.: Fischer Taschenbuch Verlag, 1995).

② Fritz Stern, *Einstein's German World* (Princeton: Princeton University Press, 1999), p. 30.

③ 转引自 Fritz Stern, *Einstein's German World* (Princeton: Princeton University Press, 1999), p. 118.

④ Fritz Stern, *Einstein's German World* (Princeton: Princeton University Press, 1999), p. 34.

第三章 每个人——多元化的"故事"

度以及对当下的反躬自省。

我们来观察一下小说《卡尔腾堡》是如何塑造其同名人物——动物学家卡尔腾堡教授的。①

小说以"卡尔腾堡"命名,读者在尚未翻开这部小说时就已经被封面上的"卡尔腾堡"吸引了注意力。在德语中,"卡尔腾堡"并非常见的姓氏,反而更容易让人联想到位于巴登—符腾堡州的一个旅游景点。但随着读者翻开小说的第一页,开篇读到的第一句话却是:"路德维希·卡尔腾堡直到1989年的2月、他的生命尽头都在等待着那些寒鸦归来。"(1)"路德维希·卡尔腾堡"是这句话的、也是整部小说的头两个单词,读者一方面再次加深了对"卡尔腾堡"这一词汇的印象,另一方面也恍然大悟,在这部小说中,卡尔腾堡并不是一个地名,而是一个人名。这种骤然偏离会造成读者心理上的强烈反差并迅速引起读者对卡尔腾堡这一人物予以更多关注。此外还值得注意的是,"卡尔腾堡"是一个复合词,由"kalt"和"Burg"两部分组成。其中,kalt是形容词,意义为"冷的;冷酷无情的;令人战栗的"等;Burg是名词,主要指"城堡,城寨",是比较常见的姓氏词尾。从认知的角度来说,读者对这一复合

---

① 本小节中部分内容原发表于《外国文学》2021年第2期(《"我在研究你们"——从认知诗学的视角解读〈卡尔腾堡〉》)。本书还有部分内容原发表于《外国文学评论》2021年第3期(《骑士、忧思者与寒鸦:〈卡尔腾堡〉中的德意志民族性格与国家认同建构》)以及《当代外国文学》2021年第3期(《"哎,不就是只小鸟吗"——〈卡尔腾堡〉中的历史书写与创伤书写》)。收录进本书时根据整体框架均有调整,在此一并说明。

词的关注点很容易放在 kalt 上，而将 Burg 模糊化处理。因此，读者在后文中会格外注意与卡尔腾堡教授"冷酷无情、令人战栗"相关的内容，类似"守候猎物的鹰"（52）、"鲜血和吼叫"（53）、"死亡氛围"（62）等词汇或短语旋即被前景化，进入读者的认知焦点。

但巴耶尔并没有直接将卡尔腾堡教授的所作所为和盘托出，径直送到读者眼前，而是围绕教授编织了许多谜团——与历史的含混十分契合（和关键词"迷宫"也不乏关联）。小说中，几乎是卡尔腾堡教授每出现一次，读者就会产生一个新的疑问。以第一章的四小节为例：教授一直等待的寒鸦是怎么回事？《恐惧的本原形式》是一部什么样的作品，为什么会给教授带来外界的谴责与攻击？教授是如何观察到"各种可能的恐惧反应的全景图像"的？书中的案例素材都是他从哪里得到的？随着冯克回忆的继续，不同记忆碎片一拥而上，读者的困惑却鲜少得到解答，更多的是出现新的信息延续读者此前的疑问或推翻读者此前构想的答案。如对于贯穿小说的寒鸦之死，读者的心理会先后面对"寒鸦失踪——寒鸦被毒死了——怀恨在心的某位市民毒死了寒鸦——司机克劳泽毒死了寒鸦——冯克是否有意告诉克劳泽毒死寒鸦的方法"这样几个阶段。但总体看来，随着情节发展，读者的困惑将慢慢聚拢于几个被反复提起的问题，即卡尔腾堡教授的寒鸦、他对恐惧的研究、他在二战时期的经历以及他与冯克之间的关系。

由于卡尔腾堡教授的很多谜团都和冯克有关，这里也关注

第三章 每个人——多元化的"故事"

一下围绕在冯克身上的谜团。在阅读的过程中,读者会发现冯克身上总是带有一种"背景化"的趋势。一方面,冯克是一个压抑、被动的人物形象,这种性格使他缺乏表现力,很难从叙述表层中凸显出来。另一方面,作者在话语层面极少采用直接引语让冯克直接发声,其或是仅描绘冯克的思想流动,或是采用自由直接引语,降低冯克声音的音响效果,这使得冯克无论说话与否、动作与否,总显得像一个无声的背景。然而,围绕在冯克身上的重重谜团却克服了这种背景化趋向,使读者无法不去注意这个人物形象。读者在阅读的过程中会感受到一种奇特的明暗交织,重重谜团的"明"不停地唤醒身处"暗"中的冯克,这甚至让读者对这种"暗"本身都产生了困惑与兴趣:冯克表现得如此压抑与被动,其原因究竟何在?在回忆框架外的世界,冯克处于女翻译的压制之下,女翻译不停向冯克提问,迫使冯克不得不回忆往事;在回忆框架内的世界,冯克处于卡尔腾堡教授的阴影中,仿佛连语言的能力都遭到了剥夺。随着越来越多回忆碎片的涌现,读者的疑惑却不见其少,反而变得越来越大:冯克到底是一个什么样的人物形象,在他讳莫如深的叙述背后到底潜藏了哪些不愿明言的往事?对冯克来说,卡尔腾堡教授亦师亦父,但他对教授的态度却总是晦暗不明,是像他自己说的那样,因为教授就自己的履历撒了谎,否认了他们曾经共同度过的"波兹南岁月"(242)吗?他花费了大量笔墨反复加以回忆叙述的"雨燕事件"在他与卡尔腾堡教授的初识中扮演了什么角色?二战结束后,卡尔腾堡教授与冯克在德累斯顿重逢，此时他为何迫使冯克做自己的学生？这些谜团促成了"明与暗"的张力，将冯克一次又一次拖拽到读者眼前，使他始终是聚光灯下的焦点人物。

倘若读者对围绕在冯克与卡尔腾堡教授身上的谜团做进一步抽象就会发现，大多数谜团其实都指向教授的研究内容。寒鸦是教授的研究对象，恐惧是教授的研究课题，教授讳莫如深的二战经历和他的某种研究相关，他首次走进冯克的生活是因为他在波兹南开展某种实验，再次走进冯克的生活则是因为他在德累斯顿设立了研究所。当读者将目光聚焦于教授的研究内容时，大量相关的文本信息很自然地就进入了读者的认知焦点：表面上看，卡尔腾堡教授的研究方向是动物行为学，他通过对动物（如寒鸦）的观察开展自己的研究；实际上，卡尔腾堡教授在二战期间加入了纳粹组织（307），他违背科学伦理，以极其残忍的手段"把自己的动物学专长用到病人身上"（53）："这些个动物？什么动物呢？我在研究你们。"（160）小说虽然不曾直接对卡尔腾堡教授的人体实验做展开叙述，却不乏零散的暗示，如冯克和母亲之间的这段对话：

> "卡尔腾堡教授是个动物学家，他在这儿的一家很大的精神病院里护理精神错乱的病人呢。"
>
> "精神错乱的病人？"
>
> "当然不仅仅是精神错乱——他们病得很厉害。"
>
> ……

第三章 每个人——多元化的"故事"

  一个动物学家,他居然在一家精神病医院里工作……我不是曾经在邻居家里观看过一个兽医在牛圈里看病吗?鲜血和吼叫,还有那些粗大的、闪闪发光的器械。我看见卡尔腾堡教授穿着白大褂出现在我面前。他把自己的动物学专长用到病人身上……我在城里观察过重伤员被用担架抬进院门吗?我看见过缠着绷带的脑袋吗?我听到过痛苦的叫喊和医务人员那"快,加快点"的呼叫吗?卡尔腾堡教授拉开一个驯鹰者的架势,目光朝上,伸开手臂:我看见了他——当年已经看见他了吗?一个小孩,哪来这样的想象呢?——用结实的皮手套操作着一台医疗仪器,那粗壮的电缆通到病人的卧榻上。(53–54)

  二战后,卡尔腾堡教授虽然无法继续开展人体实验,却保持了自己将动物行为学应用于人类行为的研究热情。1964年,卡尔腾堡教授出版了"毕生之作"(3)《恐惧的本原形式》。在这部"研究人类的著作"(281)中,他提出恐惧"是一个简单神奇的自然习惯",因为"它能够影响维持生命的存在"(3),这一点无论对于动物还是人皆如此,就像他常说的那样,"不可将人与动物截然对立起来"(119)。很明显,动物学家卡尔腾堡的真正兴趣不在于动物行为,而在于将动物行为学应用于对人类行为的探究。

  为了继续揭秘卡尔腾堡这位科学家还做了什么,这里再来探讨一下冯克对卡尔腾堡教授的复杂情感。一方面，卡尔腾堡是冯克自幼年起就很崇敬的人，他坚韧、果敢的性格一直是冯克所渴求的。但另一方面，冯克也很清楚卡尔腾堡在波兹南期间的纳粹经历及其开展人体实验之事。当卡尔腾堡教授公开表示从未加入过纳粹时，冯克"深深地感到失望"（242）。卡尔腾堡此举不仅颠倒黑白，还蹂躏践踏了冯克对他的信任，摧毁了"我对卡尔腾堡这个伟大的教授的童年印象"（156）。然而，如果仅用"信任"与"失望""敬爱"与"受伤"这两极化的词语来概括冯克对卡尔腾堡教授的复杂情感，还是未免太单薄苍白了。

小说开篇就进入对卡尔腾堡教授的讲述，读者很难联想到在叙述的背后还有一个第一人称叙述者的存在。这种情况一直持续到第一章的末尾才得到改变："猴子们也一个接一个地加入到这工作里来，就像卡尔腾堡陈述的，却没有告诉是谁给他描述了这样的情景。我。"（7）这个生硬、孤零零的"我"正是读者第一次直面冯克。他先是提到卡尔腾堡教授没有将自己的研究资料来源告知众人，其后则话锋一转，表示"我"就是那个来源，就是"我"把德累斯顿大轰炸当晚动物举止异常这件事告知给卡尔腾堡的。可见，在小说叙事中，冯克的首次登场就被打上了卡尔腾堡观察对象的印记；他第一次流露出对教授的疏离态度也是在谈及此事时发生的。倘若读者将这些信息联系起来看待，就会意识到：让冯克陷入情感矛盾的是卡尔腾堡教授长年将他作为观察对象，通过他来探究自己将动物行为学与人类行为结合起来的设想。这一点在后文的叙述中也得到了印证：卡尔腾堡教授在已知冯克的两次童年创伤（雨燕事件以及德累斯顿大轰炸）都与鸟类相关的情况下，强势迫使对鸟类深怀恐惧的冯克学习鸟类学。他持续跟踪观察冯克能否克服恐惧事件的影响，发展出强大的自我，最终却只能慨叹："天哪，我这给自己挑选了一个什么样的草履虫啊。"（153）冯克曾经在回忆中自问，卡尔腾堡教授是否在波兹南时期就已经"酝酿出了一个计划"（155-156）。其时，冯克在家中受到雨燕的惊吓，无法摆脱恐惧的阴影："难道他这只守候的猎鹰，靠着那敏锐的眼睛，在地板上发现了一个他指望会有所成就的小家伙吗？难道他简直觉得事情正好发生在最合适的时候吗？"（156）然而，冯克并没有像教授预期的那样，从恐惧中得到生命力量。情况完全朝着相反的方向发展："只要我一听到教授开始说话，那些话听起来就会让人毛骨悚然，好像是要教我恐惧。"（155）冯克性格中的压抑与被动不仅与他的两次童年创伤相关，也与他自始至终都是卡尔腾堡教授用以探究恐惧的观察对象有关：一方面，卡尔腾堡教授用冯克来验证恐惧的力量，这使得冯克一生都无法摆脱恐惧的阴影；另一方面，作为观察对象，冯克永远都处于"被观察"的位置，面对如同"驯鹰者"的"目光朝上，伸开手臂"的卡尔腾堡，冯克仿佛永远都是当年那个"地板上"的孩子。

总体而言，卡尔腾堡教授是一个"理智明显超越了感情的科学家形象"①。为了探索将动物行为学应用于人类行为，他在纳粹时期就曾开展过相关人体实验。冯克是卡尔腾堡教授一早就选中的实验品，用以观察恐惧对人类的影响，验证自己对恐惧的理论设想。这种科学家形象简直让读者不寒而栗。

在德语文学史中，"疯狂科学家"的形象并不少见。例如十九世纪德国浪漫派作家 E.T.A. 霍夫曼（E.T.A. Hoffmann）的《沙人》（"Der Sandmann"），其中所塑造的考普留斯让人印象深刻，那句邪恶的"拿眼睛来，拿眼睛来"②令人毛骨悚然，看来"考普留斯们"早已把欲望之手伸向了人类。及至二十世纪，读者在剧作家弗里德里希·迪伦马特（Friedrich Dürrenmatt）的《物理学家》（*Die Physiker*）中看到，为使人类免遭灭顶之灾，科学家不得不伪装成疯子，但却也无法阻止"世界落入了一个癫狂的精神病女医生手里"③。

在当代德国的反思文学中，随着书写对象的多样化，科学家也越发成为了作家们关注的对象。读者既能看到类似卡尔腾堡教授这样亦正亦邪的动物学家，也能看到诸如《杀心萌动那一年》（*Mein Jahr als Mörder*，2004）中乔治·格罗斯库特那

---

① Eleni Georgopoulou, *Abwesende Anwesenheit. Erinnerung und Medialität in Marcel Beyers Romantrilogie Flughunde, Spione und Kaltenburg* (Würzburg: Königshausen&Neumann, 2012), p. 156.

② 霍夫曼:《沙人》，载《霍夫曼短篇小说选》，王印宝、冯令仪译，长沙：湖南文艺出版社年，1996年，第152页。

③ 弗里德里希·迪伦马特:《物理学家》，载《老妇还乡》，叶廷芳、韩瑞祥译，北京：人民文学出版社，2002年，第329页。

样有良知的医生。①罗威认为，有关科学与科学家，存在着一种"两极分化的描写"，其原因部分在于长久以来的想象，一面是备受赞誉的"伽利略和牛顿"，一面是被"妖魔化"了的"浮士德和弗兰肯斯坦"，还有部分原因则在于二战"结束时初次成形的流行神话——末日之战后的涅槃重生，英雄对魔鬼，罪恶与救赎"——且看核物理所展现出来的惊人力量。②

不过，至少是在下意识中，人们往往更容易将科学（家）与客观、理性、清白联系在一起。但这种思维定式有可能很危险，它不仅会让作为普通人的我们降低对科学（家）的批判意识，也容易让科学家对自身的行为放松警惕，一不小心就陷入对不合理行为的合理化旋涡。罗威曾提到原子弹计划负责人罗伯特·奥本海默（Robert Oppenheimer）第一次目睹核试验景象时的反应。他写道，奥本海默"对自己此刻掌握的力量深感自豪，以至于大声喊出印度神毗湿奴在《薄伽梵歌》中的话：'我成为死神，世界的毁灭者。'战后那些年他说起这话时，用的都是严肃的语气，但在爆炸发生当时，据说他是趾高气扬

---

① 鉴于后文还会提及《杀心萌动那一年》，此处大致介绍一下小说情节。小说以第一人称叙事展开，"我"发现曾判处好友父亲死刑的纳粹法官汉斯·约阿希姆·雷泽战后被无罪释放，于是决定刺杀雷泽。在追踪雷泽罪行的过程中，小说呈现了格罗斯库特夫妇在二战期间救助犹太人以及参与抵抗组织的过往。参见弗里德里希－克里斯蒂安·德里乌斯：《杀心萌动那一年》，王泰智、沈慧珠译，北京：新星出版社，2007年。

② 基思·罗威：《恐惧与自由：第二次世界大战如何改变了我们》，朱邦芊译，北京：社会科学文献出版社，2020年，第90页。

地说出来的……"①

在《纳粹医生》中，利夫顿提出了"**双重自我的角色转换**"，用以解释纳粹医生在集中营的所作所为：

> 自我分为两个运行的整体，所以一个部分自我的行为可被当作整体自我在行事。通过这种替身，一个奥斯维辛医生就不仅可以屠杀和协助屠杀，还可以为了这个邪恶项目悄悄构织一个整体的自我结构（或自我过程），事实上其行为的所有方面都包含在这个自我结构之中。
>
> 所以，双重自我的角色转换就是纳粹医生与这个恶魔般环境进行浮士德式交易的心理工具，恶魔环境要换取他对屠杀的贡献；而由于这种特别的适应，他们也获得了各种心理和物质上的利益。超越奥斯维辛，则是向德国医生整体提供的一个更大的浮士德式诱惑：去做种族治愈之宏大计划的理论家和实施者，而手段则是迫害和大屠杀。②

这种"角色转换"让人震惊。上一秒钟也许还沉浸于对家

---

① 基思·罗威：《恐惧与自由：第二次世界大战如何改变了我们》，朱邦芊译，北京：社会科学文献出版社，2020年，第12页。

② 罗伯特·杰伊·利夫顿：《纳粹医生：医学屠杀与种族灭绝心理学》，王毅、刘伟译，南京：江苏凤凰文艺出版社，2016年，第481–482页。

庭的温存，下一秒钟就转身将被关押者送入毒气室。但"浮士德式诱惑"之所以能够成为诱惑，是因为魔鬼开出的条件尽管代价沉重，却足够吸引书斋中的学者。清白与邪恶似乎就只在一念之间。浮士德岂不正是走出书斋就堕入了欲望的深渊？还未及对大千世界有几多探索，格雷琴就已经为他付出了生命的代价。我们很难说浮士德是恶贯满盈之徒，就像卡尔腾堡教授也没有被巴耶尔塑造成彻底的恶人，读者也能在小说中看到他的温情时刻。但就像利夫顿在《双重自我的角色转换：浮士德式的交易》这一小节中引用过的迪伦马特所述："我们之中任何人都可能成为遭遇自己双重自我中那个替身的人。"① 科学的界限到底在哪里，人们仍需探索，仍需反思。我们不能否认科学与科学家对人类进步的促进作用，但是，永远别忘了考普留斯那邪恶的腔调——"拿眼睛来，拿眼睛来"。

三、书写作恶者

"有一次……我看到一张枪毙俄国犹太人的照片。犹太人一丝不挂，排成长长的队伍等着，有几个已经站在那个大坑边上，他们身后是手拿步枪、要向他们头颈开枪的士兵。这是在一座采石场。照片上，犹太

---

① 转引自罗伯特·杰伊·利夫顿：《纳粹医生：医学屠杀与种族灭绝心理学》，王毅、刘伟译，南京：江苏凤凰文艺出版社，2016年，第481页。

人和士兵的上方，有一名军官坐在窗台上，他跷着二郎腿，吸着一支烟。他看上去有点儿不痛快。也许，事情进展得还不像他想的那么快速干脆。不过，他还是得到了他那份满足，甚至在脸上也有一片得意，也许一天的活计就快干完了，很快就是适意消闲的傍晚了。他并不恨犹太人。他也不……"

"那就是您吧？您坐在窗台上，并且……"

他立刻把车刹住，脸色一下子就苍白了，太阳穴上的胎记闪着油光。（153）

对作恶者的表现是战后反思文学历来都很重视的一件事情。在当代德国小说的二战历史书写中，作恶者依然是重要表现对象，例如《朗读者》中的卡车司机——一个冥顽不灵的纳粹分子。从此人与米夏的对话中可知，他至今毫无悔改之意，甚至还对米夏参观集中营一事大加讥讽："哦！您原来是想搞明白，人怎么居然干得出那么恐怖的事情。"（152）显然，卡车司机丝毫不觉得大屠杀是一件"恐怖的事情"，其轻飘飘的语气、视生命如草芥的口吻令人发指。当他描述"有一名军官坐在窗台上，他跷着二郎腿，吸着一支烟"观看枪毙俄国犹太人的场景时，甚至还用到了"满足""得意""一天的活计""适意消闲的傍晚"这样的字眼。然而就是这样的人，甚至不需要付出什么代价，就毫无压力地进入了战后的生活。从这里也能看出，战后在德国所实施的"去纳粹化""再教育"并未让所有人从内心深处认罪。①

值得注意的是，当下反思文学的作恶者不再限于上述"魔鬼"形象。在探讨"邪恶"这一问题时，罗威认为：

> 从心理学的角度来说，没有生性邪恶这回事，只有病态的人，或是身陷病态制度的人。从哲学的角度来看也是如此，邪恶之人与执行邪恶行为之人是有区别的。二战的最大悲剧就在于，它不但把有精神病倾向的人推到拥有巨大权力的位子上，还在社会制度中培养和放大了这种病态，达到了就连普通人也既有能力从事邪恶行为，又热衷于此的程度。②

施林克的观点与罗威类似："人并不因为曾做了罪恶的事而完全是一个魔鬼，或被贬为魔鬼。"因此，他想要呈现的不是"魔鬼汉娜"，而是一个兼具人性两面性的人物，亦即一个更为复杂、更为立体的人物形象。

小说第一部分所呈现的汉娜更多是一个普通人的形象，有自己的喜怒哀乐，也有其日常琐事："我要洗衣，我要烫衣，我要扫地，我要购物，我要掸灰，我要做饭，我还要把梅子从

---

① 有关"再教育"问题，可参见安尼：《聆听沉默之音——战后德国小说与罪责话语研究》，上海：华东师范大学出版社，2014年，第39—41页。

② 基思·罗威：《恐惧与自由：第二次世界大战如何改变了我们》，朱邦芊译，北京：社会科学文献出版社，2020年，第37页。

树上摇晃下来，再捡起来，再扛回来，马上煮熟……"（81）此时的读者尚不知道汉娜的过往，仅是随着米夏的回忆时而看到汉娜乐于助人的一面，时而看到其暴躁易怒的一面。至于汉娜某些不合常理的言行举止，尤其是突然的不告而别，读者虽然困惑，虽然充满猜测，却也不会在这里就联想到纳粹与文盲问题。总之，在这一部分，叙述者对汉娜的塑造更多是在呈现一些"人性化"的内容。

在第二部分，读者渐渐接近汉娜的过去。汉娜1922年生于南欧的一个德国人居留地，即罗马尼亚的赫尔曼市，1939年来到柏林，此后曾在西门子做过女工，1943年加入党卫队，"在奥斯维辛集中营一直待到1944年初，以后转到波兰克拉科夫的一所小集中营，一直待到1944年到1945年的那个冬天"（99）。[①]当读者接收到这部分信息时，心理上会受到强烈冲击，很难将此前的汉娜与当下的汉娜联系在一起，就如同米夏一般：

> 我仿佛看见了汉娜，在熊熊燃烧的教堂，面孔铁硬，一身黑色制服，还手握马鞭子。她甩着鞭子，在雪地上画出圆圈，鞭梢狠狠刮过她的皮靴……她尖叫的面孔就是丑陋的化身，还用鞭子帮衬着她的命令。我更看见教堂的塔尖轰然坍塌，砸进屋顶，火焰飞舞，烟雾缭绕，听得见妇女们在垂死挣扎的声音。最后，我还看见了第二天早上已经烧成灰烬的教堂。

---

① 以上信息可参见小说第42—43、98—99页。

> 同这些景象一起，我还凝眸着其他情景。汉娜在厨房里穿着长筒袜子；她手拿毛巾站在澡盆边上；她骑着自行车，裙边随风飘舞；她站在我父亲的书房里；她在镜子前面翩翩起舞；她在游泳池边朝我注视；她听我朗读，同我交谈，嘲笑我，爱抚我……（147—148）

"两个汉娜"形象地体现着施林克的理念——"人并不因为曾做了罪恶的事而完全是一个魔鬼"。因此，在施林克的笔下，汉娜既有"魔鬼"的一面，也有人性化的一面。也许是出于上述理念，施林克赋予了汉娜文盲的身份。由此，汉娜之所以成为集中营看守不是出于纳粹思想，而是想要掩饰自己的文盲身份，后者让她感觉羞耻。应该说，施林克是有意安排读者先得知汉娜的纳粹经历，然后再得知其文盲一事。这种先后顺序使读者在未知其文盲时可以有足够的空间对汉娜进行审判，又在知晓其文盲后对事情的复杂性做出更多思考。然而，需要注意的是："一个文盲本来不具备任何代表性，一个不愿暴露身份弱点的集中营女看守也不能够美化纳粹，可偏偏是大屠杀成了表现文盲生活波折的证据。从这个意义上，大屠杀历史在其中的确有被庸俗化的嫌疑。"[①]

在小说第三部分，狱中服刑的汉娜借助米夏的朗读摆脱了文盲，并对自己做了最后的"审判"。法庭上的汉娜没有意识

---

① 安尼：《聆听沉默之音——战后德国小说与罪责话语研究》，上海：华东师范大学出版社，2014年，第263页。

到自己真的有罪,她对法官的发问"要是您的话,您会怎么做呢"(115)清清楚楚地表明了她根本不清楚自己做错了什么;如今的汉娜主动阅读了集中营相关书籍,主动思考了自己的过去。可以说,直到这一刻,汉娜才知晓罪与恶,知晓自己曾经手染鲜血、充当纳粹主义的帮凶。因此,也是直到这一刻,她才有了真正意义上的反思——毕竟,只有发自内心的反思才能叫反思。

在小说表现中(尤其是前两部分),汉娜的语言风格大多简单、直接、生硬,似乎缺乏感情的涌动。其话语表达仿佛只想维持最基本的框架,哪怕多一个字都不想有,但凡能省略的、不是语法必需的成分都通通省掉。① 这可能与文盲问题、纳粹

---

① 此处以汉娜的首次出场为例,对这一问题略做说明。汉娜第一次出现在读者视野中是米夏因病呕吐,汉娜伸出援手,帮助米夏做了清洗。面对患病的少年,汉娜的动作并没有"轻柔体贴"(4),口中的话语也谈不上温柔,反而显得十分直接:"去拿另外一只!"(4)这里的上下文是汉娜自己拿了一只水桶清洗路面,并要求米夏去拎另外一只。"去拿另外一只"在德语原文中是一个命令句["Nimm den anderen!" 参见 Bernhard Schlink, *Der Vorleser* (Zürich: Diogenes, 1995), p. 6.]。德语中的命令句语气大多比较强烈,说话人往往会采用小品词(类似语气词)来缓和语气。然而,汉娜不仅没有采用任何小品词,更是省略了"桶"这个名词。要知道,米夏当时正在病中,整个人的状态非常虚弱,而汉娜此前完全没有提到拿桶清洗路面的事。因此,省略"桶"这一名词并非出于场景清晰、交际方便的原因,这只能归因于汉娜的语言风格就是如此,简单、直接,甚至可以说生硬。这是小说中属于汉娜的第一句直接引语,这句话的风格奠定了汉娜后期表述的底色。从后文可以看出,汉娜非常喜欢用命令句,且往往都毫无修饰、干脆直接,听起来就像一根木棍,直挺挺地向前捅去,不带一点迂回,也没有丝毫犹豫。

经历、战乱体验都颇有关联。与这种语言风格相呼应的是，在小说的绝大部分，施林克都不曾给予汉娜表露内心的机会。直到汉娜做了真正的反思之后，她的情感才有了流淌的机会。这应当也是施林克在"作恶者"与不使之"被贬为魔鬼"间所采取的一种书写方式：

> 我一直有一种感觉，就是人家不了解我，没人晓得我本是什么人，干过些什么事。你明白吗，如果没人理解你，那么，也就没人能要求你讲清楚，就是法庭也不可以要求我。不过，死掉的人却可以，因为他们理解我。他们也不需要到场，如果他们真能到场的话，他们一定能理解得特别到位。在这座监狱里面，他们跟我待在一起的时间很多。他们每天夜里都来，也不管我要不要他们来。在审判之前，如果他们想来，我还能把他们赶走，可是到了这时……（200）

四、群像图之复杂性

如上所述，对更多历史侧面的追寻让作家们可以表现更广泛的人物群体。当代德国小说的二战历史书写由此向塑造"群像图"又进一步。以《朗读者》为例，这里不仅有米夏和汉娜，还有诬陷汉娜的其他看守，毫无悔改之心的卡车司机，目击教堂失火的村民，撰写回忆录的幸存者，封闭自己的米夏父亲，战后坐在审判席上的法律人员，等等。这种向群像图的迸发也是向立体化历史书写迸发的表现，它让后来者能够从更多侧面、更多层次去追溯、去建构那段历史。当然，前提是格拉斯所说的，不要把书写权拱手让给对历史别有用心之人。

在《无处为家》的结尾，瓦尔特申请了参加黑森州的司法建设并获批准。这个结尾让人浮想联翩：回到德国的瓦尔特会面临什么样的状况，进入什么样的生活？诚然，从史料、文献中可以获得许多有关战后德国司法建设的"知识"。但文学书写的价值在于，它可以更加鞭辟入里，可以进入历史的肌理，呈现其中的复杂性，例如人性的复杂性。在《朗读者》的审判环节中，司法人员逐渐陷入对灾难的"麻木不仁"，对去以色列出差"齐发旅游之豪兴"，"大家都在想尽快完事；大家也不再集中注意，老是顾左右而言他；这么多个礼拜沉浸在昨天中，现在大家都想赶快回到今天来"（138），这让读者在一定程度上可以想象回来后的瓦尔特经历了什么。文学允许读者"置身其中"，允许我们从小小个体的视角去体验、去看待大千世界。①

---

① 在《启蒙的冒险》中，格拉斯认为，文学作品能"以另一种史学家们无法采用的方式与历史打交道。假如我们只依靠史学家，而没有我们的格里美豪森的话，那我们知道三十年战争的哪些事呢？他从下层人的视角，从当事人、参与者以及被卷入大大小小的罪行的人物的角度来讲述故事，他没有把自己拔高，以胜利者自居，自以为是，而是置身其中"。参见君特·格拉斯、哈罗·齐默尔曼：《启蒙的冒险：君特·格拉斯对话录》，周惠译，北京：人民文学出版社，2022年，第25页。

第三章 每个人——多元化的"故事"

比如说，对于那些目击教堂失火的村民，读者其实很难简单地用是非对错给他们盖章处理。① 村民们见死不救，读者可以发出诘问："难道就制服不了这么几个女人吗，制服她们以后不可以挺身而出把教堂大门打开吗？难道他们不是跟被告站到一条线上了吗？难道目击者也和被告一样，受到了部队纪律的管束和钳制吗？"（118）但一定程度上，读者也能理解作为平民的目击者在当时的状况下不敢轻易越雷池一步。即便对方只是几个女看守，但她们也是"穿军服的人"（117）。当村民们在第二天清晨看到死里逃生的幸存者母女二人时，他们也并未声张，而是"给了她们衣服食物，然后送她们继续上路……"（125）

战后受审时，村民们"小心翼翼"，"免得说错话引火烧身"（117）。当其他看守诬陷汉娜为主谋时，他们"既不能肯定，也不好否定"（137）。这其中的原因很复杂：首先，客观上来讲，那天早上只是"匆匆一面"（137），村民们可能确实记不清其中的细节了；其次，与每次庭审时都"身体挺得笔直，双腿站得坚牢"（98）的汉娜相比，"其他那些女人看起来更衰老，更疲倦，更胆小也更遭罪，他们怎么好意思说什么相反的话？相比之下，汉娜就是那名头头"；最后，为免"引火烧身"，

---

① 这里补充一个细节，教堂失火的原因是前文提到的盟军空袭，可能是因为轰炸目标是"附近的铁路线和工厂"，教堂被殃及池鱼，还可能是因为"刚轰炸了一座大城市后多余下来的，所以索性就抛了下来"（110-111）。紧接着，大火熊熊燃起，汉娜等看守没有开门，惨案就此酿成。

村民们也需要指出一名负责人，这"也能减轻他们本身的罪责。在一帮严刑峻法的女人面前不救人，总比在一群不知所措的女人面前不作为要说得过去"（137-138）。显然，在施林克的笔下，人性的层次丰富且立体，它不是简单的非黑即白，村民们没有大奸大恶，但也没有大慈大悲。他们有胆小怕事的那一刻，也有人性善良的那一刻——他们大火之夜见死不救，第二天却给了幸存者食物。有时，他们的善良中夹杂着自私，掺杂着蒙昧——他们在庭审中指认了看起来更强势的汉娜，内心中除了保护自己，应当也认为自己保护了看似更为"弱势"的其他女看守。

二战后，西占区对德国在战争期间的个人罪责开展了审查，要求所有年满十八岁的德国人填写调查问卷，说明自己在战争期间属于以下哪一类别：主犯、从犯、轻从犯、跟风者、无罪者。调查显示，"当时西占区近六百万人口中，主动填写'跟风者'的人占到98%以上"[①]。尽管这个数字不见得与事实一致，毕竟人们出于害怕惩罚、希望得到豁免的心态往往会把自己的过失罪责缩小处理，但从中大致可以看出一个问题：处于两端的是少数，绝大部分人都在中间。这种"中间地带"其实呼应了村民们在战争中的表现——不是两端，

[①] 安尼：《聆听沉默之音——战后德国小说与罪责话语研究》，上海：华东师范大学出版社，2014年，第65-66页。其中，主犯指的是"被国际军事法庭宣判为犯罪性质的组织中，如纳粹领导下的党卫军、盖世太保、冲锋队等组织的成员"，从犯指的是"纳粹的积极分子、军人、受益者"。

而是中间。

当米夏的班级对上一代人的罪责展开讨论时,他们看到此前审判中存在的问题,"有整整一代人……或者曾经为看守或帮凶服务过,或者没有设法去制止他们,或者,在1945年以后,原应该把这些人从人群中揭发出来的,而实际上他们没有这么做"(94)。尽管米夏和同学们一致认为要将这些人处以"羞耻"之罪,但敏感的他还是意识到了一些自己无法回答的问题:例如他的父亲,仅仅因为计划讲授出身犹太家庭的斯宾诺莎,就被迫从大学离职,不得不委身于"一家搞旅游地图和小册子的出版社"(95),带着全家在战时艰苦度日,那么米夏该如何判处他父亲的"羞耻"之罪呢?还有那些坚决"同自己的父母,同整整一代罪犯,包括见事旁观者、遇事逃避者、对事容忍者和凡事接受者划清了界线"的同学,米夏觉得自己在他们身上看到"某种自我炫耀",这又是为什么呢?"人怎么能够一边感到负罪和羞耻,一边又自大和炫耀呢?难道说,同父母划清界线不过是一种雄辩姿态,仅仅是一场吵吵闹闹吗?"(172)另外还有汉娜和他自己。知晓汉娜过往的米夏,眼前似乎能看见两个她,一个"面孔铁硬","黑色制服","手握马鞭",一个则是米夏青春年少、情窦初开时的恋人倩影。那么米夏又该如何对待这个割裂的汉娜?又该如何对待他自己——"如果说背叛一名罪犯不会让我罪孽深重,爱上一名罪犯却使我罪责难逃"(136)。

在这里，我们也许会联想到卡尔·雅斯贝尔斯（Karl Jaspers）对罪责的论述。除了汉娜等作恶者，此处所涉及的更多是"道德罪责"以及"形而上的罪责"。所谓"道德罪责"，指的是"对于我一直作为个人所行之事，对于我的所有行为，包括我执行的政治和军事行动，我都负有道德责任"；"形而上的罪责"指的是"人与人之间存在着一种休戚与共，这使得每个人对世界上所有的不公与不义都难辞其咎，特别是对他在场或知情的情况下犯下的罪行。如果我没有竭尽所能去阻止那些罪行，我就是共犯"。① 雅斯贝尔斯的罪责论在战后德国影响深远。他在其中花了很大篇幅来论述"道德罪责"的问题，并将其具体区分为六种情况，可见其情况之复杂。②

就《朗读者》而言，对于以上这许多问题，叙述者（以及背后的施林克）并没有给出确切的回答。即便是汉娜死后的第十年，当叙述者已经着手开始写作这个故事时，他也依然无法为自己找出答案。不过，也许写作和记录本身就是一种答案——在漫漫历史长河之中留下一个印迹，让后人能够看见，这

---

① 卡尔·雅斯贝尔斯：《罪责问题——论德国的政治责任》，安尼译，上海：华东师范大学出版社，2022年，第13页。

② 这六种情况大体如下：第一，"面具之下的生活带来了道德罪责"；第二，"由虚假良知引发的罪责"；第三，"对民族社会主义的部分认可、半信半疑以及偶尔产生的内部校正、补偿心理，这些也是一种道德罪责"；第四，"自我欺骗"引发的罪责；第五，"主动参与者与被动参与者"的罪责；第六，"外在行动的跟风造成的道德罪责"。参见卡尔·雅斯贝尔斯：《罪责问题——论德国的政治责任》，安尼译，上海：华东师范大学出版社，2022年，第38—45页。

或许就是给那段人类灾难史的不是答案的答案:"我们的生活层层叠叠,下一层紧挨着上一层,以至于我们老是在新鲜的遭际中碰触到过去的旧痕,而过去既非完美无缺也不功成身退,而是活生生地存在于眼前的现实中。"(222)

第四章　迷宫——在记忆中穿行

以后的好些年月，我居然一再梦见这栋房子……我梦见在一座陌生的城市行走，忽然间就瞥见了这栋房子。那是在这座梦中城市的一个市区，我根本不熟悉，这房子就坐落在一排建筑物当中。我继续走，就晕头转向了……

……我开始只是觉得迷惑不解，明明这房子是厕身在市区的一列马路之间，为什么现在却伫立在空旷的田野上呢？忽然我又悟出，我在哪儿曾经见过这房子，结果就倍感迷惑了……

……我踏上台阶，去按门铃。

但是，我没有去推门。我大梦骤醒，只知道我碰到了门铃，而且还按了一下。于是，整个梦境又回到了我的记忆中，我发觉自己曾经梦到过这一切。（8-9）

这是《朗读者》中米夏的梦境，是米夏多年以来无法绕过的心结，个中包含着他年少时的创伤，长大后的迷惘，以及由此产生的身份认同困境。在叙述少年患病的经历时，米夏曾这样说过："渴望、回忆、恐慌和向往，组成了一座座迷宫，小病人迷失其中，失而复得，得而复失。"（20）"迷宫"，这应当不只是米夏少时的病中写照,也是他所有过往经历的聚合。

本章的关键词是"迷宫"。迷宫可以是个体的迷宫,也可以是历史的迷宫,或可说宏大的历史迷宫中嵌套着一个个缩微的个体迷宫,其中不止有米夏,也有冯克,以及许多憧憧人影。与之相呼应的是,作家需要在文本世界中创造语言的迷宫,而这其中往往会涉及隐喻和谜团。就让我们从"迷宫"出发,在个体与历史的记忆中穿行,但愿不要迷失。

一、迷宫式写作

既然刚刚提到米夏,这里就先来看看困住米夏的这座迷宫。梦中那栋"房子"是米夏与汉娜故事的象征,对他而言堪谓创伤。梦中的米夏,兜兜转转怎么都绕不开那栋房子,按响门铃却从来都无法入内;现实中的米夏,即便"十年生死两茫茫",却总也无法摆脱前尘过往所带来的生存困境。与汉娜的过往是米夏人生道路上的一块巨石,让他无论如何努力,却也无法逾越。创伤由此斩断了历史,困住了米夏,让米夏如陷迷宫,不得其门。如同冯克,米夏也应当正视创伤,疗愈创伤。从隐喻层面来说,这自然寓示着对待历史的态度,只有正视,只有全方位的认知,才能弥合历史关联。从结构上来讲,小说一方面致力于书写迷宫(个体的以及历史的迷宫),另一方面关注个体在迷宫中的生存状态,例如是否能走出个体迷宫,又该如何认识历史迷宫。

在小说表现中,米夏多次提及自己对某事"想不起来""回忆不起来""忘记了",等等,例如:

> 同样,我也想不起来到底是怎么和施密茨太太打招呼的。(12)
>
> 在厨房里我们究竟讲了些什么话,我同样也回忆不起来了。(12)
>
> 这件事我跟父母亲怎么讲的,我现在已经忘记了。(55)
>
> 我为了能和汉娜两人出游,对父母亲都扯了什么谎,我现在已经记不清了。(63)
>
> 第一次怎么否认有汉娜这么个人,我已经不记得了。(77)
>
> 是我不想讲吗?是我不晓得怎么讲吗?我自己也说不清楚。(79)
>
> 当我抬起眼睛时,我看见了她,当时我正在干什么,却忘得干干净净了。(83)
>
> 指控之一是她们原来在奥斯维辛所犯的事,但是,与另外一项控告相比,那就算不得什么了。这项指控我已经记不得了。是不是它与汉娜无关,只涉及其他四名被告呢?是不是它跟另外的指控相比算不了什么,或者本身就微不足道,我才忘记了呢?(109)

第四章 迷宫——在记忆中穿行

> 我对每礼拜五一次的讨论班聚会没有多少记忆。即便是我回忆这次审判，也想不起当时选了什么题目来做学术讨论的主题。我们当时讨论了什么？我们又想要知道什么？另外，那位教授教了些什么？（133）

> 下面的一个礼拜特别忙碌，我当时正要赶出一篇报告。到现在我也没有明白，我那么忙是因为时间有压力，还是本来工作就有压力，或者是一种追求功名的压力。（203）

这里虽然中文表达各异，但在德语原文中只有两类句式，[①]

[①] 以上内容的德语原文如下，参见 Bernhard Schlink, *Der Vorleser* (Zürich: Diogenes, 1995)，页码在括号中给出。与"回忆"以及"知道"相关的词汇以斜体标示："Ich *erinnere* mich auch nicht mehr, wie ich Frau Schmitz begrüßt habe."（13）; "Ich *erinnere* mich auch nicht mehr, was wir in der Küche geredet haben."（13）; "Ich *weiß* nicht mehr, was ich meinen Eltern gesagt habe."（51）; "Während ich keine *Erinnerungen* an die Lügen habe, die ich meinen Eltern zur Fahrt mit Hanna präsentierte…"（58）; "Ich *weiß* nicht mehr, wann ich Hanna erstmals verleugnet habe."（72）; "Mochte ich nicht, oder *wußte* ich nicht, wie? Ich konnte es selbst nicht sagen."（74）; "Ich habe keine *Erinnerung* daran, womit ich gerade beschäftigt war, als ich aufblickte und sie sah."（78）; "Ein Anklagepunkt galt ihrem Verhalten in Auschwitz, trat aber hinter den anderen Anklagepunkten zurück. Ich *weiß* ihn nicht mehr. Betraf er gar nicht Hanna, sondern nur die anderen Frauen? War er von geringer Bedeutung, im Vergleich mit den anderen Anklagepunkten oder auch für sich?"（101）; "An die freitäglichen Seminarsitzungen habe ich keine *Erinnerung*. Auch wenn ich mir die Gerichtsverhandlung vergegenwärtige, fällt mir nicht ein, was wir wissenschaftlich bearbeitet haben. Worüber haben wir gesprochen? Was wollten wir wissen? Wessen hat uns der Professor belehrt?"（125）; "Ich *weiß* nicht mehr, ob ich mit dem Vortrag, an dem ich arbeitete, auch unter Zeitdruck stand oder ob ich mich nur unter Arbeits- und Erfolgsdruck gesetzt hatte."（189）

其一采用动词或名词"回忆"(erinnern, Erinnerung),其二采用动词"知道"(wissen),目的都是表示对过往记忆不清。非常耐人寻味,米夏一直在提醒读者他身陷迷宫,无法自拔,且不惜采用重复句式来冲击读者的认知层面,生怕读者注意不到这件事。这很可能是施林克故意而为之:从文本内来说,语言层面的迷宫对应的是米夏对过往的无法释怀,对历史的困惑不解;就文本外而言,这种迷宫式写作也说明了对历史探究的必要性。

《卡尔腾堡》同样表现出迷宫式写作的特点。此处先来关注一下巴耶尔的新历史主义观点,这与其迷宫式写作关联颇大。在哥廷根诗学演讲中,巴耶尔曾提及自己的一次经历,用以说明对历史事件的回忆绝不可能"毫无漏洞,巨细无遗"。[1] 作家曾试图于2014年10月9日借助自己写于同年9月8日的一张文字记录重构当天的经历,却发现记忆里有太多无法追溯的"空白"。他只记得那天下午自己在哥廷根的一家宾馆办理入住,第二天早晨又离开宾馆前往火车站,而处于这两段记忆中间的那个夜晚,他却"毫无记忆"。他试着回想:"那是个单人间,还是双人间?床是在右边,还是左边?地板是什么颜色的,墙上贴了墙纸吗,有没有粉刷,床上方有没有挂着一幅……艺术品,是一个窗户还是两个窗户,窗外是街道还是庭院,浴室长成什么样子?"然而,回忆的结果却令人沮丧:"什么都没有,

---

[1] Marcel Beyer, *XX: Lichtenberg-Poetikvorlesungen* (Göttingen: Wallstein, 2015), p. 7.

就好像我的记忆要否认我曾在那个宾馆里住了一夜。"① 此次经历印证了巴耶尔此前便曾公开表达过的对记忆的认知,即对所谓真实事件的记忆不过是一片"脆弱的织物","里面编织着历史数据与充满想象的记忆,尽管这难以察觉"。② 当巴耶尔将记忆与"织物"相提并论时,他无形之中便在记忆与文本间画起了等号:"text"(文本)一词源自拉丁文的"textus",而"textus"的所指便是"织物"。③ 因此,记忆如同"织物"也便意味着历史如同文本,"文本的历史性和历史的文本性"在此处得到了鲜明的表达。

克里斯蒂安·克莱因(Christian Klein)将巴耶尔文学创作的特点概括为一层又一层的"堆叠"。④ 无论是当下还是历史,真实或是虚构,都如同"羊皮纸"般嵌套了丰富的层次。⑤ 所谓"羊皮纸"指的是巴耶尔曾提到在打字稿上覆盖以字母 X,用以删除此前所写的内容。这与刮去旧的字迹重复利用的"羊

---

① Marcel Beyer, *XX: Lichtenberg-Poetikvorlesungen* (Göttingen: Wallstein, 2015), p. 8.

② Marcel Beyer, *Nonfiction* (Köln: DuMont, 2003), p. 54.

③ Benedikt Jeßing and Ralph Köhnen, *Einführung in die Neuere deutsche Literaturwissenschaft* (Stuttgart: Metzler, 2007), p. 2.

④ Christian Klein, "'Warum Veronica Ferres durch meine Texte geistert': Anmerkungen zur Poetik Marcel Beyers," in *Marcel Beyer: Perspektiven auf Autor und Werk*, ed. Christian Klein (Stuttgart: Metzler, 2018), p. 16.

⑤ 参见 Christian Klein, "'Warum Veronica Ferres durch meine Texte geistert': Anmerkungen zur Poetik Marcel Beyers," in *Marcel Beyer: Perspektiven auf Autor und Werk*, ed. Christian Klein (Stuttgart: Metzler, 2018), p. 22.

皮纸"颇有异曲同工之感。巴耶尔认为,在这种以字母 X 覆盖旧文的过程中,"被删除的内容变成了有待被发现的内容"。①这也正如新历史主义所强调的历史书写中"微妙"②的选择过程,亦即"历史的文本性"。

基于这种新历史主义观点,在巴耶尔的笔下,历史不再是清晰可辨的统一体,而是越发地含混暧昧,琐碎复杂。这也能从另一个角度解释为什么巴耶尔偏好将历史书写与创伤书写融为一体。他的小说三部曲《狐蝠》(*Flughunde*, 1995)、《间谍》(*Spione*, 2000)、《卡尔腾堡》皆是以对过往的追忆、对历史的重构为情节框架,而对创伤的书写则游弋其间,为历史的书写提供了演练场与博弈场。巴耶尔曾在一次访谈中这样说道:"我很惊讶读者在阅读我的文学作品时,会期待在结尾知道'这一切到底是怎样一回事'。"③的确,他的作品从不为读者提供明确的答案、清晰的图景,对于历史的书写将在一个又一个创伤事件之中陷入复杂多义,而达成这一点离不开语言层面的支持——承载历史与创伤需要一座语言的迷宫。

---

① 参见 Marcel Beyer, *XX: Lichtenberg-Poetikvorlesungen* (Göttingen: Wallstein, 2015), p. 55.

② Louis Montrose, "New Historicisms," in *Redrawing the Boundaries: The Transformation of English and American Literary Studies,* eds. Stephen Greenblatt and Giles Gunn (New York: Modern Language Association, 1992), p. 410.

③ Franz Fromholzer, et al., "'Man erzählt immer mit schmutzigen Händen.' Ein Gespräch mit Marcel Beyer in der Villa Massimo in Rom," in *Noch nie war das Böse so gut. Die Aktualität einer alten Differenz,* eds. Franz Fromholzer, et al. (Heidelberg: Universitätsverlag Winter, 2011), p. 266.

为构建这座语言迷宫，巴耶尔突破了时间的边界，采用断片式的叙事结构来展示冯克杂乱无章的回忆碎片。一方面，作者将冯克的过去和现在拼贴在一起，使看似毫不相干的东西彼此相连，眼前的任何人或物都像一个机关，随时触发冯克的某个回忆片段。浏览墙上的书架让他忆起空袭当晚在公园里疲惫相依的老夫妇，对鸟类标本的解说突然变为对犹太保姆玛利亚的回忆，说到苍头雀他想起旧时相识马丁·施彭勒，说起金翅雀他又想到在波兹南的童年时光。主人公仿佛既处于时间之内，又被抛在了时间之外，他不由自主地在时间中来回滑行，仿佛"已经经历了所有的事情并且还没有经历任何事情"。[①]创伤打破了时间的线性，拒绝叙述的整合，使历史与当下在创伤事件的辐射中纠缠在了一起，历史因此而反复重演，成为永远无法摆脱的当下。另一方面，巴耶尔还将冯克对往事的回忆打碎成若干断片，分解在不同章节中。这些断片不按时间顺序与事件逻辑上演，时而循环往复，时而前后矛盾，显得驳杂凌乱，突出了冯克叙述的不可靠以及他对于历史/创伤事件缺乏完整的感知。例如，当冯克与女翻译首次谈起德累斯顿时，不同的回忆碎片一拥而上：和父母相处的最后一天，犹太保姆玛利亚的离去，童年的波兹南，与卡尔腾堡的初识，父亲与卡尔腾堡就纳粹问题的争执，等等。在这种跳跃式的叙述手法下，冯克像是一个永远飘忽不定的影子，游走在记忆的阴影里，找不到

[①] 阿莱达·阿斯曼：《回忆空间——文化记忆的形式和变迁》，潘璐译，北京：北京大学出版社，2016年，第332页。

自己的容身之处，而这也就意味着作为主体的他无法置身于历史关联之中，在过去、现在与未来的时间链条中找寻到自己的位置。

此外，巴耶尔还通过不同人物话语表达方式来构建历史/创伤书写的语言迷宫。不同的人物话语表达方式会产生不同的效果，从形式的角度赋予小说内容以另一重维度。因此，"变换人物话语的表达方式成为小说家控制叙述角度和距离，变换感情色彩及语气等的有效工具"[①]。前文提到过，在《卡尔腾堡》中，但凡与叙述者冯克有关的人物话语，其表达形式基本以自由直接引语为主，其他人的人物话语则多是直接引语。由此便很自然地衍生出一种明暗对比：处于引号之内的他者的话语显得洪亮有力，颇具音响效果，而与之相对的"我"的声音则缺乏力度，有如低声絮语。这种一明一暗、一强一弱的对比不仅更加形象地摹写了冯克作为创伤受害者的人物形象，同时，由于自由直接引语缺乏直接引语的引号形式，也缺乏引导句的结构，因此很容易与冯克的思想流动混在一起，难以辨识。就连作者本人都这样说道："我其实很难判断，思想在什么地方变换为了声音。"[②] 以冯克与女翻译最后一次谈到犹太保姆的失踪

[①] 申丹、王丽亚：《西方叙事学——经典与后经典》，北京：北京大学出版社，2010年，第144–145页。

[②] Franz Fromholzer, et al., "'Man erzählt immer mit schmutzigen Händen.' Ein Gespräch mit Marcel Beyer in der Villa Massimo in Rom," in *Noch nie war das Böse so gut. Die Aktualität einer alten Differenz*, eds. Franz Fromholzer, et al. (Heidelberg: Universitätsverlag Winter, 2011), p. 270.

第四章　迷宫——在记忆中穿行

一事为例，女翻译的声声发问都是以直接引语出现，而"我"的回答则先是表现为比较明显的自由直接引语，"没有，我什么都没有看见"（236）这一句显然是在作答，但紧随其后的问句却让人难以辨明冯克究竟是在继续作答还是又一次陷入了冥想：

> 克拉拉当年也问过同样的问题。没有，我什么都没有看见。即使冒着危险，可这话听起来很奇特，近乎残酷：要是我看到了什么的话，那我今天就会为之而高兴的。可以肯定地说，至少对玛利亚离开我们家的时刻来说是这样：因为人家敦促她去一个地点集合，她才不得不告别我的父亲，我的母亲吗？她去城里时，父母垂头丧气默默无声地陪了一程吗？或者我的保姆事先什么都没有说，一夜之间突然消失了，就因为她不愿意给我们家带来麻烦？可不管怎么说，似乎有可能，即使不太确切，她用不着怕什么，回到自己父母身边，干起一份新工作，或者真的像马丁曾经猜想的，结婚了，而她只是不愿意让我经历一场难舍难分眼泪汪汪的告别。无论玛利亚是一大早，还是夜里消失的：反正我肯定还在梦乡里。（236）

这种杂糅的现象使冯克的话语又多了一重含混暧昧的感觉，更加符合历史或创伤书写所需要的意义的摇摆与游移。

最后，引发语言迷宫的另一种方式是大量采用隐喻。有关这一点，下一小节还将继续讨论，此处仅略做说明。在这部小说中，各式各样的隐喻统摄全文，其中最为典型的当属冯克一直沉迷其中的鸟类标本。在小说表现中，冯克仿佛一直忙于制作鸟类标本。这时而让读者联想到卡尔腾堡教授宣扬的"死亡氛围"，时而让读者感受到冯克在生与死、当下与历史之间穿行的生存状态，时而又让读者溯及大轰炸当晚不停掉落在冯克身上的碳化的鸟类尸体。在大半个人生中，冯克似乎都忙于制作鸟类标本，试图看清其中每个细节，为每一只标本仔细建档。这也许正是他无意识地在创伤之地打转，意图为自己的历史建档的表现。与之相类似的，那些在空袭中丧生的动物，帮助幸存者抬尸体的黑猩猩，浑身插满弹片的橡树，都以隐喻的方式参与到对历史的书写之中。在多重隐喻的作用下，历史犹如一张无形的网，笼罩着整个叙事层面，但却始终不辨其庐山真面目。

在以上几种叙述技巧的作用下，冯克犹如身陷迷宫，记忆的小径纵横交错，弯弯绕绕，但他却始终找不到出口。在此基础之上更为巧妙的是，巴耶尔还将叙事空间固着于创伤之地——德累斯顿不仅是冯克回忆中故事的发生地，也是他直到晚年都不曾离开的地方。语言层面的迷宫感由此延伸到物理世界，冯克的人生仿佛始终盘旋在原初的出发点，他的生存状态在抽象与具象两重层面都如堕五里雾中。阿斯曼认为，在创伤之地，创伤事件永远不会成为过去,而是"持续地、危险地保持在场"。①巴耶尔将叙事空间定位于此,一方面将创伤固着在了小说叙事之中,使创伤以及引发创伤的那段历史成为永不消逝的宏大背景,另一方面,在记忆的迷宫中跌跌撞撞却始终无法逃离的冯克也印证了创伤书写的必要性——只有疗愈创伤,才能重新置身于历史关联之中,才能逃离这无休无止的迷宫之旅。

总体而言,在这种迷宫式书写中,历史不是单一的,而是复数的,不是整体性的,而是碎片化的。这样看来,记忆的向"后"移位固然使其与历史之间产生了距离,却并未使历史渐行渐远。在时空区隔之中,历史反而变得更加开放、丰满与鲜活。从这个意义上来讲,无论是作为作者的巴耶尔,还是作为他笔下叙述者的冯克,都如同小说开篇便提到的那只小鸟——一只"烟囱寒鸦","一头扎进""那筑在一团漆黑中的巢穴里"(2),在试探与摸索中接近历史的多重面相。

二、历史迷宫中的坐标:隐喻

上一小节提到了隐喻,但更多是就个体迷宫而言。在包罗万象的历史迷宫中,隐喻又是如何写就的呢?对宏大的历史迷宫来说,某些事件具有关键性意义,其理当成为迷宫中的坐标。在当代的二战历史书写中,这些坐标往往表现为涌动于潜叙事

---

① 参见阿莱达·阿斯曼:《回忆空间——文化记忆的形式和变迁》,潘璐译,北京:北京大学出版社,2016年,第381页。

层面的隐喻，它们一方面增添了历史书写的含混多义，另一方面也在结构上表达了某些问题需要在历史意识、历史关联之中长存。

作为战后反思的核心内容，大屠杀问题是文学表现的关键性对象。因此，下文将重点关注与大屠杀相关的隐喻。就本书所选取的几部作品而言，比较有代表性的是《卡尔腾堡》中的"寒鸦"与《朗读者》中的"锯声"。值得一提的是，《卡尔腾堡》是将二战书写置入对二十世纪德国史的书写之中，《朗读者》的回忆起点则是战后米夏与汉娜的相遇。因此，两部作品都不是直接将大屠杀作为书写对象，这就为隐喻的进入提供了广阔的空间，同时也说明了作家们围绕大屠杀建立"坐标系"的努力。

先来说说寒鸦。前文提到过，卡尔腾堡教授的人物原型是洛伦茨。因此，对洛伦茨有所了解的读者也许会认为，寒鸦无外乎是对其动物学研究的一次戏仿。的确，洛伦茨曾驯养过一批寒鸦，其中甚至有一只与卡尔腾堡教授的寒鸦同名，都叫作"巧巧"（Tschok）[①]。但是，在《卡尔腾堡》中，寒鸦所占据的叙述空间几乎可以与卡尔腾堡教授以及冯克并驾齐驱。小说开篇第一句话便提到，卡尔腾堡教授直到生命的最后时光都在"等待着那些寒鸦归来"，可见寒鸦在小说叙事中的重要性。

[①] Konrad Lorenz, *Er redet mit dem Vieh, den Vögeln und den Fischen* (München: Deutscher Taschenbuch Verlag, 1977), p. 41. "Tschok"是模拟寒鸦叫声的拟声词，此处按照《卡尔腾堡》中文版译为"巧巧"。

第四章 迷宫——在记忆中穿行

寒鸦的出场甚至远早于叙述者冯克,小说第一章的第一节几乎完全是围绕着教授的寒鸦。更确切地说,寒鸦的出场甚至要早于卡尔腾堡教授——小说的题词正是以寒鸦为主人公:"哎,不就是只小鸟吗——它也没什么特别的名字。"因此,不应仅仅只将寒鸦作为作者对洛伦茨戏仿中一个无足轻重的小细节,它在小说中的重要性足可与卡尔腾堡教授以及冯克相匹敌。

然而,卡尔腾堡教授的寒鸦是不可能归来的,它们早已被尽数"毒死"(308)。在整部小说中,"大屠杀"一词共计出现五次,其中一次便与鸟儿相关。其时,冯克忆及"在大屠杀的腥风血雨里",那些"不知去向"的犹太人留下了许多未及带走的鸟儿(241)。然而值得注意的是,鸟儿(寒鸦)与大屠杀的关联并不是直到这番暗示出现时才方始存在。早在小说第一章第一节,叙述者就建立起了寒鸦与大屠杀之间的隐秘关联。在谈到寒鸦的生活习性时,卡尔腾堡教授对来访的客人们说道:"鸟儿都怕烟。"(1)后文中,当冯克提及"鸟儿似乎都怕见集中营,躲得远远的","在所有的集中营里,压根儿就不存在什么鸟类"时,卡尔腾堡教授再次点头称是,"一点不错。烟雾。它们忍受不了烟雾"(286)。由此,透过烟雾,寒鸦与大屠杀之间建立了初步关联,而寒鸦最终被"毒死"的命运则将这种关联确立了下来。在冯克的叙述中,他并不能确认究竟是谁毒死了教授的寒鸦。卡尔腾堡教授曾提到有市民零零星星地虐杀寒鸦,不知是"愚蠢,还是恶意"(213),甚至曾有市民将装有寒鸦尸体的"沾满血迹的袋子"(213)直接递到他面前。但寒鸦的大批死亡则始终是个未解之谜。冯克怀疑是教授的司机克劳泽下毒害死了那些寒鸦，可悖论的是，这个下毒的办法却是冯克亲口告诉克劳泽的。[①] 不过，无论谜底究竟如何，寒鸦无辜受难、甚至被大规模毒杀，这是不争的事实。

小说开篇对寒鸦与大屠杀之间关联的暗示还有一些非常耐人寻味的细节。其时，卡尔腾堡教授提到"一只所谓的烟囱寒鸦怎样钻入那筑在一团漆黑中的巢穴里"，"这鸟儿……一头扎进那人造洞穴的入口"（2）。寒鸦在捷克语中的说法是"kavka"，这也正是作家弗兰茨·卡夫卡的姓氏。卡夫卡曾亲口说过："我是一只寒鸦———一只卡夫卡鸟"，"我是灰色的，像灰烬。一只渴望在石头之间藏身的寒鸦"。[②] "在石头之间"，在"地洞"[③]里，在"一个大大的、被隔离的地窖的最里间"[④]，这些都是卡夫卡渴望藏身的地方；小说中提到的"一团漆黑中的巢穴"与"人造洞穴"中不仅栖身着寒鸦，也栖身着那只"卡夫卡鸟"。而这只"卡夫卡鸟"正是出身于犹太家庭，他的许

[①] 从冯克躲闪的言辞与态度可见，无论是有意为之还是无心之失，寒鸦的大规模死亡都与他有脱不了的干系。

[②] 古斯塔夫·雅诺施：《谈话录》，载叶廷芳主编《卡夫卡全集》（第4卷），赵登荣译，北京：中央编译出版社，2015年，第257页。

[③] 《地洞》是卡夫卡一部短篇小说的名字，参见弗兰茨·卡夫卡：《地洞》，载叶廷芳主编《卡夫卡全集》（第1卷），卢永华等译，北京：中央编译出版社，2015年，第407—434页。

[④] 弗兰茨·卡夫卡：《致菲莉斯情书（Ⅰ）》，载叶廷芳主编《卡夫卡全集》（第8卷），叶廷芳译，北京：中央编译出版社，2015年，第176页。

多家人都在大屠杀中失去了生命。前文提到过，在《共同体的焚毁》中，米勒认为卡夫卡的作品中存在"奥斯维辛先兆"。这么看来，小说开篇对于"一头扎进那人造洞穴的入口"的寒鸦的描写，同样在互文的层面召唤着寒鸦与大屠杀之间的关联。

从战后几十年的历史来看，大屠杀在德国的自我理解和自我认同中扮演了日益重要的角色。从联邦德国建立初期对大屠杀的回避态度到将大屠杀提升为国家认同的必要组成部分，德国国内对大屠杀的认识和理解也在曲折中前进，并展现出更为丰富的维度，其中便包括关于普通德国人在大屠杀中所扮演角色的认知。从国际范围来看，早在二十世纪六十年代，阿伦特便提出了"平庸之恶"的概念。1982年，美国历史学家劳尔·希尔贝格（Raul Hilberg）进一步关注到普通人的罪责问题，指出不能"在道德意识上"将普通民众与真正的刽子手区分开来。从二十世纪八十年代末开始，有关普通德国人与大屠杀之间的关系得到进一步研究，其中尤以美国学者丹尼尔·乔纳·戈德哈根（Daniel Jonah Goldhagen）的《希特勒的志愿行刑者——普通德国人与大屠杀》（*Hitler's Willing Executioners: Ordinary Germans and the Holocaust*）值得一提。[1] 戈德哈根认为，德国历史上反犹主义由来已久，它最终必然导致大屠杀在德国发生，而普通人并不能从这场灾难中得到豁免，许多德国

---

[1] 有关大屠杀历史的研究以及社会认同的变迁趋势，参见孟钟捷：《统一后德国的身份认同与大屠杀历史争议——1996年的"戈德哈根之争"》，载《世界历史》2015年第1期，第57–60页。

人心甘情愿地充当了"希特勒的志愿行刑者"。[1] 这部著作一经出版，便一石激起千层浪，引燃了一场大规模的历史辩论。总体看来，大多数学者都认为戈德哈根的论述不够扎实，观点经不起推敲，[2] 但这并不阻碍普通大众对这部著作的热议。在德国历史学家约恩·吕森（Jörn Rüsen）看来，学者与公众之间态度的差距揭示了"德国人与大屠杀形成认同的关系中缺乏历史化"。[3] 也就是说，这种认同关系将大屠杀从历史中抽离出来，将其作为一个特殊事件来对待，而这必然导致自我与作恶者之间的严格区分——"不是我们自己有罪，而是他者有罪"[4]。因此，当下的德国"有必要在认识大屠杀方面重新构想德国的认同"，其前提条件之一就是要破除这种他者关系，弥合"我们"这一群体性概念中的裂缝。[5] 从这个角度来看，小说《卡尔腾堡》对于寒鸦之死的叙述也正是在拷问这样一个问题：诸如无名市民、司机克劳泽、冯克等"普通德国人"，他们在这场浩劫中到底扮演了什么样的角色？

---

[1] 参见 Daniel Jonah Goldhagen, *Hitler's Willing Executioners: Ordinary Germans and the Holocaust* (New York: Alfred A. Knopf, 1996), pp. 416–420.

[2] 参见孟钟捷：《统一后德国的身份认同与大屠杀历史争议——1996年的"戈德哈根之争"》，载《世界历史》2015年第1期，第63—64页。

[3] 约恩·吕森：《历史思考的新途径》，綦甲福、来炯译，上海：上海人民出版社，2005年，第180页。

[4] 约恩·吕森：《历史思考的新途径》，綦甲福、来炯译，上海：上海人民出版社，2005年，第178页。

[5] 参见约恩·吕森：《历史思考的新途径》，綦甲福、来炯译，上海：上海人民出版社，2005年，第181—184页。

第四章 迷宫——在记忆中穿行

此外还需要指出的是，小说在隐喻层面上探讨大屠杀，并让一切停留于开放式结局之下，这不仅是出于上述原因，也不仅是因为大屠杀是语言的边界，另一个十分重要的原因是，这种叙事策略能够在一定程度上避免将大屠杀"工具化"[①]的危险。事实上，在大屠杀与其"工具化"之间只存在一条模糊的界限。因此，对于大屠杀的书写需要所有叙事主体的共同探索，使其既不被遗忘，也不被利用，而是扎扎实实地写入德国的国家历史之中。

同样指向大屠杀的还有《朗读者》中的"锯声"隐喻。从小说开篇汉娜与米夏的初遇开始，"锯"这一意象就出现了："院子里堆着木头，一间工场的大门敞开着，电锯尖叫，刨花乱飞。"（4）此处的"尖叫"对应的德语用词是"kreischen"[②]，表达的正是尖锐刺耳的声音。此后，米夏第一次、第二次去拜访汉娜，锯声都始终在场：

> 阳光不很充分；如果把那扇门大敞四开，就能把厨房照亮堂了。这时，就可以在院子下面一片吵闹声中，听到木锯的尖叫，并且闻到木料的味儿。（12）
>
> 院子内细木工场的锯子在刺耳地响，楼房里有从

---

① 参见 Jan-Werner Müller, *Another Country: German Intellectuals, Unification and National Identity* (New Haven and London: Yale University Press, 2000), pp. 272–273.

② Bernhard Schlink, *Der Vorleser* (Zürich: Diogenes, 1995), p. 4.

某一套房子里传出的音乐声,有说话声,有开门关门声。(23)

与汉娜初遇的米夏正处在羸弱的发病期,两次去拜访汉娜的米夏内心紧张不安,但叙述者在回忆这些场景时,却从没忘记提到"尖叫"的锯声。值得注意的是,锯声又是什么时候消失的呢?米夏第一次说到锯声"沉默下来"是在两人发生关系以后。但那一次他也是先听到了"院子里的电锯声",然后才说到"好容易电锯沉默下来"(36)。此后他再一次、也是最后一次提到锯声则是在与汉娜开启朗读之旅以后:

我有时也会被情节所迫,自己继续读下去。后来,天渐渐变长,我也顺其自然读得时间长一点,这样的话,就刚好可以在暮霭微熹中和她上床。事后,当她枕着我安然入睡时,院子里的电锯声已经停歇下来,只听得见窗外鸫鸟在歌唱,厨房里的那些东西斑驳陆离,或明或暗,全都笼罩在一片暮色之中,我也沉浸在一片无边的幸福里头。(47)

在那以后,米夏再未提起锯声。与汉娜的过往是米夏多年以后的回顾性叙事,此间他早已了解到与汉娜有关的所有事,知道汉娜曾经手染鲜血,参与了对犹太人的屠杀。木锯是回忆框架外的米夏为他与汉娜的故事所赋予的隐喻,其"尖锐"的声音说明了这段情感的危机四伏，也说明了这段故事之中大屠杀的在场。当两人开启朗读之后，锯声逐渐沉默，并最终消失，这也说明了"朗读"在汉娜的启蒙之中所扮演的角色。当然，这并不意味着汉娜罪恶的消失，小说在锯声这一隐喻退场不久之后，便进入了第二篇章——对汉娜的审判。

三、"爱玩捉迷藏"的谜团

倘若我们真的将文本世界视觉化为一座立体的迷宫，那么它应当有蜿蜒崎岖的小路，有模模糊糊的坐标，也有笼罩其中的重重迷雾。蜿蜒崎岖的小路可能是错综复杂的记忆，模模糊糊的坐标是需要勘破的隐喻，笼罩其中的重重迷雾则是那许许多多难以解开的谜团，它们飘散其中，让历史迷宫显得更为错综复杂。正如格拉斯所述：

> 回忆像孩子一样，也爱玩捉迷藏的游戏。它会躲藏起来。它爱献媚奉承，爱梳妆打扮，而且常常并非迫不得已。它与记忆相悖，与举止迂腐、老爱争个是非曲直的记忆相悖。
>
> 你若是缠着它，向它提问，回忆就像一颗要剥皮的洋葱。洋葱剥了皮你才能发现，那里面字母挨字母都写着些什么：很少有明白无误的时候，经常是镜像

里的反字，或者就是其他形式的谜团。①

前文探讨《卡尔腾堡》时曾提及围绕冯克与卡尔腾堡教授的种种谜团，这一小节主要来关注《蟹行》。② 小说一方面尝试通过叙述者保尔来"报道""古斯特洛夫"号沉船事件，其中甚至融入了数据罗列、电影画面，但另一方面，格拉斯又在情节发展中故布疑阵，添加了各式各样的谜团，让整个故事世界显得云山雾罩，错综复杂。借此，不仅整个文本的迷宫感得到增强，读者还会从中获得一种概念上的类比：即便是当下正在发生的事情，人们也难以窥破其真容，更何况是历史？现象与其本质之间的距离似乎无限遥远，需要人们无限的努力。

在《蟹行》中，康尼杀害"大卫"一事恰是充满了谜团。看似情节很清楚，两个网友，各有各的观点，最终一人杀死了另一人。但在阅读的过程中，读者会疑窦丛生，觉得事情似乎没有表象上看起来那么简单。其中最关键的问题就是，康尼的枪是从哪儿来的。

在康尼的庭审中，有一个人的表现非常奇怪，就是图拉。落座时，图拉没有和康尼的父母坐在一起，"而是示威性地坐

---

① 君特·格拉斯：《剥洋葱》，魏育青、王滨滨、吴裕康译，南京：译林出版社，2008年，第4—5页。

② 本章节主要关注《蟹行》。该作的谜团非常隐蔽，直到小说结尾也没有被完全揭秘。值得一提的是，读者在阅读《朗读者》的过程中也会觉得谜团重重，例如在阅读第一部分时会好奇汉娜到底是个什么样的人，阅读第二部分时则会一度非常困惑于汉娜为何不辩解，等等。

第四章　迷宫——在记忆中穿行

到了被四发子弹打死的大卫的父母旁边"(124)。设想一下，作为枪杀对方的凶手亲属，正常情况下应该觉得很难面对受害者家属，更何谈坐到对方身边去"示威"。即便图拉再如何喜欢康尼，这也不是正常的举动。很明显，图拉在蓄意挑衅，她想要激化事态。再来看看回答法官问题之前图拉的表现："尽管她并不需要宣誓，但是她在开始回答问题之前，还是说了'我宣誓……'这句话，然后，她似乎毫不费力地用标准德语陈述了她知道的一切，尽管语音语调有一点生硬。"(124)要知道，图拉平时都是讲方言的，标准德语对她来说不是那么熟悉的日常用语。此刻的她，就像彩排了千百遍一样，"毫不费力"，并且还很有仪式感地以"我宣誓"开启陈述。图拉用"标准德语"都说了些什么呢？主要有两点：一是帮康尼推卸责任，二是赞美康尼。其言辞长篇大论，条理清晰，其表现"完全是一副心灵破碎的样子"(125)。她赞美康尼"敏感地触及良心问题"，"执着的对真理的热爱"，以及对"德国的始终不渝的自豪"(126)，这些言辞是不是让人想起康尼此前与大卫的交流？① "然而，当她刚刚声明，她并不介意康拉德的计算机朋友是个犹太少年，青少年法庭检察官就告诉她，已经知道了相当一段时间，而且有据可查，受害者的父母没有任何犹太血统"，图拉立刻变得非常激动，"标准德语"马上退席，"方言"又回来了："真是一个骗局！俺的小康拉德咋会晓得，这

---

① 这种语言表达方式也呼应了本书在第一章中提到的观点，即语言在暗中发力，表现图拉的纳粹主义思想倾向。

个大卫是个冒牌的犹太人。一个自欺欺人的家伙，只要有机会，他就装得像真正的犹太人，总是在说俺们的耻辱……"图拉在此的表现让人浮想联翩。从前文的叙述中，读者已经能够感受到，即便图拉没有加入纳粹组织，但她一定具有纳粹主义的思想倾向。康尼也正是在接触到祖母之后才慢慢产生了极右翼思想。此刻的图拉，刚刚宣布自己不介意"大卫"的犹太人身份，但一得知"大卫"不是犹太人，就立即忘记去讲"标准德语"，忘记此前伤心欲绝的样子，用方言破口大骂。从互文关系来看，图拉这个人物曾出现在格拉斯的早期作品中，如《猫与鼠》(*Katz und Maus*)、《狗年月》、《母鼠》(*Die Rättin*)等，而在《狗年月》里，向纳粹告发燕妮继父的人就是图拉。

　　康尼本人并没有说过手枪是从哪里来的，只说"这个射击用的铁玩意儿，是一把苏联军队使用的七毫米口径的托卡列夫，他是在一年半之前弄到手的。他必须弄到这家伙，是因为他受到梅克伦堡周边地区极右青年的威胁"（126-127）。但从小说表现来看，康尼没有说实话。问题的隐秘之处就在图拉这里。当被问及手枪的问题时，又讲起标准德语的图拉"简短"地说道："我怎么可能发现这玩意儿呢，检察官先生？我的小康拉德总是自己收拾他的房间。他很重视这些事。"（126）然而走出法庭的图拉又是怎么说的呢：

　　　　她已经把那条狐皮围脖和正式场合戴在脖子上的首饰摘了下来，也抛开了拿腔拿调的标准德语。"这

第四章 迷宫——在记忆中穿行

是不公正的!"她气呼呼地一把将烟从我嘴里拽了出来,用脚踩碎,像是要踩碎什么必须消灭的东西,她先是高声地喊了一句,然后又激动地说,"太不像话了!再也没有正义了。他们要关就把俺关起来,不要关孩子。是俺,先送给了他计算机那玩意儿,然后又在前年的复活节送了他那把枪,因为他们总是威胁俺的小康拉德,就是那些光头。有一回,他被打得满脸是血地回到家。但是他没有哭,一声也没有哭。不是的,枪早就搁在俺的五斗橱里。统一之后不久,俺在俄国佬的跳蚤市场上买的。便宜得很。但是在法庭上没有人问俺,这玩意儿是从哪儿来的……"(137)

图拉在法庭上表示自己不知道康尼有手枪,然而下了法庭的她却在激动之下说出是自己在"前年的复活节送了他那把枪"。在当时的情境下,这样带有细节的表述大体上不会是假的。反应过来自己说了什么的图拉又马上改口,表示"枪早就搁在俺的五斗橱里"——"但是在法庭上没有人问俺,这玩意儿是从哪儿来的"。然而图拉越编越乱,改口之后又露出了新的马脚:她说枪是"俺在俄国佬的跳蚤市场上买的",而此前在法庭上,康尼刚好说过,枪是"一把苏联军队使用的七毫米口径的托卡列夫"。

图拉的言辞颠来倒去,前后矛盾,再联系前文(也可以联系《狗年月》中的图拉),想必读者会产生一个疑问:在枪杀"大卫"的事件中，图拉到底扮演了什么样的角色？此前，保尔曾提到祖孙二人"从一开始就很谈得来"，康尼"就像一块海绵，把她说的话全部吸了进去"（28）。图拉更是对燕妮表示，"关于她的孙子，她有很多计划"（29）。这些计划是什么呢？值得一提的是，康尼的电脑也是来自图拉的礼物，关于这一点，图拉无法掩饰，也从不讳言。保尔曾这样说道："是母亲，在幸存者们在波罗的海的达姆普浴场周年聚会之后，立刻送给我的儿子一台配置齐全的苹果电脑。是她让他上了瘾，他才刚刚十五岁。这个孩子误入歧途，都是她的错……所有的不幸就是从康尼拥有这台电脑开始的。"（46）[①] 从图拉送给康尼礼物的时间点来看，读者很难忽略保尔的言外之意。保尔之所以发现网络另一端那个为纳粹分子招魂的人就是儿子康尼，是因为康尼满口讲的都是图拉灌输给他的话，从句式到内容都让保尔无比熟悉，且触目惊心，例如：

> 康拉德[②]的姐姐在她留着鬈发的弟弟死后大喊大叫了三天，然后沉默不语了整整一周，她是我亲爱的祖母，我以什未林战友同盟的名义，对着我祖母的白

[①] 需要指出的是，保尔和嘉碧（康尼的母亲）在教育上的缺席也是造成悲剧的原因之一。格拉斯在译者访谈中也提到，"在欧洲，教育孩子的情况是不如人意的。我认为，由于教育而造成的损害，只能通过教育才能消除"。参见君特·格拉斯：《格拉斯谈〈蟹行〉（附录）》，《蟹行》，蔡鸿君译，北京：人民文学出版社，2022年，第151页。

[②] 这里的"康拉德"指的是图拉的弟弟。

头发发誓,我说的都是实情,没有不是实情的,是世界犹太教会想要把我们德国人永远钉在耻辱柱上……(50)

然而,当保尔给图拉打电话谈及此事时,图拉却这样说道(当然是用朗富尔方言):"真没想到!这么多年,你从来不关心俺们的小康拉德,现在却一下子连跳蚤的咳嗽都听见了,到俺们面前扮演起操心费神的爸爸来了……"(50)很明显,图拉不在乎康尼变成极右分子,甚至于这一切都在她意料之中,她因此完全不想让保尔插手。如此看来,关于康尼杀害"大卫"一事,很难说其中没有图拉的角色。她也许没有直接引导康尼去杀害"大卫",不清楚此间细节,但却一定是那个在背后推波助澜之人。这也是为什么读者在阅读的过程中总会感到故事没有那么"简单"的原因之一——这不仅是康尼和"大卫"的故事,这也是康尼和图拉的故事。就此,读者也能够理解为什么法庭上的图拉一直在蓄意挑衅,为什么她在知道"大卫"不是犹太人之后那么激动。从后续舆论对这件事情的关注度来看:"……无可置疑的事实真相,即沃尔夫冈·施特雷姆普林不是犹太人,减弱了对这次审判的兴趣……"(139)这不是图拉想要的结果。[①]

[①] 以上分析不是否认图拉"古斯特洛夫"号海难受害者的身份。一夜白头的图拉的确遭受了巨大的创伤。但不容忽视的是,格拉斯对她的塑造带有很丰富、也很复杂的层次。

事实上，除了图拉，小说中还有许多伏笔，再加上默默存在于背景中的《狗年月》等作品，整个故事看起来甚至有些向悬疑故事靠拢。层层谜团就如同弥漫在历史迷宫中的重重迷雾，引导读者去探索，去激活表象背后的历史。这么说来，穿行于历史的迷宫就有如"剥洋葱"：

> 第一层洋葱皮是干巴巴的，一碰就沙沙作响。下面一层刚剥开，便露出湿漉漉的第三层，接着就是第四层第五层在窃窃私语，等待上场。每一层洋葱皮都出汗似地渗出长期回避的词语，外加花里胡哨的字符，似乎是一个故作神秘的人从儿时起，洋葱从发芽时起，就想要把自己编成密码。[1]

---

[1] 君特·格拉斯：《剥洋葱》，魏育青、王滨滨、吴裕康译，南京：译林出版社，2008年，第5页。

第五章　双重性——行与思之间

> ……他身上集中了德国人精神世界的主要因素：雄心勃勃，又时有怀疑；坚信奇迹，又……富于浪漫主义。对于无限的追求——但从未成为纯粹的信念，以及思想上从逻辑清醒到神秘不可知的不断变化飞跃，是德国人在思考问题和驱除恶魔中的两股同样重要的力量，构成了德国人的内心世界。他们对外梦想统治世界，对内转向音乐。①

在《德国人——一个民族的双重历史》（*The Germans: Double History of a Nation*）中，历史学家埃米尔·路德维希（Emil Ludwig）立意要"摆脱德国人个人的命运，阐述德国民族的性格"，而这种性格就是一种"双重性格"，②或称为"德国人灵魂深处的双重性"③。"雄心勃勃，又时有怀疑"，这与英国学者尼尔·麦格雷戈（Neil MacGregor）所概括的"德国两个矛盾方

---

① 埃米尔·路德维希：《德国人——一个民族的双重历史》，杨成绪、潘琪译，上海：文汇出版社，2019 年，第 66–67 页。这段文字开头的"他"指浮士德，下文会具体说到。

② 埃米尔·路德维希：《德国人——一个民族的双重历史》，杨成绪、潘琪译，上海：文汇出版社，2019 年，第 vi 页。

③ 埃米尔·路德维希：《德国人——一个民族的双重历史》，杨成绪、潘琪译，上海：文汇出版社，2019 年，第 24 页。

面"——"强有力的行动"与"内省的沉思"①——遥相呼应。

在当代德国的反思文学中,也不乏这一"双重性"的身影,如巴耶尔笔下的冯克与卡尔腾堡教授,二者从结构上体现着"双重性"的在场。总的来看,"双重性"能帮我们推开一扇贯通思想史、社会史的大门,成为我们进入"社会能量"、探究"感觉结构"的起始点,让我们观察到当下德国社会对其民族性格、国家认同等重要问题的认识。以《卡尔腾堡》为例,作者将卡尔腾堡教授嵌套在冯克的回忆中,这一叙事结构恰好呼应着当下的反思文化:"内省的沉思"反思"强有力的行动"。

一、思想渊源

我们先从德国文艺复兴时期艺术家阿尔布雷特·丢勒（Albrecht Dürer）的两幅版画说起。1513 至 1514 年间,丢勒完成了两幅著名版画:《骑士、死神与魔鬼》（*Ritter, Tod und Teufel*）和《忧郁 I》（*Melencolia I*）。有关这两幅画作的丰富意蕴,人们至今也未能尽数破解。但毋庸置疑的是,这两幅铜版画"在德意志认同的历史中扮演了一个独特的角色"②。手执长矛、横刀立马的骑士不畏死神与魔鬼,坚定勇敢地向密林

---

① 尼尔·麦格雷戈:《德国——一个国家的记忆》,博望译,重庆:重庆大学出版社,2019 年,第 311 页。

② 尼尔·麦格雷戈:《德国——一个国家的记忆》,博望译,重庆:重庆大学出版社,2019 年,第 311 页。

深处的城堡进发;单手托腮、上身前倾的忧思者则静静地坐在那里,仿佛是被什么问题困扰着,目光中满是沉沉的思索。在麦格雷戈看来,骑士与忧思者已经成为"德国两个矛盾方面的孪生自画像",前者代表"强有力的行动",后者象征"内省的沉思"。①

路德维希认为,德意志民族性格的这"两个矛盾方面"可以上溯至日耳曼人对"美丽的南方"②的向往。英雄赫尔曼所在的北方,覆盖着无数茂密幽深的森林,恶劣的生存环境催生了骑士的精神,也催生了日耳曼人的"浪漫主义的欲望"。③路德维希用了大同小异的许多词汇来形容这种"双重性格",如"既昏浑幽暗又明快和谐,既实实在在又富于幻想","既是战士又是音乐家","由信仰和野心交织而产生的两重性",等等,不一而足。④在他看来,这一矛盾分裂的性格是德国人的命运,而只有音乐才能帮助他们"逃避内心矛盾"、找到自我:"他们的一切本性、仔细掩饰起来的困惑、内心的不安全感和茫然

---

① 尼尔·麦格雷戈:《德国——一个国家的记忆》,博望译,重庆:重庆大学出版社,2019年,第311页。

② 埃米尔·路德维希:《德国人——一个民族的双重历史》,杨成绪、潘琪译,上海:文汇出版社,2019年,第20页。

③ 埃米尔·路德维希:《德国人——一个民族的双重历史》,杨成绪、潘琪译,上海:文汇出版社,2019年,第25-26页。

④ 埃米尔·路德维希:《德国人——一个民族的双重历史》,杨成绪、潘琪译,上海:文汇出版社,2019年,第48、51、29页。

无着,都在音乐中得到解除。"①路德维希甚至认为,希特勒之所以能成功攫取政权,其原因恰在于他满足了德国人"两方面的梦想,富于音乐的服从和充满感情的纪律"。②也许路德维希对德国人及德国历史的解读有些过激,毕竟此书成书于第二次世界大战期间,路德维希对德国人的所作所为深感失望,痛心疾首之下难免会有些过激言辞。但尽管如此,他关于德国人"双重性格"的理念并未言过其实,他对音乐之于德国人的论述也颇有见地。这种音乐时而是骑士哒哒的马蹄声,时而是忧思者的缓缓思量,这在下文对《卡尔腾堡》的分析中也将有所体现。

据英国历史社会学家安东尼·D.史密斯(Anthony D. Smith)考证,早在十七世纪,人们对"民族性格""民族精神"等概念就表现出兴趣,到十八世纪中期,这类话语已获得广泛接受。③滥觞于十八世纪末的德意志民族主义思潮也将此类概念纳入了自己的话语体系,其中最为著名的当属费希特的名作《对德意志民族的演讲》(*Reden an die deutsche Nation*, 1808)。在这一民族主义宣言中,费希特对德意志人的特点及其与其他民族的区别进行了勾画。他将马丁·路德作为德意志人气质的一个证明,因为路德"看到一切不朽的灵魂的拯救正

---

① 埃米尔·路德维希:《德国人——一个民族的双重历史》,杨成绪、潘琪译,上海:文汇出版社,2019年,第113页。

② 埃米尔·路德维希:《德国人——一个民族的双重历史》,杨成绪、潘琪译,上海:文汇出版社,2019年,第465页。

③ 参见 Anthony D. Smith, *National Identity* (London: Penguin, 1991), pp. 85-86.

濒临危险",但他"毫不畏惧、十分认真地迎击地狱中的所有魔鬼"。^①在这里,虔敬的信仰与勇敢的进击演绎着忧思与行动,这仿佛是对丢勒《忧郁Ⅰ》和《骑士、死神与魔鬼》的文字再现。勒佩尼斯认为,"民族性格就像身体的皮肤,它或许可以被拉伸……但身体却无法摆脱它"^②。也就是说,民族性格是一种相对来说比较稳定的东西,它即便有所变化,也不会出现颠覆性改变。借用社会学家诺贝特·埃利亚斯(Norbert Elias)的话来说,民族性格带有一种"灵活的延续性"^③。从这个角度来看,民族性格更像是一种神话,或者更确切地说是神话背后的深层结构。以德国的"民族神话"^④浮士德博士的故事为例。长久以来,人们反复争执于浮士德到底是"一个忧郁的多疑者和喜欢冥思苦想的人",还是"一个敢想敢干的人,在与超自然力的接触中变得坚强的行动者"。^⑤人们之所以争论不休,其原因恰在于浮士德的身上体现着"德国两个矛盾方面"的永

---

① 费希特:《对德意志民族的演讲》,梁志学、沈真、李理译,北京:商务印书馆,2010年,第90页。

② Wolf Lepenies, *The Seduction of Culture in German History* (Princeton: Princeton University Press, 2006), p. 5.

③ Norbert Elias, *Studien über die Deutschen: Machtkämpfe und Habitusentwicklung im 19. und 20. Jahrhundert* (Frankfurt a. M.: Suhrkamp, 2005), p. 186.

④ 赫尔弗里德·明克勒:《德国人和他们的神话》,李维、范鸿译,北京:商务印书馆,2017年,第105页。

⑤ 赫尔弗里德·明克勒:《德国人和他们的神话》,李维、范鸿译,北京:商务印书馆,2017年,第102页。

恒交战，正如歌德笔下的浮士德那一声慨叹，"在我的胸中，唉，住着两个灵魂，一个想从另一个挣脱掉；一个在粗鄙的爱欲中以固执的器官附着于世界；另一个则努力超尘脱俗，一心攀登列祖列宗的崇高灵境"①。浮士德神话从根本上来说是德意志民族性格的演绎，它的长盛不衰从具象可感的层面体现着德意志民族双重性格的在场。

自十八世纪末以来，德意志精神的"两个矛盾方面"伴随着德国历史的起起伏伏，时而骑士占了主导，时而忧思者跃居其上。1789年的法国大革命在德国影响深远。许多德国知识分子一度对革命顶礼膜拜，但其所思所想却更多是精神文化领域、而非社会政治领域的革命。德国浪漫文学正是前者的一种体现。②浪漫文学代表作家弗里德里希·施莱格尔（Friedrich Schlegel）将法国大革命称为"法国民族性格的核心与巅峰"，③他的另一句名言则更适于表达德意志"民族性格的核心与巅峰"："法国大革命、费希特的《知识学》和歌德的《迈斯特》代表这个时代最伟大的思潮。谁若是对这样的并置不满意，谁若是觉得不轰轰烈烈的、非物质的革命就不重要，那他就还没

---

① 歌德：《浮士德》，绿原译，北京：人民文学出版社，1994年，第30页。

② 例如，德国浪漫文学专家恩斯特·贝勒尔（Ernst Behler）就认为早期浪漫文学与法国大革命之间具有强烈的亲缘性，两者都推翻了欧洲旧秩序，前者体现于文学与诗学理论，后者体现于社会政治领域。参见 Ernst Behler, *German Romantic Literary Theory* (Cambridge: Cambridge University Press, 1993), p. 54.

③ Friedrich Schlegel, *Athenäums-Fragmente und andere Schriften* (Berlin: Hofenberg, 2016), p. 105.

有站到人类历史高瞻远瞩的立场上。"[1]思想与行动同样重要，甚或思重于行。此时的浪漫人士似乎仍维持着世界公民的观念，期冀从"人类"的立场看待世界历史的发展。然而，随着拿破仑的入侵，异族统治之下的德意志民族萌发了强烈的爱国情感与民族意识，他们渴望驱逐外敌，实现民族解放。在此背景下，晚期浪漫作家受约翰·戈特弗里德·赫尔德（Johann Gottfried Herder）的影响，致力于发掘德意志的民间文化，其中集大成者当属格林兄弟的童话集。《格林童话》是德意志民族意识觉醒的体现，表达着当时的文化民族主义思潮。埃利亚斯曾指出，与英语、法语中的"文明"（Zivilisation）不同，德语中的"文化"（Kultur）指的是"精神思想、艺术以及宗教方面的内容"。[2]文化由是成为"内省的沉思"的代名词，与战争、革命等"强有力的行动"形成对照。然而，颇为耐人寻味的一点是，《格林童话》中许多故事都发生在茂密幽深的森林里。森林不仅是德意志民族起源的象征，也是拿破仑统治下德意志民族处境的隐喻。在那里，英雄一样的猎手从天而降，拯救柔弱的小红帽于狼口之中。德国历史学家弗里德里希·迈内克（Friedrich Meinecke）认为，伴随着这场声势浩大的民族解放运动，"便

---

[1] Friedrich Schlegel, *Athenäums-Fragmente und andere Schriften* (Berlin: Hofenberg, 2016), p. 57.

[2] Norbert Elias, *Über den Prozess der Zivilisation: Soziogenetische und psycho-genetische Untersuchungen. Erster Band* (Frankfurt a. M.: Suhrkamp, 1997), p. 90.

开始了德国人民在性格方面的某些确切的变化"。① 这种变化或者可以更直接地表现在腓特烈大帝渐趋顶替了路德,被看作德意志的"民族伟人"。② 显然,骑士越来越多地取代了忧思者,在十九世纪德意志民族谋求民族解放以及后续谋求国家统一的道路上一路向前。在强敌环伺之下,德国的统一牵一发而动全身,波及多个国家的利益。当普鲁士最终以强大的军事实力、以"铁和血"③实现了德国统一之后,尚武的精神、骑士的声望也随之达到巅峰。

进入二十世纪,两次世界大战给人们造成了巨大的心灵创伤。人们厌倦了穷兵黩武的骑士,不再将其看作"高贵而勇敢的斗士",而是视其为"与死神和魔鬼为伍的无法无天的强盗"。④ 于是,对"精神王国"⑤的强调再次接踵而至。早在

---

① 弗里德里希·迈内克:《德国的浩劫》,何兆武译,北京:商务印书馆,2012年,第13页。

② 参见刘新利:《德意志历史上的民族与宗教》,北京:商务印书馆,2009年,第485页。

③ "铁和血"出自俾斯麦1862年9月30日的演讲致辞,这是他出任普鲁士首相后首次在议会中发表演讲。演讲中,俾斯麦以简明的语言勾画了普鲁士未来的内政、外交政策。他称:"当今的重大问题不是靠演说与多数派决议所能解决的……只能用铁和血来解决。"转引自 Heinz Wolter, "Bismarck und das Problem der Revolution im 19. Jahrhundert," in *Bismarck und seine Zeit,* ed. Johannes Kunisch (Berlin: Duncker & Humblot, 1992), p. 197.

④ 尼尔·麦格雷戈:《德国———个国家的记忆》,博望译,重庆:重庆大学出版社,2019年,第315页。

⑤ Wolf Lepenies, *The Seduction of Culture in German History* (Princeton: Princeton University Press, 2006), p. 9.

第五章 双重性——行与思之间

第二次世界大战后的翌年，迈内克便号召成立"歌德社团"，其宗旨是"通过嘹亮的声音把伟大的德国精神之最富生气的见证带到听众的心里，——向他们同时提供那永远是最崇高的音乐和诗歌"。① 对此，勒佩尼斯幽默地评价道："好的德国取得了胜利，歌德战胜了俾斯麦。"② 从战后的历史发展来看，德国已经搭建起颇有特点的反思文化，③ 善于反思、善于"内省"的忧思者自然是这一文化的代言人。看起来，浮士德胸中的一个灵魂"战胜了"另一个：1945 年以前，"浮士德神话号召德国人要英勇顽强，坚持到底"；1945 年以后，被保留下来的则是神话中"用于自我反省和自我透视"的一面，人们开始担忧"能否长期驾驭自己释放出来的力量，包括技术的力量、科学的力量和资本主义的力量"。④

思想史如同生生不息的火种，燃烧之下的尘埃掉落在每一个时代都形成了独特的样貌。小说《卡尔腾堡》的"双重性"叙事便是其中一个小小例证。在该作中，叙述者冯克头顶着德

---

① 弗里德里希·迈内克:《德国的浩劫》，何兆武译，北京：商务印书馆，2012 年，第 152 页。

② Wolf Lepenies, *The Seduction of Culture in German History* (Princeton: Princeton University Press, 2006), p. 134.

③ 参见尼尔·麦格雷戈:《德国——一个国家的记忆》，博望译，重庆：重庆大学出版社，2019 年，第 xxxix-xlii 页。

④ 赫尔弗里德·明克勒:《德国人和他们的神话》，李维、范鸿译，北京：商务印书馆，2017 年，第 133 页。

意志民族英雄赫尔曼的名字[①]，却并未在现实的世界里一往无前，而是在回忆的密林中跌跌撞撞，在缓缓流淌的忧思中喁喁细语；另一位主人公卡尔腾堡则如同"一只守候猎物的鹰"，骑着摩托风驰电掣地出现在读者的视野里，他语调坚定果敢，大谈特谈对"死亡氛围"的认知，正如那穿行于魔鬼、死神与密林包围之中的马背上的骑士。尽管我们不能用一分为二的手法将这两个人物形象与"德国两个矛盾方面"进行机械对应，但两人身上所表现出来的性格特征还是为我们打开了一扇窗户，去观察德意志民族性格的两极在当代历史文化语境中的变迁。总的来看，冯克的忧思者形象、卡尔腾堡教授的骑士形象与第二次世界大战后德国的自我理解和自我认同相关，从一定程度来说是对当代德国话语体系的反映。

二、"强有力的行动"

有关卡尔腾堡教授的骑士形象，此处不妨以少年冯克与教授在波兹南的初遇为出发点，对其进行细读。这是两人交往的起点，奠定了冯克对卡尔腾堡教授的认知，因此十分耐人寻味：

[①] 赫尔曼是日耳曼部族首领，曾在条顿堡森林之战（Schlacht im Teutoburger Wald）中率领部族抵御了罗马人的入侵。在古罗马历史学家塔西佗（Publius Cornelius Tacitus）的记载中，他被称为阿尔米尼乌斯（Arminius）；自马丁·路德起，人们则一般将其称为"赫尔曼"。参见尼尔·麦格雷戈：《德国——一个国家的记忆》，博望译，重庆：重庆大学出版社，2019年，第114页。

第五章 双重性——行与思之间

我们不得不打声招呼。母亲停在楼梯平台上,而他呢,刚才还目标明确地踏上台阶,仿佛他要尽快地上到男士物品部去;他不只是顺便走过去时脱帽致意,而且也停住步子,和母亲握握手,一边抚摸着我的脑袋,一边微笑着,"太凑巧了","夫人","好啊,我的小子?"我犹豫不决,我在心里早就看到自己又回到我们家客厅里。

…………

后来我问自己,为什么像卡尔腾堡这样一个教授,当他要上商场高层时,却跟所有别的人不一样,不坐滚动电梯,这个人多了一个秘密。卡尔腾堡教授,我所看见的第一个戴着太阳镜的男人;卡尔腾堡教授,他骑着摩托车来看我们;卡尔腾堡教授,我从他身上一再会发现新的秘密;路德维希·卡尔腾堡教授,他对我的人生产生了如此决定性的影响……

那敏锐的目光,那眼圈周围微笑的皱纹。他的行为,一旦涉及到采取行动,就雷厉风行,一丝不苟,要不就是笨手笨脚,慢慢腾腾,就像承受着偶然的情绪波动,仿佛他的身体在实施着怪诞的扭曲,而它的主人却一无所知。路德维希·卡尔腾堡,一只守候猎物的鹰……(51—52)

卡尔腾堡教授第一次出现在冯克生命中时,冯克正在和母亲选购手套。在他的叙述中，这位教授全然一幅风风火火的样子：他步履匆匆、"目标明确地"踏上台阶，他的目光"敏锐"，"他的行为，一旦涉及到采取行动，就雷厉风行，一丝不苟"，如同"一只守候猎物的鹰"。此外，冯克还特别提及他脑海中根深蒂固的教授"骑着摩托车"的形象。类似的文字叙述已然为读者勾勒出一幅骑士形象的草图，但叙述者却并未满足于此，而是在语言层面下足了功夫，引导读者一步步描画出一幅复杂的骑士图像。

因此，并非巧合的是，在卡尔腾堡教授出场前，叙述者的叙述多为缓缓的长句，但随着教授的出场，叙述却骤然切换为节奏感很强的短句，且每一句都伴随着教授的一个新动作：踏上台阶、上楼、经过、脱帽、停步、伸手、抚摸、微笑。① 系统功能语言学"把人们在现实世界中的所见所闻、所作所为"概括为六种过程，即物质过程、心理过程、关系过程、行为过程、言语过程和存在过程。认知诗学学者彼得·斯多克维尔（Peter Stockwell）沿用了这套及物性系统分类，但从认知的角度将其

---

① 这里对文中动作做了概括，对应的是译文中的如下描述："踏上台阶"，"上到……去"，"顺便走过去"，"脱帽"，"停住步子"，"握握手"，"抚摸"，"微笑"。德语原文如下："Wir müssen grüßen. Meine Mutter hält auf dem Treppenabsatz inne, und auch er, der eben noch zielstrebig die Stufen nahm, als wolle er so schnell wie möglich in die Herrenabteilung hinauf, lüftet nicht einfach nur den Hut im Vorbeigehen, bleibt stehen, gibt meiner Mutter die Hand, streicht mir über den Kopf und lächelt, ‚Welch eine Überraschung' und ‚Gnädige Frau' und ‚Na, mein Junge?'. Ich bin hin und her gerissen, ich sehe mich längst wieder in unserem Salon…" 参见 Marcel Beyer, *Kaltenburg* (Frankfurt a. M.: Suhrkamp, 2008), pp. 69-70。

简化为物质过程、心理过程和关系过程。倘若我们借助斯多克维尔的及物性系统分类,那么卡尔腾堡教授这一连串八个动作均属物质过程。[①]由于物质过程与做某件事相关,文字因而会表现出比较强烈的动态感。再加上这八个动作是在四十二个单词、七个小短句中迅速完成,读者仿佛能看到一帧帧画面在眼前闪过,画面上的卡尔腾堡教授一刻不停地做着动作,中间迅速切换,让人眼花缭乱。尤为值得注意的是,卡尔腾堡教授有两个动作直接作用于冯克和他的母亲——他把自己的手递给冯克的母亲,然后又伸手去抚摸冯克的头部[②]。按照兰艾克的"行为链"理论,在这两个句子中,卡尔腾堡教授是"行为链中的始发参与者",是"蓄意引发并实施某一行为……通常是影响到其他实体的某一物理行为"的"施事";与之相对,冯克和他的母亲则处于"受事"的地位,是力量作用的客体。在这个初遇的场景中,冯克母子二人始终没有太多动作,尤其缺少可以成为"能量源"的施事动作。[③]少年冯克一直在暗中观察、

[①] 有关系统功能语言学的分类,参见胡壮麟等:《系统功能语言学概论》,北京:北京大学出版社,2017年,第71–72页。斯多克维尔的分类参见Peter Stockwell, *Cognitive Poetics. An Introduction* (London: Routledge, 2002), pp. 70–72。由于本书对《卡尔腾堡》的语言分析采用了认知语言学概念,因此此处一并采取了认知诗学的及物性系统分类。

[②] 这两个小句的德语原文如下:"[… er…] gibt meiner Mutter die Hand, streicht mir über den Kopf […]",两句皆以卡尔腾堡教授为主语。参见Marcel Beyer, *Kaltenburg* (Frankfurt a. M.: Suhrkamp, 2008), pp. 69–70。

[③] 有关兰艾克对"行为链"的论述,参见罗纳德·W. 兰艾克:《认知语法导论》(下卷),黄蓓译,北京:商务印书馆,2016年,第184–185页。

思索，他的母亲则显得比较被动，被迫与卡尔腾堡教授进行互动。对比之下，卡尔腾堡教授愈加显得全身充满了力量。一个坚定果敢、充满行动力的骑士形象已经呼之欲出。

我们曾在第一章对卡尔腾堡教授的语言风格做过分析。进一步来说，这种语言风格带有一种行伍气息，这对其骑士形象的塑造也颇有助益。斯坦纳曾提到，1871年德国统一后，德语表现出一种越发"普鲁士化"的倾向，其标志性特点之一便是"口号与浮夸的陈词滥调"。① 从历史发展来看，德语的"普鲁士化"应当出现得更早。据英国历史学家彼得·伯克（Peter Burke）考证，十八世纪下半叶以降，语言与民族之间的关系渐趋密切。② 例如，施莱格尔就曾于1812年这样说道："倘若一个民族的语言杂草蔓生、粗鲁不堪，那么这个民族也将野蛮、粗鲁；倘若一个民族被夺去了语言，那么它就会失去其精神与内在独立性的最后支撑，最终不复存在。"③ 可以想见，在语言意识与民族意识紧密接壤的背景之下，作为德意志民族解放和国家统一重要力量的普鲁士，必然会对德语的发展变化产生举足轻重的影响。普鲁士以军事立国，其"令人瞩目而深入的

---

① George Steiner, "The Hollow Miracle," in *Language and Silence* (New Haven and London: Yale University Press, 1998), p. 97.

② 参见 Peter Burke, *Languages and Communities in Early Modern Europe* (Cambridge: Cambridge University Press, 2004), p. 163.

③ Friedrich Schlegel, *Kritische Ausgabe seiner Werke. Band 6*, ed. Ernst Behler (Paderborn: Ferdinand Schöningh, 1961), p. 238.

军国主义……影响了整个的民间生活"①，也自然而然地延伸进入语言层面。1871年以后，普鲁士对德语的塑造作用越发显著。作为迟到的民族，统一后的德国面临复杂的欧洲局势。面对老牌资本主义国家的挤压和威胁，意欲跻身强国之林的德国延续并加强了普鲁士国家机器的军事特征。在这种历史背景下，语言与尚武精神相互强化，德意志民族俨然一位操着普鲁士军事风格德语的骑士。按照德国语言学家彼得·冯·伯伦茨（Peter von Polenz）的观点，十九世纪末以来，德语表现出"表达的简短与压缩"，其手段如缩短复合词、构建缩略词、采用含被动意义的形容词替代被动句式，等等。② 考虑到社会历史的层面，这种趋势与德语的"普鲁士化"不乏关联。尼采就曾这样评价由普鲁士军官定下来的德语"调子"："……德国人的说话语调无疑已经变得非常军事化了……人们已经越来越习惯这种声调，它已经扎根于民族个性之中了。人们随口说的便是与这声调相适应的词汇、习语和思想！"③

从历史发展来看，上述带有军事风格的德语一直延伸进入威廉德国和纳粹德国。斯特恩曾这样评价德国免疫学家、1908年诺贝尔生理学或医学奖得主保罗·埃尔利希（Paul Ehrlich）

---

① 弗里德里希·迈内克：《德国的浩劫》，何兆武译，北京：商务印书馆，2012年，第15页。

② 参见 Peter von Polenz, *Geschichte der deutschen Sprache* (Berlin, New York: Walter de Gruyter, 2009), pp. 142–144.

③ 弗里德里希·尼采：《德国的音乐和语言》，载《谁是谁的太阳》，赵婉平译，合肥：安徽人民出版社，2012年，第264页。

于1910年写的一篇悼文："埃尔利希说话带着军人的语气，这在今天听起来也许有些刺耳，但在威廉德国时代……这是很正常的。"① 联想一下卡尔腾堡教授应对他人提问时所表现出来的态度："以必要的漫不经心和清晰的声音：我在搞研究。句号。"（160）其语气中玩世不恭的戏谑感就如同与浮士德博士如影随形的魔鬼梅菲斯特。这让人不禁再次想起尼采的评述："如今的德国人认为在语音中加入嘲讽、冷漠和粗俗的声调听起来才显得'高雅'……甚至连小姑娘也开始模仿军官的德语声调说话了……所有的德国人，包括音乐家和教授在内，竟然群起效尤！"② 卡尔腾堡似乎正是尼采口中"教授"的延续。

最后，卡尔腾堡与冯克初遇这段文字的音响效果也非常吸引人。诚然，小说不若诗歌，语音未必能够发挥决定性的作用。但毋庸置疑的是，语音仍是小说形式语言中不可分割的一部分，能够填补文字无法悉数表达出来的隐含意义。当卡尔腾堡教授请求冯克母亲帮他挑选一副手套时，成年冯克忽然取代了少年冯克，从叙述框架外进入叙述框架内，用一系列排比句堆砌起自己对卡尔腾堡教授的印象："卡尔腾堡教授，我所看见的第一个带着太阳镜的男人；卡尔腾堡教授，他骑着摩托车来看我们；卡尔腾堡教授，我从他身上一再会发现新的秘密；路德维

---

① Fritz Stern, *Einstein's German World* (Princeton: Princeton University Press, 1999), p. 20.

② 弗里德里希·尼采：《德国的音乐和语言》，载《谁是谁的太阳》，赵婉平译，合肥：安徽人民出版社，2012年，第264页。

希·卡尔腾堡教授,他对我的人生产生了如此决定性的影响。"①此处又是一连串的短句袭来,且皆以"卡尔腾堡教授"为开头词汇。在德语中,"卡尔腾堡"和"教授"都可算作比较长的单词,两个词的元音又都十分饱满,因此在音响效果上颇具气势与震撼力。排比的修辞格加重了语音上铿锵有力的效果,使整个段落读起来不仅掷地有声,而且整齐划一,从形式上象似地模拟出一种列队进军的感觉。

  总体而言,在整部小说中,由于语音、句式、修辞格等文体手段的并用,文字自然而然地衍生出一种音乐性。那些关乎卡尔腾堡教授的文字多是洪亮有力,仿佛骑士的马蹄,哒哒作响,冲击着读者的耳膜。能指在此处与所指同样重要,文字的音响效果甚至凸显出所指未能言尽之意。在卡尔腾堡教授的骑士形象背后,仿佛有一曲高歌猛进的行军之歌,召唤着他大步向前。而这也为小说对教授骑士形象之另一面的刻画打下了铺垫。斯坦纳评价道:"德国人不习惯在语言中寻找意义的任何终极标准,却愿意接受纳粹主义的非人行话。在这些行话背后

---

  ① 这段排比句的德语原文如下:"Professor Kaltenburg, der erste Mann, den ich eine Sonnenbrille habe tragen sehen, Professor Kaltenburg, der uns auf seinem Motorrad besuchen kommt, Professor Kaltenburg, an dem ich immer neue Geheimnisse entdecken werde, Professor Ludwig Kaltenburg, der so entscheidenden Einfluß auf mein Leben genommen hat." 可以看出,原文的第一句比译文更加细碎。如果按照德语原文直译,此句可以译为"卡尔腾堡教授,第一个男人,我看见戴着眼镜的"。这也表明了叙述者对卡尔腾堡教授的塑造大体上都维持着短句叙述的模式。

嗡嗡作响的是瓦格纳式迷狂的大型黑色旋律。"① 很显然，当语言堕落为"行话"，当音乐演变为"黑色旋律"，骑士的大步向前也将沦为对他人的践踏。

当读者看到这一个个在"卡尔腾堡教授"率领下迎面袭来的句子时，也许会想到教授的著作《末日五骑士》（46），甚至还可能会联想到《圣经·新约》中的末日四骑士。② 与之相应，仅仅几段文字之隔，卡尔腾堡教授的骑士形象便多了一重阴翳。此时，"守候猎物的鹰"豁然升级为"驯鹰者"，他手持"那些粗大的、闪闪发光的器械"，在"鲜血和吼叫"中拉开架势，"目光朝上，伸开手臂……用结实的皮手套操作着一套医疗仪器，那粗壮的电缆通到病人的卧榻上"。如前所述，动物学家卡尔腾堡在二战期间加入了纳粹组织，试图通过人体实验来验证自己将动物行为学应用于人类的构想，而他的《末日五骑士》则被时人唾弃为"卡尔腾堡的毒气室杰作"（282）。小说几近尾声时，叙述者甚至直接呈现了一幅酷似希特勒的卡尔腾堡肖像——在一次集会中，这位教授直接跳上慕尼黑皇家

---

① George Steiner, "The Hollow Miracle," in *Language and Silence* (New Haven and London: Yale University Press, 1998), p. 104.

② "末日五骑士"的德语原文是："*DIE FÜNF APOKALYPTISCHEN REITER*"；《圣经·新约》末篇《启示录》第六章中记载了有关末日四骑士（die vier apokalyptischen Reiter）的预言。值得注意的是，丢勒曾出版过带有十五幅木刻版画的《启示录》，其中最负盛名的一幅就是《圣经四骑士》。

啤酒馆的桌子，大声发表演讲（267）。① 由是，骑士不再是为正义的目标勇敢前进，而是与死神和魔鬼共舞。

前文曾对卡尔腾堡教授的科学家身份有过讨论。从科学在当今社会发展中的重要作用来看，科学家已取代了旧时舞刀弄枪的骑士，成为新时代的骑士。他们不以刀枪棍棒作为自己的武器，而是以科学为手中的利刃，走在时代的最前沿，向远方的城堡进军。以科学与知识为名的骑士理应具备更好的反思性，能够将行动纳入沉思的轨道之中，但我们却依然屡屡看见那些与魔鬼缔约的科学家，他们不仅将自己的灵魂让渡给魔鬼，同时也将人类的命运让渡给了死神。正如同为自然科学家的浮士德博士恰是以与魔鬼定约的方式出卖了自己的灵魂，实现了"浮士德式发迹"②，也走向了浮士德式毁灭。由此看来，卡尔腾堡教授这一骑士和科学家的形象就显得更为耐人寻味。与魔鬼和死神同行是骑士前往城堡的必经之路，同时也是一条危险的道路，稍不留神便会沦为魔鬼和死神借以蹂躏人类的道具。

---

① 1923年11月8日晚，希特勒等纳粹分子聚集于慕尼黑的一家啤酒馆，试图发动法西斯政变。此处对卡尔腾堡教授的描写明显是在影射希特勒当晚在集会中的形象。

② 赫尔弗里德·明克勒：《德国人和他们的神话》，李维、范鸿译，北京：商务印书馆，2017年，第125页。

三、"内省的沉思"

赫尔曼·冯克从名字开始就是一个非常耐人寻味的人物形象。巴耶尔曾说过,名字绝不是作者的信手而为,名字带有"一种力量","一个名字会引导我走向另一个名字,一个显而易见的名字引导我走向一个遮蔽起来的名字……名字会为我揭示一些联系,也包括那些隐秘的联系,一个名字可以覆盖另一个名字、伴随另一个名字"。[①] 相应地,"赫尔曼·冯克"这个名字也召唤着许多"隐秘的联系",它们与冯克的忧思者形象互动,在对照之中映射着历史与当下。

从词源上来看,"冯克"一词源自 Funke,表示"火"[②],而"赫尔曼"一词则包含了"军队"(Heer)之意[③]。此外,赫尔曼还是日耳曼民族英雄的名字。他率领日耳曼人打败罗马人的条顿堡森林之战是德意志人构建"想象的共同体"中的一场重要战役。十九世纪民族主义思潮风行之时,人们甚至觉得德意志人的历史就是从这场战役开始的,而赫尔曼则光荣地成为"有史可查的第一个德意志人"。[④] 这样看来,"赫尔曼·冯克"

[①] Marcel Beyer, *Sie nannten es Sprache* (Berlin: Brueterich Press, 2016), pp. 149–150.

[②] 参见 Dudenredaktion, *Der große Duden: Etymologie* (Mannheim: Dudenverlag, 1963), p. 191.

[③] 参见 Dudenredaktion, *Der große Duden: Etymologie* (Mannheim: Dudenverlag, 1963), p. 255.

[④] 参见赫尔弗里德·明克勒:《德国人和他们的神话》,李维、范鸿译,北京:商务印书馆,2017年,第156页。

实在是一个"非常骑士"的名字：以赫尔曼为名，以燎原之火为姓，在这个名字中，仿佛有一支列队进军的骑士，如烈火般席卷而来。更为有趣的一点是，这个"显而易见的名字"引导我们继续向前，走向另一个"遮蔽起来的名字"——为人类盗取火种的普罗米修斯。这不仅是因为"火"这一意象所召唤出的隐蔽关联，更是因为普罗米修斯曾一度被拿来与浮士德做比较，成为德意志民族精神的一个参照。例如，曾任歌德学会会长的埃里希·施密特（Erich Schmidt）就认为："日耳曼精神与希腊的英雄之美结合在一起，从中并未产生出一个忧郁的、瞻前顾后的厄毗米修斯，而是诞生了普罗米修斯，这个真正的男人最喜欢的就是行动，向往轰轰烈烈的生活。"[①] 在此意义上，

---

① 转引自赫尔弗里德·明克勒：《德国人和他们的神话》，李维、范鸿译，北京：商务印书馆，2017年，第117页。值得一提的是，当我们以"日耳曼精神与希腊的英雄之美"来阐述德意志民族性格中的双重性时，也涉及了德国文化传统中的双重性，其一是"从罗马文明到文艺复兴、到十八世纪法国的启蒙运动、十九世纪的实证主义思潮"，其二是"对罗马精神、法国文化的反抗"（参见陈锐：《论德国文化和德国哲学的双重性》，载《学术月刊》1989年第5期，第22-23页）。值得一提的还有格拉斯的这段表述："贯穿德国思想史的双重结构深深地吸引着我，如迪俄尼索斯与阿波罗完全对立的性格特征。类似的东西也反映在历史中，体现在如奥斯卡·马策拉特的角色中，而且是以他自己的方式表现出来：奥斯卡用歌德的《亲和力》和拉斯普京的混合体为自己编凑出这种双重性。如果您回忆一下就知道，奥斯卡在发高烧时怎样胡言乱语，歌德和拉斯普京在战争快结束时怎样以旋转木马经营者的身份出现，在这儿，一直延续到启蒙运动的理性与非理性的斗争就这样很形象地用语言描写出来。"（参见君特·格拉斯、哈罗·齐默尔曼：《启蒙的冒险：君特·格拉斯对话录》，周惠译，北京：人民文学出版社，2022年，第28页）

赫尔曼、浮士德与普罗米修斯都是骑士精神的象征,都代表着"火"一样"轰轰烈烈的生活"。然而,耐人寻味的是,在小说《卡尔腾堡》中,"火"却并未点燃"赫尔曼"的"日耳曼精神","赫尔曼"与"冯克"的组合也并没有产生"先见之明"的普罗米修斯,而是"后见之明"的厄毗米修斯———一位忧思者。

在巴耶尔的人物设定中,冯克是一位非常有特点的忧思者。按照冯克在回忆中提到的,1945年他来到德累斯顿时是十一岁,据此推断,冯克应当是生于1934年。按照阿斯曼的代际划分,冯克属于"战争中的儿童"。巴耶尔选择这样一位"中间的"人物作为回忆主体,从反思文学的视角来看有其深意。与父辈相比,这一代人在二战时仍然年幼,未曾亲手作恶,因此在回忆中不必陷入对个人罪行的辩解、忏悔或是责难;与后继者相比,他们仍是战争的亲历者,目睹了战争的罪恶,亲身经历了战争的恐怖,也因此对战争以及战后的岁月有着不一样的体验与认知。

从时间上来看,冯克的忧思时间跨度较长,从纳粹时期一直延伸到当代。但总体看来,他的回忆始终围绕着战争,或者更确切地说是战争下形形色色的人物与事件,他们是历史沉降于个人生活之后最真实的外显。在冯克的回忆性叙述中,读者看到许多杂乱无章的记忆碎片:犹太保姆玛利亚一夜间踪迹全无,父母双亲在盟军空袭中双双殒命,对他来说亦师亦父的卡尔腾堡教授加入了纳粹组织,战后的教授对曾经的经历绝口不提、甚至予以否认,等等。正像前文提到的,历史如同一幅错综复杂又模糊不清的图像，冯克看得见一块块的碎片，却看不见碎片间的关联；他无法破解这些碎片背后的意义，无法给予某些事件（如德累斯顿大轰炸）、某些人（如亦正亦邪的卡尔腾堡教授）以一个定断。随着冯克的叙述，读者仿佛能看见他目光迷茫，沉浸在自己的思绪里，一如丢勒画中所表现的那样。那喻示着启示的光芒与他虽然仅仅一墙之隔，却仍是遥不可及。冯克也由此成了一个面向历史的忧思者——予以历史以"内省的沉思"。

从语言层面来看，冯克甫一出场便为小说带来一种"内省"的维度。前文提到过，由于这位第一人称叙述者在几乎整个第一章中都处于幕后，读者在最开始阅读小说时很容易产生一种错觉，误以为这是一部选择性全知视角的小说，这种情况一直持续到第一章的最后一个单词才得以改变。此时，叙述者以一个单字成句的"我"陡然登台，向读者宣告此前的描述都是出自他的口中。文本世界骤然转换，"我"率领着"我"的世界站在读者面前；此前叙述的内容倏忽间开始向后倒退，成为"我"的世界的附属物。从认知的角度来看，语言在此发挥了象似性的功能，文本世界的转换强化了"我"作为回忆主体的位置，也强化了卡尔腾堡教授作为"我"的回忆客体的地位。与之相应的是，尽管整个第一章的回忆都是出自"我"的口中，"我"却仿佛是无声的背景板，没人能注意到"我"的声音。几乎被消声的叙述者从一开始就奠定了冯克回忆的状态，这是一种极为符合忧思者状态的沉默的内省。

在这个听起来比较突兀、因而显得格外有力的"我"之后,第二章的开头再次拉低了"我"的声音:

> 我在问自己,一个老年男子的激情哪儿去了?那样的激情我本来真的应该感受得到。那一丝的冲动哪儿去了?那一边上下打量着,一边全然无措的样子哪儿去了?我们相互交谈时,那老于世故的心血来潮又哪儿去了……我暗暗地感到惊奇,我的行为举止居然没有流露出任何可笑的迹象,无论是蹦蹦跳跳,还是呱呱地叫,或者竖起羽毛,甚至连一丝一毫的冲动都看不出来。当我自己还年轻的时候,我就期望着像我现在这样满头白发的男人依然会迸发出青春的冲动。
>
> 我时而甚至会渴望着那样的冲动。我似乎成了那些我常常观察的男人中的一员;他们做着人们按照他们的年龄会期待着他们要做的事情。我会十分不自然地在自己的裤兜里摸来摸去,掏出一条白色新手绢来,会拿着它不间断地掠过自己的额头和鬓角……(8)

事实上,叙述者此处对于自我的描述才是读者正式接触到冯克其人,因此说来格外重要。在这段描述中,读者接触到的几乎都是表示关系过程和心理过程的句子,少数关系过程甚至直接省略了动词。由于关系过程和心理过程不带有能改变物理世界状态的动作,因此会赋予文字以一种静态感。

再加上叙述者多使用嵌套复杂的长句，整段文字便自然而然地流露出一种安安静静却又绵绵不断的感觉，象似地摹写了思绪在人脑中流动的那种无声无息又无休无止的状态。此外，"我"的形象也与这整体的叙述氛围非常匹配。在第二章开头第一段中，直接涉及"我"的句子，要么将"我"作为心理过程的对象（如"激情侵袭了我"），要么将"我"作为关系过程所描述的属性的载体（如"我是惊奇的"），① 要么通过第二虚拟式等手段将"我"拉入情态世界②。其中最后一点更是延伸进入了第二段，整个第二段几乎全部都是发生在意愿情态世界中的冥想、甚至幻想。更为有趣的是，在这两段的开头，分别出现了"我在问自己"和"我似乎成了那些我常常观察的男人中的一员"这样的描述。也就是说，"我"不仅常常"观察"他人，"我"还"问""自己"、希望"自己"也成为"自己"的观察对象。事实上，叙述者在此处完全不

---

① 为说明问题，"激情侵袭了我"和"我是惊奇的"这两句不是直接引用，而是对德语原文做了简化，但并未改动原句的及物性过程。其中，前一句的德语原文为"[…] die Regungen […], die mich doch eigentlich überkommen sollten"，后一句的德语原文为"während […] ich insgeheim verwundert bin"，参见 Marcel Beyer, *Kaltenburg* (Frankfurt a. M.: Suhrkamp, 2008), p. 19。在前面所引述的译文中，这两句对应的是"那样的激情我本来真的应该感受得到"以及"我暗暗地感到惊奇"。

② 情态世界（modal-worlds）是认知学者乔安娜·加文斯（Joanna Gavins）文本世界理论的重要概念；下文提到的意愿情态世界（boulomaic modal-worlds）就是情态世界的一种表现形式，主要与说话者的主观愿望相关。参见 Joanna Gavins, *Text World Theory. An Introduction* (Edinburgh: Edinburgh University Press, 2007), pp. 91–96。

需要"似乎"一词，他一直都处于对自我的发问、观察——"内省"之中。由此，在多种语言手段的作用下，尽管叙述者从未对自我的形象直接着墨，但一个忧思者的形象已经跃然纸上。

从整部小说来看，除却那些直接关乎卡尔腾堡教授的文字，冯克的叙述大体上都维持着这样一种低低絮语的状态。值得称道的是，巴耶尔在处理冯克的叙述时采用了一种诗性语言，使文字总体读来向诗歌与音乐靠近。此处仍以第二章第一段的开头为例。倘若我们完全按照德语原文顺序直译便是："它们在哪儿，一个老年男子的激情，它们本应侵袭我，那一丝的冲动哪儿去了，哪儿，我问自己，全然无措的样子，伴随着打量的目光。"① 这段文字的德语原文带有十分明显的诗性节奏。接连不断重复的"哪儿"（wo）将一丝浅浅的疑惑一次又一次拖长；定冠词 die 重复出现在句首，配合着这种拖曳的语调，将整个句子的节奏拉慢，读者仿佛能感受到文字背后那种绵绵的腔调。文字的诗性自然而然地呼唤出抑扬顿挫的韵律感，使那种绵绵的腔调有若低低的、缓缓的吟唱。尤其值得一提的是，读者在阅读这段德语原文时，很容易就能联想到歌德《浮士德》"献词"的开头：

---

① 这段话的德语原文如下："Wo bleiben sie, die Regungen eines alten Mannes, die mich doch eigentlich überkommen sollten, wo bleibt der Anflug einer Hitzewallung, wo, frage ich mich, die schiere Kopflosigkeit, gepaart mit dem taxierenden Blick." 参见 Marcel Beyer, *Kaltenburg* (Frankfurt a. M.: Suhrkamp, 2008), p. 19.

> 你们又临近了，游移不定的身影，
> 想当初一度呈现于朦胧的目光。
> 敢情这次我试着要把你们握紧？
> 难道我的心仍然倾向那个痴想？①

  不难看出，这两段文字的结构、节奏都十分类似。两段都以一个代词形式的他者开篇（"它们"/"你们"）；其后是这个他者的内容，均以一个带有复数名词的短语形式出现（"一个老年男子的激情"/"游移不定的身影"）；再后面都是以 die 引导的关系从句（"它们本应侵袭我"/"想当初一度呈现于朦胧的目光"），用以追述这个他者的属性；末尾则都以两个疑问句表现出连续疑问语气。与《浮士德》的互文性一方面再次强化了小说对德国"两个矛盾方面"的表现，毕竟浮士德胸中的"两个灵魂"曾一度是德意志民族双重性格的最佳代言人；另一方面，语言文字似乎始终无法弃绝所指的羁绊，小说较之于诗歌更是几乎不可能完全抛却其概念化内容，于是，倘若小说文字想要求得一丝音乐效果，似乎总是要借助于向诗性

---

① 歌德：《浮士德》，绿原译，北京：人民文学出版社，1994年，第1页。另外，这段文字的德语原文如下："Ihr naht euch wieder, schwankende Gestalten, / Die früh sich einst dem trüben Blick gezeigt. / Versuch' ich wohl, euch diesmal festzuhalten? / Fühl' ich mein Herz noch jenem Wahn geneigt?" 参见 Johann Wolfgang von Goethe, "Faust. Eine Tragödie," *in Werke. Hamburger Ausgabe in 14 Bänden. Band 3. Dramatische Dichtungen I*, ed. Erich Trunz (München: Deutscher Taschenbuch Verlag, 1982), p. 9.

语言的靠近。《卡尔腾堡》开篇这段文字与《浮士德》之间的互文也许正是这样一种尝试。

在黑格尔看来，"时间就是音乐的一般因素"[①]。倘若音乐是时间性的，那么其想必一定更适合主体在回忆的长河里上下求索，也更适合主体深入自己的内心，去探究内心深处的声音。就冯克作为忧思者而言，当语言带上一层音乐的色彩，"内省的沉思"也许就能更多地摆脱羁绊，更多地贴近纯粹。在小说表现中，每当卡尔腾堡教授与冯克处于对话状态时，读者仿佛就能听到两个声部在耳畔歌唱：一个铿锵有力，一个低声絮语。这也许能让我们再次回到路德维希的那段话："他们的一切本性、仔细掩饰起来的困惑、内心的不安全感和茫然无着，都在音乐中得到解除。"

四、一点余思

值得注意的是，对"德国两个矛盾方面"的探讨与二战后德国构建国家认同的努力息息相关。战后的德国处于纳粹政权所带来的历史阴影之下，加害者的角色使德国"不得不退

[①] 黑格尔：《美学》（第三卷，上册），朱光潜译，北京：商务印书馆，1979年，第350页。

出民族/国家历史的传统"①，而将大屠杀与经济奇迹作为国家认同的主要焦点②。德国哲学家尤尔根·哈贝马斯（Jürgen Habermas）沿用多尔夫·施特恩贝格尔（Dolf Sternberger）的"宪法爱国主义"，大力主张一种后传统、后民族的认同，也就是将爱国主义建立在"宪法原则和普世价值"而非"民族历史"的基础之上。③这种以反省，尤其是对大屠杀的反省为核心、弱化民族国家的爱国主义模式与左派知识分子对德意志民族性的深深担忧是联系在一起的。以典型的"宪法爱国者"④格拉斯为例。格拉斯曾极力反对两德迅速统一，主张建立文化邦联，⑤其原因恰在于"对一种几近神话的德意志民族性以及与之相关的特定'冲动'的担忧"⑥，那是一种德国人的"固

---

① 阿莱达·阿斯曼：《记忆中的历史——从个人经历到公共演示》，袁斯乔译，南京：南京大学出版社，2017年，第157页。需要指出的是，二战后，随着德国的分裂，民主德国曾一度建立起反法西斯主义抵抗者的形象；但两德统一后，这一被称为"反法西斯建国神话"的政治神话已逐渐弱化，参见赫尔弗里德·明克勒：《德国人和他们的神话》，李维、范鸿译，北京：商务印书馆，2017年，第412-446页。

② 参见 Jan-Werner Müller, *Another Country: German Intellectuals, Unification and National Identity* (New Haven and London: Yale University Press, 2000), p. 84.

③ 参见 Jan-Werner Müller, *Another Country: German Intellectuals, Unification and National Identity* (New Haven and London: Yale University Press, 2000), p. 60.

④ Jan-Werner Müller, *Another Country: German Intellectuals, Unification and National Identity* (New Haven and London: Yale University Press, 2000), p. 66.

⑤ 参见 Jan-Werner Müller, *Another Country: German Intellectuals, Unification and National Identity* (New Haven and London: Yale University Press, 2000), pp. 68-76.

⑥ Jan-Werner Müller, *Another Country: German Intellectuals, Unification and National Identity* (New Haven and London: Yale University Press, 2000), p. 75.

有冲动"①，其必将再次导致历史的浩劫。因此，无论是因循哈贝马斯的观点，还是如阿斯曼等对其持批判态度，认为必须将"国家框架"视为身份认同的基础，②问题都将一而再、再而三地回到对民族性这类话语的讨论中。而文学，按照新历史主义的观点，则是这一"社会能量的文化流通"中的重要组成部分。

此处还值得一提的是，冯克的反思还牵涉到他的父亲，一位不愿与纳粹为伍但却无能为力的知识分子，无法挽救家里的犹太保姆，最终在德累斯顿大轰炸中殒命身亡；与冯克父亲以及卡尔腾堡教授有所往来的纳粹军官马丁·施彭勒与克努特·西夫丁，③两人都曾参与战争，且在战后对战时经历三缄其口。冯克的"思"自然还关涉到自己：一方面，即便战争中仍是儿童，他却也曾在懵懂之中做出伤害他人的举动，④另一方面，在德累斯顿大轰炸中失去了父母双亲的他同样也是战争的受害

---

① Günter Grass, *Gegen die verstreichende Zeit: Reden, Aufsätze und Gespräche 1989-1991* (Hamburg: Luchterhand Verlag, 1991), p.72.

② 参见 Jan-Werner Müller, *Another Country: German Intellectuals, Unification and National Identity* (New Haven and London: Yale University Press, 2000), p. 256.

③ 这两个人物也都有现实原型，分别是德国艺术家约瑟夫·博伊斯（Joseph Beuys）、摄影师海因茨·塞尔曼（Heinz Sielmann）。参见 Aleida Assmann, "Geschichte aus der Vogelperspektive: Die Erfindung von Vergangenheit in Marcel Beyers *Kaltenburg*," in *Marcel Beyer: Perspektiven auf Autor und Werk*, ed. Christian Klein (Stuttgart: Metzler, 2018), pp.160–161.

④ 冯克曾剖析自己年少时为何会在一个写有"犹太人禁止入内"的牌子前心生优越感（16–17）。此外，他对犹太保姆玛利亚的离去也始终抱有一种难言的歉疚。

者。总体来看，小说中的人物大多伴有复杂的经历，部分人物甚至同时背负着加害者与受害者的双重身份。在受害者角色与普通人罪责碰撞的今天，忧思者要如何理解、如何应对德国人在战时以及战后的复杂表现，如何建立阿斯曼所说的"道德坐标系"，这同样也将影响到德国的自我书写。

在小说《卡尔腾堡》中，忧思者成为叙事主体。在忧思者的低声絮语中，对战争、大屠杀、人性以及科学的反思一一上演。在框架化的叙事结构之下，骑士的哒哒马蹄声降格为昨日的事件，沦陷在忧思者裹挟着诗性节奏的叙述中。路德维希曾这样说道："德国人就和浮士德博士一样，永远在寻找和谐的那一瞬间。"① 从浮士德博士的经历来看，"和谐的那一瞬间"也许永远都可望而不可即，但忧思者对昨日的忧思本身即是今日的"言语行为"，它本身便体现着施行的力量。在此，"强有力的行动"与"内省的沉思"似乎走向了某种辩证的统一，这里虽然不一定有"和谐"，但我们却期待这里有真正言行一体的反思文化。

---

① 埃米尔·路德维希：《铁血与音符——德国人的民族性格》，周京元译，北京：中信出版集团，2017年，第56页。

第六章　见证——存在于"交融"之中

显然,见证文学的第一原则,永远应该是对历史苦难的再次还原,但是,它对历史的关注,又必须超越于纯然的立此存照,否则,它便等同于历史档案和文献报道,而失去了独立存在的理由。或许,还可以这样表述,在文学行使保存历史记忆和传播历史事实的功能时,其进行的方式必须是文学的,它不仅要引领读者重返历史,更要在历史中洞察人性,而对历史和人性的双重洞察,才是见证文学独特的价值和魅力所在。也就是说,它重新开疆拓土的领域应该是一片处女地,历史和文学都无法单独抵达:如果缺失了历史维度,它恐怕就会沦落为凌空蹈虚的空中楼阁,如果丢弃了文学维度,它则只能是乏味冷硬甚至不知所云的文字材料。①

见证文学被称为二十世纪"最高文学形式、最有代表性的文学形式"②:"如果说希腊人创造了悲剧,罗马人创造了书

---

① 邹军:《文学见证与见证文学》,载《文化研究》2017年第3期,第142页。
② 陶东风:《见证、叙事、历史——〈鼠疫〉与见证文学的几个问题》,载《文艺理论研究》2021年第2期,第50页。

第六章 见证——存在于"交融"之中

信体，文艺复兴时期创造了十四行诗，那么，我们的时代创造了一种新的文学——见证文学。"① 绪论中曾提到，严格来说，见证文学的作者需要是灾难的亲历者。但一个不得不面对的事实就是，对于二战这场人道主义灾难，其亲历者正在随着时间的远去而逐步退出生命的舞台。因此，作为后来者，我们必须要思考一个问题：如何在亲历者逐步退场之后，依旧保持"见证"应有的深度与力度？

正因接下来对见证问题的探讨面向未来，此处也将相应采取更为宽泛的定义："不再坚持见证书写的非虚构性"，悬置其虚构与非虚构之间的差别，不去严格要求其主体的亲历者身份。② 本章将从以下两种"交融关系"出发，关注"见证"：一是叙述与展演的交融，这是当下媒介时代赋予历史的特殊话语空间，对历史的见证也必须回应、融入这一社会能量空间；二是真实与虚构的交融，这种书写方式在一定程度上消解了真实与虚构之间的界限，其典型的新历史主义倾向为探索"未来的见证"提供了余地。

---

① 转引自陶东风：《见证，叙事，历史——〈鼠疫〉与见证文学的几个问题》，载《文艺理论研究》2021年第2期，第50-51页。
② 参见陶东风：《论见证文学的真实性》，载《文学评论》2022年第1期，第117-120页。

一、叙述与展演

阿斯曼认为，历史展示具备三种基本形式，即叙述、展览与展演。其中，叙述指的是以时间顺序及因果关系为基础"对已经发生的事件进行排列"，如历史小说等；展览指的是"对历史文字、绘画和物品在空间内的布局整合"，如博物馆等；展演则包括媒体演示与空间展示，前者指的是"所有以历史为题材进行的影视创作"，后者指的是"在历史发生地的表现和表演"。[①]下文将主要关注叙述与展演。在当下的媒介时代，叙述与展演频繁互动。从见证的角度来说，这表明了一个问题，即见证叙事的文字与影视会越发亲密。

阿斯曼注意到，格拉斯在描写"古斯特洛夫"号海难时运用了相关电影画面[②]：

> 那部黑白电影已经通过一些在电影棚里的布景前制作的画面做了尝试。可以看见拥挤的人群、堵塞的通道、为了每一级台阶的争夺，化了装的群众演员扮演那些被锁在游步甲板里的人，他们感觉到船在倾斜，

[①] 参见阿莱达·阿斯曼：《记忆中的历史——从个人经历到公共演示》，袁斯乔译，南京：南京大学出版社，2017年，第128–132页。

[②] 参见阿莱达·阿斯曼：《德国受害者叙事》，张硕译，载冯亚琳、阿斯特莉特·埃尔主编《文化记忆理论读本》，余传玲等译，北京：北京大学出版社，2012年，第186页。

第六章　见证——存在于"交融"之中

看见海水在上涨，看见在船里面游泳的人，看见被淹死的人。电影里也能看见孩子。这些孩子，都和他们的母亲分开了。这些孩子，手里抱着晃来晃去的玩具娃娃。这些孩子，在空荡荡的通道里迷失了方向。用特写镜头表现了几个孩子的眼睛。（94）

在这段文字中，见证不是单层的——电影见证灾难，文学运用电影画面见证灾难。在大众影像时代，我们无法规避叙述的展演化，无法阻止展演对记忆的强势影响。文学见证当然很重要，它丝丝缕缕的力量在历史的血脉之中绵延，最终成为每个人存在的一部分。例如《蟹行》，在该作诞生以前，"古斯特洛夫"号海难"还远没有进入德国人的集体记忆之中或者成为他们历史意识的一部分"，但"通过这本书及其引起的广泛社会反响，格拉斯把一段受到社会记忆的限制而衰落的回忆提升到了文化记忆的层面，使之超越了代际更替的限制而能够被普遍接受和流传下去"。[①] 从这段引言中，我们可以感受到文学见证的力量，它将几乎已尘封于故纸堆中的历史激活，将其重新带入人们的文化记忆。耐人寻味的是，作为书写了"古斯特洛夫"号海难的作者，格拉斯本人却多次提到另一次海难，即"泰坦尼克"号海难："网上最近在热炒一部场面宏伟的

[①] 阿莱达·阿斯曼：《德国受害者叙事》，张硕译，载冯亚琳、阿斯特莉特·埃尔主编《文化记忆理论读本》，余传玲等译，北京：北京大学出版社，2012年，第186页。

伤感影片，是好莱坞新拍摄的'泰坦尼克'号海难，这部影片很快便以再现了有史以来最大的沉船灾难的招牌占领了市场。"（42）世人多知"泰坦尼克"号，不知"古斯特洛夫"号，刨除前文提到的一些原因，这和影像的力量也不无关联。还记得米夏也曾说过："自从电视连续剧《大屠杀》和电影《苏菲的选择》，特别是《辛德勒名单》放映以来，想象力开始活起来了，不仅限于纪实，而且添增色彩。"德国文化记忆学者阿斯特莉特·埃尔（Astrid Erll）这样说道：

> 小说和故事片等虚构性的媒介，其特点是能够以一种在文学研究者看来真正令人着迷（而在历史学家看来却有点让人担忧）的方式，去塑造某种关于过去的集体想象。埃里希·雷马克的《西线无战事》，以及玛格丽特·米切尔的《飘》，就是两个最著名的例子。二者最初都是非常流行的小说，有着天文数字般的发行量，又都被拍成了甚至更加成功的电影。甚至直至今日，对于许多人而言，第一次世界大战就是"西线无战事"，美国南方就是"飘"。小说虚构和电影虚构都具有一种潜力，能够催生、铸造某种关于过去的意象，这种意象将为整整一代人所保留。[①]

[①] 阿斯特莉特·埃尔：《文学、电影与文化记忆的媒介性》，载阿斯特莉特·埃尔、安斯加尔·纽宁主编《文化记忆研究指南》，李恭忠、李霞译，南京：南京大学出版社，2021年，第483–484页。

第六章 见证——存在于"交融"之中

"第一次世界大战就是'西线无战事',美国南方就是'飘'",那么二战呢?二战是什么?答案是:它正在被塑造,被媒介塑造。显然,叙述与展演不仅同样塑造记忆,在文化记忆中,它们有时甚至混为一体,难分彼此。按照新历史主义的观点,所有文本都处于社会文化网络之中,每一个文本中都回荡着其他社会文化文本的声音。[①] 叙述与展演都是诸文本交融汇聚的场域,都是"社会能量"的载体。总的来看,格林布拉特的"社会能量"其实与滕尼斯的"共同领会"颇有契合之处。相较而言,一方面,我们可以说,"共同领会"之中必然潜藏着巨大的"社会能量";另一方面,"社会能量"的历史向度也使我们能够更为明确地在生者"与死者的对话"[②] 中探求"共同领会"的存在。

这么看来,探讨媒介时代的见证文学无法绕过电影等视觉媒介——所有这一切都处于无限的"流通"之中。下面就以《无处为家》的小说及其改编影片为例,尝试探讨历史书写路径如何在叙述与展演之间"流通"。需要说明的是,《朗读者》也有改编影片,但所不同的是,《朗读者》是由美国公司出品的影片,而《无处为家》则是德国制作。另外,《无处为家》包揽了第五十二届德国电影奖的多项大奖,在德国引起极大反响,

---

[①] 参见陈榕:《新历史主义》,载赵一凡等主编《西方文论关键词》,北京:外语教学与研究出版社,2006年,第673-674页。

[②] Stephen Greenblatt, *Shakespearean Negotiations: The Circulation of Social Energy in Renaissance England* (Berkeley: California UP, 1988), p. 1.

而《朗读者》所斩获的奖项则大多在德语区以外。本书探讨德国的二战历史书写，《无处为家》所覆盖的话语空间明显要更适合。很有意思的是，虽然影片《无处为家》在伊始处就打出了"自由改编"的字样，但对此前曾提到过的母语、音乐、文化共同体等内容，却并没有进行"自由"处理，反而极为忠实原著。这也恰恰说明了这一历史书写路径的重要性。

在《无处为家》的小说中，故事开始于瓦尔特写回德国的一封信。从信件的落款时间可知，此时正值1938年2月4日，亦即北半球的冬天。在接下来的情节发展之中，读者时常感觉自己身处骄阳似火的非洲，而远方则是冰天雪地的德国——那个"冬天的童话"。《德国，一个冬天的童话》（"Deutschland. Ein Wintermärchen"）是同为犹太人的海涅在多年流亡生涯之后写下的长诗，其开篇的几段文字似乎与瓦尔特的故事正相重叠：

> 当我来到边界上，
> 我觉得我的胸怀里
> 跳动得更为强烈，
> 泪水也开始往下滴。

> 听到德国的语言，
> 我有了奇异的感觉；
> 我觉得我的心脏
> 好像在舒适地溢血。

第六章 见证——存在于"交融"之中

一个弹竖琴的女孩，
用真感情和假嗓音
曼声歌唱，她的弹唱
深深感动了我的心。①

德国的"边界""德国的语言"与"一个弹竖琴的女孩"使抒情主体心跳加速、泪盈于眶。流亡者对祖国的依恋、对母语与音乐这两股文化性力量的珍重在此倾泻而下。对此，影像所体现出来的似乎更加明显。影片开头，在德国一片冰天雪地的画面中，画外音（瓦尔特的女儿蕾吉娜）先是谈及自己思乡情切的父亲，继而又说起自己的祖父——一位喜欢海涅、且尤其喜欢海涅那些关于德国的诗歌的老人。在这一瞬间，十九世纪的海涅仿佛穿行进入二十世纪，其声音回荡于历史的时空，以具象可感的形式演绎着生者"与死者的对话"。

海涅的另外一首诗歌《罗累莱》（"Die Lorelei"）同样处于小说与影片的"流通"之中。思乡情切的瓦尔特曾有过很荒谬的想法，他想要教会身边的狗儿吟唱《罗累莱》，且需同时教会其"词和曲"："瓦尔特决心教这条从傍晚时分起就一直没有离开自己的狗儿学会'不知道什么缘故'的词和曲。"（242）"罗累莱"本是莱茵河中一座礁石之名，后经克莱门斯·勃伦塔诺（Clemens Brentano）、海涅等作家的文学创作

---

① 海涅：《德国，一个冬天的童话》，载《德国，一个冬天的童话》，冯至译，北京：人民文学出版社，2015年，第163页。

而成为德国家喻户晓的神话传说人物，个中沉淀着德国人共有的文化记忆。瓦尔特提到的这首《罗累莱》是海涅写于1824年的诗歌，收录在诗人名为《还乡》(*Heimkehr*)的诗集之中。整首诗共六节，每节四行，每行都以轻读音节起始，仿佛一首弱起的歌曲，给人以轻轻的诉说感：

不知道什么缘故，
我是这样的悲哀；
一个古代的童话，
我总是不能忘怀。

天色晚，空气清冷，
莱茵河静静地流；
落日的光辉
照耀着山头。

那最美丽的少女
坐在上边，神采焕发，
金黄的首饰闪烁，
她梳理金黄的头发。

她用金黄的梳子梳，
还唱着一支歌曲；

这歌曲的声调,
有迷人的魔力。

小船里的船夫
感到狂想的痛苦;
他不看水里的暗礁,
却只是仰望高处。

我知道,最后波浪
吞没了船夫和小船;
罗累莱用她的歌唱
造下了这场灾难。①

小说中瓦尔特提及的诗句正是诗歌的起始句,其所处的第一节奠定了整首诗绵延婉转、郁郁沉沉的基调。读者甚至都可以想象瓦尔特(及其双影人海涅)吟诵这首诗时温柔缱绻的语调与写满哀伤的面庞。毋庸置疑,瓦尔特口中的"词"喻示着母语德语,而他所说的"曲"则不仅关涉《罗累莱》作为诗篇所固有的浅吟低唱感,同时也暗合其众多谱曲版本,且极有可能指的就是弗里德里希·西尔歇(Friedrich Silcher)作于1837年的民歌版《罗累莱》。西尔歇的版本是一众《罗累莱》谱曲

---

① 海涅:《罗累莱》,载《德国,一个冬天的童话》,冯至译,北京:人民文学出版社,2015年,第46页。

中最为著名的一个，在德国堪称家喻户晓，是一代又一代德国人从小便耳熟能详的歌曲，代表了他们共同的文化记忆。即便是在1933年以后，歌曲由于海涅的犹太人出身遭到牵连，纳粹也无法全面禁止这首曲子，只能为这首歌打上"作者不详"[①]的标签。因此，当瓦尔特谈及《罗累莱》的"曲"时，他脑海中应是回荡着西尔歇缠绵忧伤的谱曲，且那旋律中或许还交杂着海涅的声音，在时空汇聚中言说着无国可归之人的悲伤。小说接近尾声时，同样流亡于肯尼亚的戈特沙尔克教授客死他乡。在葬礼上，教授的女儿唱起了《罗累莱》："我知道，葬礼时不该唱这首歌，可是我的父亲却喜欢它。我想在这里最后再为他唱一次。"（323）歌声响起的那一刻，一串串回音自恩贡山传来。刹那间，故乡的语言与故乡的歌谣响彻整个空间，无论是生者还是死者，无论是此刻葬礼所埋葬的死者还是历史长河中逝去的死者，都在这当下的缩微仪式里成为广大文化共同体的一个注脚。这样的场景不由得让人联想到教授临别前的遗言："要是你见到故乡，代我向她问好吧。告诉她，我无法忘记她。我试了一次又一次都忘不了她。"（319）[②]

下面来关注一下影片对《罗累莱》的视听表现。由于此处涉及电影声音的问题，有必要先介绍一些相关概念，这有利于

[①] Theodor W. Adorno, "Die Wunde Heine," in *Noten zur Literatur*, ed. Rolf Tiedemann (Frankfurt a. M.: Suhrkamp, 1974), p. 95.

[②] 该句明显有将"故乡"拟人化的倾向，仿佛弥留之际的戈特沙尔克教授正在与遥远的故土对话一般。

第六章　见证——存在于"交融"之中

后文论述的开展。按照法国声音理论家米歇尔·希翁（Michel Chion）的观点，一般情况下，"电影中的声音主要以人声为中心"①。这种观点与人类的认知习惯相契合。根据"图形—背景分离"的原则，图形部分更容易吸引人们的注意力，背景部分则往往表现为一种参照体系。②就电影中的声音而言，人声是显然的图形，其他声音则往往退居为背景。当然，这并不意味着音响和音乐这两类声音不重要，"只是它们在较低的意识层面上作用"③。由于人声中最突出的部分就是作为表达媒介的言语，人声中心便大多表现为言语中心。然而，在影片《无处为家》中，母语的无力使言语中心陷入危机，多种语言的并存使言语从总体上降格为声响的集群,这种情况被希翁称为"言语相对化"④。

一般而言，当言语从中心、图形的位置让位后，影片中的其他要素便有机会走向视听表现的前台，其中之一便是音乐。希翁将电影配乐区分为"乐池音乐"与"银幕音

---

① 米歇尔·希翁：《视听：幻觉的构建》，黄英侠译，北京：北京联合出版公司，2014年，第5页。
② 参见 Friedrich Ungerer and Hans-Jörg Schmid, *An Introduction to Cognitive Linguistics* (London: Pearson Education, 2006), pp. 163–164.
③ 米歇尔·希翁：《视听：幻觉的构建》，黄英侠译，北京：北京联合出版公司，2014年，第219页。
④ 米歇尔·希翁：《视听：幻觉的构建》，黄英侠译，北京：北京联合出版公司，2014年，第156页。

乐",其中前者是非叙境的,后者是叙境的。^①在《无处为家》中,乐池音乐几乎一直伴随着故事情节的推进,甚至在音乐偶尔中断时,观众也会产生一种音乐在此间刻意休止的符号感;银幕音乐则大多为肯尼亚当地的民族音乐,与影片中原住民的求雨、祭祀等仪式融合在一起。就瓦尔特而言,许多乐池音乐都与他的心境密不可分;但在银幕音乐方面,正如他始终停留在故土的内心世界,事实上他也从未真正涉足过影片叙境内肯尼亚本地的民族音乐。反而是那首颇有民歌气质的诗作《罗累莱》堪称表现瓦尔特心境的最佳银幕音乐。值得一提的是,《无处为家》的电影配乐均出自瑞士作曲家尼基·雷瑟(Niki Reiser)的手笔。雷瑟曾多次荣获德国电影奖最佳电影配乐奖。在这部影片的配乐中,他将散发着西方与非洲气息的音乐元素融合在一起,以管弦乐和打击乐为主,对人物的内心世界做了细腻刻画。用弗朗西斯·沃尔夫的话来说,乐曲仿佛"从皮肤刺穿了……身体,直达心脏"^②。

作为银幕音乐的诗歌《罗累莱》与乐池中的配乐《罗累莱》彼此交织,再附加以诗歌所唤起的文化记忆以及与诗人海涅的唱和,四个声部共同构建起一曲复调音乐,言说着瓦尔特对故

---

① 参见米歇尔·希翁:《视听:幻觉的构建》,黄英侠译,北京:北京联合出版公司,2014年,第69页。

② 弗朗西斯·沃尔夫:《音乐如何可能》,白紫阳译,北京:生活·读书·新知三联书店,2018年,第107页。

第六章　见证——存在于"交融"之中

园与母语的眷恋，对文化身份认同的珍重与坚守。构成复调音乐第一声部的是瓦尔特极富感情的朗读。母语的亲近感自然而然地呼唤出诗歌的格律，在他温柔缱绻的诵读下，整首诗仿佛一首优美的民歌，缓缓回荡在舌尖、耳畔。诗中流淌着的词汇，如"悲哀""清冷""痛苦"等不仅体现了抒情主体的内心世界，同时也有如瓦尔特心绪的流露，绵延婉转，郁郁沉沉，犹如一曲哀伤的旋律。但瓦尔特忧郁的内心世界只能止步于这样婉转的流露，无法走向进一步的言说。诗歌中唯一明确提及抒情主体痛苦心境的四句被他直接略过："不知道什么缘故，/我是这样的悲哀；/一个古代的童话，/我总是不能忘怀。"他朗读了全诗，却唯独撇下了这四句。这也说明了语言此间已经失效，瓦尔特的痛苦无法诉诸语言，即便是他者的言辞、诗歌的语言都不能为他提供帮助。复调音乐的第二声部是乐池中响起的非叙境音乐《罗累莱》。早在瓦尔特开始诵读之前，音乐便率先响起。大提琴、中提琴和低音提琴缓缓进入，拉奏中便带来一种绵绵不断的苦涩味道，凄清落寞，让人如堕迷雾之中，辨不清方向。双簧管的吹奏虽然丰富了音乐的层次，但却也带来一种压抑感，如同瓦尔特强自压在心底的故国家园。这段音乐的线条没有太大起伏，徐徐前进、缓缓拖曳的音符仿佛是在诉说瓦尔特淡淡的悲伤，平静中却更见忧愁。随着瓦尔特愈加投入诗歌的意境，双簧管退出了乐池，弦乐由中低声部进入中高声部，绵密、凝重中愈加显现出瓦尔特复杂的内心状态。他所朗读的是海涅诗集《还乡》中的诗歌，而他却不知道自己是否还能还乡。复调音乐的第三声部是两首《罗累莱》（叙境内诗歌与非叙境音乐）共同召唤出的文化记忆——西尔歇所谱写的民歌《罗累莱》。西尔歇的《罗累莱》版本与影片的这段配乐在曲调上都显得比较缠绵忧伤，虚虚实实之间更是颇有一种共鸣的味道。海涅的诗歌，西尔歇的谱曲，这些潜藏着的文化记忆共同言说着瓦尔特对故土的思念。复调音乐的第四声部则是瓦尔特在隐性层面与海涅的唱和。瓦尔特饱含感情的朗读犹如是在与一个世纪以前的海涅对话，两人的声音交织在一起，共同奏响了这首悲伤的曲调。总体看来，在这一场景中，瓦尔特的诵读、乐池中的配乐、西尔歇的谱曲与海涅的声音交织在一起，四个声部逾越了时间与空间的束缚，一方面演绎着瓦尔特身处异乡、无法言说的忧郁心境，另一方面也表达了他在遥远而陌生的非洲大地坚守个体文化身份认同的渴望。

此处还可以对影片的乐池音乐略做探究，其与小说的书写路径也非常契合。在乐池音乐中，主题音乐《无处为家》多次响起，言说着瓦尔特身处异国他乡的身份认同困境。影片中，瓦尔特最初的画面便是卧病在床，不能言语。身患疟疾使他游走在死亡的边缘。然而，他感染的不仅是物理上的疾病，同时也是心灵上的疾病——"思乡"（Heimweh），这个德语词本身就带有"病痛"（Weh）。据考证，Heimweh 这个词最初被发明出来就是针对那些因远离家乡而患病的人群，他们只需"回到家即痊愈"。[①] 可是，需要回家的瓦尔特却无法回家，从地

[①] 参见芭芭拉·卡森：《乡愁》，唐珍译，上海：华东师范大学出版社，2020年，第11页。

第六章　见证——存在于"交融"之中

理意义上来说，此时的他甚至有可能永远回不到家。伴随着瓦尔特有家不能归、大病不起的画面，乐池中响起的正是那曲主题音乐《无处为家》。弦乐与双簧管交织在一起，声音哀伤感怀，织就了一个郁郁沉沉的空间。弦乐本身就带有一种如泣如诉的味道，善于表达人物内心的痛苦愁怨，此处再配合以徐徐奏响、意境悠远的双簧管以及若隐若现的竖琴，更让人感受到一种缓缓流淌的孤独与寂寥，一种失却了故园、却不知前路在何方的未知与彷徨。伴着这曲哀愁伤感的旋律，镜头切换为瓦尔特大病初愈的场景。他与农场的肯尼亚厨子奥沃尔两人自说自话，无法取得理解，但即便如此，瓦尔特依然要告诉奥沃尔："我从前是个律师。"此时此刻，固有的身份与语言都变得支离破碎，多年以来相伴相生、习以为常的文化性符码遭到破坏、甚至消解，瓦尔特陷入深深的身份认同危机，但他对此无能为力。为了生存，瓦尔特不得不开始学习斯瓦希里语。画面上的他表情麻木、茫然，似有一丝微笑，但异常苦涩。镜头再次切换，大病初愈的瓦尔特从房间中走出，镜头迅速升拉并向后退去，画面上是广袤的非洲大地，孤零零的小茅屋，一脸迷茫之色的瓦尔特。轻微晃动的镜头使这一切看起来摇摇欲坠。此处虽是客观镜头，但更似瓦尔特的主观镜头：他抽离了自己，看着自己，看着周围的一切，一切仿佛都要崩塌。恰在此时，弦乐由中音部进入中高音部，非洲鼓渐次响起，声音渐强，营造出一种紧张、充满压迫性的氛围。一方面，"当音从低向高运动和力度渐强时，会给我们以积极感，即表现为前进、升腾的运动"①，但瓦尔特静止不动的身体却与动态前进的音乐形成对位，这也愈加凸显出他此时的孤单无助。另一方面，抽离了身体的精神剧烈波动，瓦尔特的心跳仿佛与非洲鼓的快速敲击融合在一起，随着节奏越来越快的音乐跳动到地球另一端的祖国。在这一静一动之间，音乐仿佛逾越了乐池的限制，径直在瓦尔特的耳畔响起，"直达心脏"。

影片结尾，多年流亡在外的瓦尔特一家终于踏上归途。画面中，伴随着渐行渐远的列车，是次第向后退去的非洲大地。音乐在此再次响起，其间伴有颇具民族风情的人声演唱，似是欢呼，似是道别。车厢之内的瓦尔特偏头透过小窗，向外望去，表情平静中带着些许忧伤。他对此地定然有许多不舍与感恩，但正如音乐与画面所演示的，他在此"无处为家"。当影片就此画上一个句号时，瓦尔特的故事也进入了社会历史文化的广袤网络，成为其间一个并不孤单的注脚。

总的来看，小说虽则以"无处为家"起始，却以文化共同体贯穿始终。地理空间的拔除无法剥夺人物的精神家园。借由母语与音乐，那许许多多的流亡者——无论是二战中的流亡者，还是历史时空里的流亡者——在共时意义上与祖国同在，在历时意义上与坚韧挺拔的"想象的共同体"同在。在改编影片中，小说的书写路径得到进一步发挥，尤其是涉及音乐的层面。电

---

① 胡戈·里曼：《音乐美学要义》，缪天瑞、冯长春译，上海：上海音乐出版社，2018年，第6页。

影的视听体系给予音乐以更充分的表现空间，使音乐的角色显得更加突出。音乐也由此成为更为明确、坚挺的能指符号以及文化性符码，在视听互动中将所指的意义聚焦于语言、音乐与文化共同体这一书写路径。在此过程中，文学为电影提供了养分，电影则以其在大众影像时代特有的传播力度与影响深度加强了文学表现的强度。在叙述、展演的"协商"①中，对历史的见证打开了"新通道"②。

二、真实与虚构

探索当代德国小说的二战历史书写，会发现一种写作趋势，即小说叙事往往不是纯然虚构，而是建诸历史真实人物、真实事件基础之上，形成真实与虚构相融合的书写态势。

总体而言，这种书写态势应当是与立体化历史书写、亦即对历史多重面相的探索相关。倘若我们模仿认知语言学的概念隐喻表达模式，可以将其概括为"历史是寻找"。在《我们赖以生存的隐喻》（*Metaphors We Live By*）中，认知语言学家乔治·莱考夫（George Lakoff）与马克·约翰逊（Mark Johnson）首次提出了概念隐喻理论。他们认为："隐喻不仅

---

① Stephen Greenblatt, *Shakespearean Negotiations: The Circulation of Social Energy in Renaissance England* (Berkeley: California UP, 1988), p. 6.

② 阿莱达·阿斯曼：《记忆中的历史——从个人经历到公共演示》，袁斯乔译，南京：南京大学出版社，2017年，第142页。

仅是语言的事情，也就是说，不单是词语的事……人类的思维过程在很大程度上是隐喻性的。我们所说的人类的概念系统是通过隐喻来构成和界定的，就是这个意思。"例如，在概念隐喻"争论是战争"中，正是因为人们通过源域的"战争"来理解目标域的"争论"，才会出现"赢得或者输掉一场争论"等表达式，以及"把正在与之争论的人看作是对手"等思维模式："因此，从某种意义上讲，'争论是战争'成了我们这种文化中赖以生存的一个隐喻，这个隐喻建构了我们在争论中的行为。"倘若在某种文化中，争论不再被视作战争，而是"被看成是一种舞蹈"，那么这不仅意味着概念隐喻从"争论是战争"向"争论是舞蹈"转变，同时也意味着思维、表达等多重因素会发生变化。① 也就是说，概念隐喻是一种认知模式，它受社会历史文化的制约，体现着人们的概念化世界，建构着人们的话语表达，影响着人们对世界的感知与体验。

就本书所选取的四部小说而言，除《无处为家》是亲历者的事后追溯外，《卡尔腾堡》是冯克对创伤性过往的追寻，《朗读者》是米夏对汉娜故事的追寻，《蟹行》是三代人对"古斯特洛夫"号海难的追寻。"历史是寻找"这一结构性的概念隐喻绝不是巧合。尚有许多未被本书列为研究对象的作品均表现出这一特点，如前面提到的《杀心萌动那一年》，同属蒂姆的《以我哥哥为例》（*Am Beispiel meines Bruders*，2003）、《咖

---

① 以上内容参见乔治·莱考夫、马克·约翰逊：《我们赖以生存的隐喻》，何文忠译，杭州：浙江大学出版社，2015年，第2—3页。

喱香肠的诞生》(*Die Entdeckung der Currywurst*, 1993),温弗里德·塞巴尔德(W. G. Sebald)的《奥斯特里茨》(*Austerlitz*, 2001)、雷奥帕特的《战争之后》,等等。也许正如阿斯曼所述,二十世纪九十年代以来,二战历史书写类小说主人公多为"一个找寻的、隐忍的、诠释的以及探知的'我'",这个"我"在探究家庭历史的过程中完成对个体身份的建构,又在这种建构的过程中将"个人、家庭历史和民族/国家历史"连接起来。[1]显然,这反映了一种积极建构历史关联的探索与意识,是一种在历史迷宫中努力穿行的尝试。

"历史是寻找"自然而然地就会衍生出真实与虚构相交织的书写方式。身处现实世界的作家在历史的迷宫中穿行、寻找,渴望发掘历史的更多面相,当其将自己的"寻找"带入文本世界,历史便从故纸堆中跳将出来,成为鲜活的在场。由此看来,文本外的"真实"人物,文本内的"虚构"人物相互依存、相得益彰,每个人(物)都是新历史主义观照之下的历史本体。就"见证"而言,这种打破、消解真实与虚构界限的书写方式也许为"未来的见证"提供了方向。

在《论见证文学的真实性》一文中,陶东风对见证文学之真实性做了很深入的探讨。他认为,从心理学上来说,见证的真实与虚构往往难解难分,"真正的回忆不见得经得起考据学的检验",并且,见证文学的力量来自"作者通过自己富有魅

---

[1] 参见阿莱达·阿斯曼:《记忆中的历史——从个人经历到公共演示》,袁斯乔译,南京:南京大学出版社,2017年,第54页。

力的语言传达的活生生的经验,而不是它列举的无可辩驳的数据或物证"。① 这样看来,我们对见证之"真实性"应当做更为多元的理解,对"真实与虚构"作为"未来见证"的写作方式也应当更多一些宽容,正如穆沙所述:

> 群体性历史事件的见证者,并不能像某些历史学家设想的那样,可以还原为一个绝对客观、真空状态的证人。不能苛求他像机器一样单纯地记录事件,然后再把它"如实地"陈述出来。他是一个人,曾经生活在历史事件之中,这个简单的原因使那些极力剔除见证者主观介入的企图,都是徒劳无益的。我们更应该分析他在历史事件中,到底占据怎样的一个主观,这个主观,对他又有何种必然性和意义。记忆,情感,身体的悸动,精神世界的波澜:历史事件在个人身上留下的所有痕迹,都是值得我们关注和思索的。在这一点上,作家通常比历史学家做得好。弗吉尼亚·伍尔芙在《日记》中,就伦敦轰炸中她自己的感受,进行过一番描写与反思,我觉得那是个人见证历史的一段典范文本。②

---

① 陶东风:《论见证文学的真实性》,载《文学评论》2022年第1期,第121-122页。

② 克洛德·穆沙:《谁,在我呼喊时——20世纪的见证文学》,李金佳译,上海:华东师范大学出版社,2015年,第93-94页。

第六章 见证——存在于"交融"之中

为了实现真实与虚构的融合,当代德国小说对二战历史的表现也采取了相应的书写方式:

首先,真实与虚构相融合的写作方式离不开大量的史实。格拉斯就提到,为了写作《蟹行》,他请了专门的历史顾问收集资料,"大约有半米高,我花了半年的时间看资料"。[1] 书中许多精巧的细节都让人感受到这种朝向真实性的努力,例如对什未林房子和门牌号码的描写等;类似的情况又如《卡尔腾堡》中教授那只名为"巧巧"的寒鸦。

其次,在对"真实性"的表现上,部分小说选择将历史真实溶解于叙述,尽量不因插入史料而造成陌生化效果,如《卡尔腾堡》和《蟹行》都是如此。例如《蟹行》中提到了"古斯特洛夫"号海难的遇难者人数,但其并不是以调查报告或表格等形式插入叙事,而是借由叙述者之口、在叙述者的夹叙夹议中得以呈现。与此同时,也有部分小说是将史料直接插入叙事,在形式上便体现出历史真实的在场,如乌尔苏拉·克莱谢尔(Ursula Krechel)的《地方法院》(*Landgericht*,2012),这也是 2012 年德国图书奖的获奖作品。克莱谢尔在小说中多次直接引用历史文献,在行文中则以斜体将其与其他叙述区分开来。读者在阅读的过程中犹如在泛黄的故纸堆中不停穿梭,其间是无数"小人物"在宏大历史之下缄默无声的存在。

在《恐惧与自由》中,罗威表示自己尽量不对"转达的个

---

[1] 参见君特·格拉斯:《格拉斯谈〈蟹行〉(附录)》,《蟹行》,蔡鸿君译,北京:人民文学出版社,2022 年,第 156 页。

人叙述妄加评论,即便有时我个人并不认可他们的说法"。罗威是历史学家,他认为"把这些故事与那个时代的记录进行核对,并将其模铸成尽可能贴近客观真相的叙事,正是历史学家的责任"①。罗威所述是历史学家的见证方式。尽管文学家的"责任"有所不同,但总的来看,克莱谢尔的写作方式带有些许历史学家的气息,有助于在主观性极强的文本世界中保持历史文献的某种客观性。此外,就罗威口中的"评论"而言,《蟹行》中的"老家伙"——或者可以直接说作者格拉斯——颇为耐人寻味。该人物持续在场,时不时对故事世界做出主观评论,而作为故事世界的人物保尔却将自己定义为客观事件的"报道者"。格拉斯本人这样说道:

> 虚构的小说叙述者始终声称自己在写一篇报道,而且他总是把报道的风格加入进来。这两种形式,即中篇小说和报道,相互之间保持着一种竞争的关系。一边是报道的语调,一边是叙述的语调。对于我来说,虚构的小说叙述者和我这个作者之间在书中进行的争吵,很有吸引力。我把这本书当作一部中篇小说,他却坚持认为是在写一篇报道。②

---

① 基思·罗威:《恐惧与自由·引言》,《恐惧与自由:第二次世界大战如何改变了我们》,朱邦芊译,北京:社会科学文献出版社,2020年,"引言"第11页。
② 君特·格拉斯:《格拉斯谈〈蟹行〉(附录)》,《蟹行》,蔡鸿君译,北京:人民文学出版社,2022年,第153页。

第六章 见证——存在于"交融"之中

小说因此产生了多重张力,保尔的"报道"与真实历史事件之间的张力,"老家伙"的"评论"与保尔的"报道"之间的张力,作者格拉斯与整个文本世界之间的张力,等等。在真真假假、虚虚实实的博弈之中,《蟹行》有如"元小说",对文学的见证方式本身做出探讨。另外,《蟹行》的"元小说"表现不仅限于此处所说的多重张力,而是星星点点、遍布全书。例如,在小说开头,保尔表示自己始终没有动笔书写"古斯特洛夫"号海难的原因之一是"事实真相只有不到三行字"。这也正涉及真实与虚构该如何融合的问题。对作为"事实真相"的史料来讲,其笔触可以冷静,其记录可以简洁,三行字已经足以;但对文学见证而言,"三行字"的背后是一个个立体的生命,具象的存在,究竟该如何透过这"三行字"进入那背后鲜活的历史,这便是当下要探索的问题所在。

最后,在对历史人物或历史事件的"改编"上,真实与虚构相交融的写作方式大体有以下几种情况:

其一,部分小说以历史真实事件为基础,如《蟹行》中的"古斯特洛夫"号海难,其中虽然也涉及一些真实人物(如古斯特洛夫,大卫),但并不是叙事重心。换句话说,事件是真实的,但小说的主要人物都是虚构的。

其二,部分小说的主人公以历史真实人物为原型,如洛伦茨之于卡尔腾堡,但小说并未将洛伦茨拉入叙事,其更确切地说是为作家的创作提供了源泉。

其三,还有部分小说将历史真实人物作为直接表现对象,如《杀心萌动那一年》中的格罗斯库特夫妇。这些人物在小说中以真实姓名出现，构成了叙事核心所在，小说读起来就如同某位历史真实人物的传记。

总而言之，二十世纪正离我们越来越远，终有一天将变成遥远的过去。文学书写在保持艺术性的同时，将历史真实融入进来，这应当就是"见证"二字的题中应有之义：

> 借助文学的触须，我们才能抵达历史不愿深入也难以深入的地方：如果说历史倾向宏大、整体，更愿意记述一统六国的秦皇伟业，文学则拥抱微小、个体，更留心被历史长城碾压的民女孟姜；如果历史意欲通过人物和事件，归纳社会走向及其因由，文学则肯于俯下身来，聆听历史背景下普通个体的呻吟和呐喊；如果历史诉诸理性、纠缠于外在的规律与逻辑，文学则诉诸情感、通达至内在的悲悯与理解。①

---

① 邹军：《文学见证与见证文学》，载《文化研究》2017年第3期，第143页。

结 语

格拉斯很喜欢西西弗斯的故事。在《启蒙的冒险》中,他多次提到西西弗斯,比如:

> ……我们已经发现,历史是摆脱不了的。它将永远是西西弗斯的努力。如果我们认为,我们已经弄清楚,为什么会出现奥斯维辛,那我们又重新站在山脚下,必须从头开始,重新思考、重新解释、曾经如此确凿的、稳固的联系分崩离析了,这是一个艰难的过程。①

"历史是摆脱不了的",它必须得到反思。从 1945 年战争结束直到今天,德国的反思文学已经走过了一条长长的路。从目前的发展态势来看,还是有相当一部分作家致力于"重新出发",对这段灾难性的历史进行探索、书写与解读,就如同格拉斯所说的"西西弗斯的努力"。格拉斯认同加缪,他否认石头滚落的无意义性——西西弗斯是幸福的,并且,"这句话

---

① 君特·格拉斯、哈罗·齐默尔曼:《启蒙的冒险:君特·格拉斯对话录》,周惠译,北京:人民文学出版社,2022 年,第 25 页。

很适合我，我是一个幸福的人"。① 也就是说，没有终点的历史探索并不让人绝望，它只是需要人们"重新思考、重新解释"。从本书所探讨的关键词中，可以感受到这种历史认知上的努力。它可以体现为对语言本身的反思，可以体现为对不同历史侧面的追寻，也可以体现为对思想结构的省察，等等，它们共同织就了我们所追寻的"感觉结构"。在这里，文学发挥了不同于史书的功用，它力图以更具体、更生动、更鲜活的方式展现涌动着的"社会能量"，展现"小写复数'诸历史'"。本书所选取的许多关键词似乎都可以在这种新历史主义的观照之下得到理解与解读。

本书从关键词出发，尝试对当代德国小说的二战历史书写进行有益的探索。总的来说，语词的力量是语言本身都难以穷尽的，其影响远超时代，远超我们生命的长度。例如，罗威就提到，"很多用于描述战争的名词如今仍有不祥的内涵。例如，'holocaust'这个词的本义是点燃牺牲品，直至其完全燃尽，当今很多人不是把这个词理解为一种隐喻，而是对欧洲犹太人二战期间之遭遇的确切描述"②。

在《杀心萌动那一年》中，小说几近结尾时有这样一幕。叙述者提及自己与女友卡特琳的聊天，卡特琳谈到洪堡的探险

---

① 君特·格拉斯、哈罗·齐默尔曼:《启蒙的冒险：君特·格拉斯对话录》，周惠译，北京：人民文学出版社，2022年，第118页。

② 基思·罗威:《恐惧与自由：第二次世界大战如何改变了我们》，朱邦芊译，北京：社会科学文献出版社，2020年，第9页。

之旅,谈到他的南美洲科考,谈到自己即将开始的墨西哥行程,叙述者还写到阿姆斯特朗登月,写到洪堡家族的陵园,"冯·洪堡、冯·比洛、冯·海因茨……真是一代不如一代呀"①。在这里,历史似乎在向后纵深,向前延展。对此,"我"也思绪万千:"向一个纳粹退休老人报复,这确实无法与卡特琳和尼尔·阿姆斯特朗的勇气相比。为纳粹和50年代司法的受害者平反,这很好,但这也太德国思维了,刻板,非白即黑。"②此处引述这个情景并非想探讨"非白即黑",为关键词"双重性"提供新的思路,而是想要呈现一种历史关联意识——人们生存的世界,人们过往的历史,它们无比的碎片化,但又无比的丰富,其间涌动着千丝万缕、微妙无形的历史关联。对二战的书写、对其的反思,就沉降在这样的历史行进之中:

> 历史是什么?我们把那些我们认为尘封的东西称为历史。我们把它归为过去。我在此只能重复:我们很震惊地看到,逝去的历史是怎样具有生命力,是怎样渗透到现在的。历史对于我是现实的一部分,它并未被尘封,它是有生命的,它一再被激活,尤其是通过叙述的力量、通过丰富的想法、通过勇气与毅力,

---

① 弗里德里希-克里斯蒂安·德里乌斯:《杀心萌动那一年》,王泰智、沈慧珠译,北京:新星出版社,2007年,第292页。

② 弗里德里希-克里斯蒂安·德里乌斯:《杀心萌动那一年》,王泰智、沈慧珠译,北京:新星出版社,2007年,第291-292页。

把它从坟墓里挖出来，把尸体抢夺过来。这是文学不可估量的可能性，尤其是叙述的力量，如果叙述不只是为了娱乐的话。①

最后，我们探讨当代德国小说的二战历史书写，希望能够有助于更好地了解其发展态势，深化对当下德国社会与文化的理解，警惕如《蟹行》中所表现的新纳粹问题。在此期待德国当代文学能够深入推进对历史的反思，铭记历史、珍视和平、警示未来。

---

① 君特·格拉斯、哈罗·齐默尔曼:《启蒙的冒险:君特·格拉斯对话录》，周惠译，北京:人民文学出版社，2022年，第105页。

参考文献

安尼：《聆听沉默之音——战后德国小说与罪责话语研究》，华东师范大学出版社，2014年。

蔡鸿君：《蟹行·译本序》，载君特·格拉斯《蟹行》，蔡鸿君译，人民文学出版社，2022年。

陈丽：《空间》，外语教学与研究出版社，2020年。

陈榕：《新历史主义》，载赵一凡等主编《西方文论关键词》，外语教学与研究出版社，2006年。

陈锐：《论德国文化和德国哲学的双重性》，载《学术月刊》1989年第5期。

胡壮麟等：《系统功能语言学概论》，北京大学出版社，2017年。

李伯杰、姜丽等：《德国文化史》，安徽文艺出版社，2019年。

李福印：《认知语言学概论》，北京大学出版社，2008年。

李金佳：《谁，在我呼喊时·译序》，载克洛德·穆沙《谁，在我呼喊时——20世纪的见证文学》，李金佳译，华东师范大学出版社，2015年。

李双志：《家族史与当代德国文学的历史记忆叙述模式》，载《当代外国文学》2013年第4期。

李泽厚：《历史本体论》，生活·读书·新知三联书店，2002年。

刘海婷：《1980年以来德国自传文学中记忆话语的转变与身份认同——以〈字谜画——我的父亲〉〈以我的哥哥为例〉及〈失踪的孩子〉为例》，北京外国语大学外国文学研究所博士学位论文，2014年。

刘新利：《德意志历史上的民族与宗教》，商务印书馆，2009年。

陆建德：《关键词·词语的政治学（代译序）》，载雷蒙·威廉斯《关键词：文化与社会的词汇》，刘建基译，生活·读书·新知三联书店，2016年。

孟钟捷：《统一后德国的身份认同与大屠杀历史争议——1996年的"戈德哈根之争"》，载《世界历史》2015年第1期。

孟钟捷：《公共历史文化中的"克服历史"之争——近来德国公众史学研究中的一个热点问题》，载《复旦学报（社会科学版）》2015年第6期。

任卫东等：《德国文学史》（第3卷），译林出版社，2007年。

申丹、王丽亚：《西方叙事学——经典与后经典》，北京大学出版社，2010年。

施显松：《出入历史之境——本哈德·施林克作品罪责主题研究》，上海外国语大学德语系博士学位论文，2011年。

孙立新、孟钟捷、范丁梁：《联邦德国史学研究：以关于纳粹问题的史学争论为中心》，社会科学文献出版社，2018年。

孙江：《记忆中的历史·中译版序》，载阿莱达·阿斯曼《记忆中的历史——从个人经历到公共演示》，袁斯乔译，南京大学出版社，2017年。

陶东风：《见证，叙事，历史——〈鼠疫〉与见证文学的几个问题》，载《文艺理论研究》2021年第2期。

陶东风：《论见证文学的真实性》，载《文学评论》2022年第1期。

王寅：《认知语言学》，上海外语教育出版社，2007年。

武琳：《"我在研究你们"——从认知诗学的视角解读〈卡尔腾堡〉》，载《外国文学》2021年第2期。

武琳：《骑士、忧思者与寒鸦：〈卡尔腾堡〉中的德意志民族性格与国家认同建构》，载《外国文学评论》2021年第3期。

武琳：《"哎，不就是只小鸟吗"——〈卡尔腾堡〉中的历史书写与创伤书写》，载《当代外国文学》2021年第3期。

叶隽：《启蒙之路与现代性未竟之业——以伯尔、格拉斯、施林克等为代表的战后德国文学的历史观》，载《译林》2012年第6期。

印芝虹：《十字架下的德国反思文学——从今年的德语文坛大事谈起》，载《外国文学动态》2002年第6期。

赵国新：《情感结构》，载赵一凡等主编《西方文论关键词》，外语教学与研究出版社，2006年。

张剑：《战争文学·总序》，载胡亚敏《战争文学》，外语教学与研究出版社，2021年。

张进：《新历史主义与历史诗学》，中国社会科学出版社，2004年。

张金凤：《身体》，外语教学与研究出版社，2019年。

邹军：《文学见证与见证文学》，载《文化研究》2017年第3期。

阿莱达·阿斯曼：《德国受害者叙事》，张硕译，载冯亚琳、阿斯特莉特·埃尔主编《文化记忆理论读本》，余传玲等译，北京大学出版社，2012年。

阿莱达·阿斯曼：《回忆空间——文化记忆的形式和变迁》，潘璐译，北京大学出版社，2016年。

阿莱达·阿斯曼：《记忆中的历史——从个人经历到公共演示》，袁斯乔译，南京大学出版社，2017年。

阿斯特莉特·埃尔：《文学、电影与文化记忆的媒介性》，载阿斯特莉特·埃尔、安斯加尔·纽宁主编《文化记忆研究指南》，李恭忠、李霞译，南京大学出版社，2021年。

埃米尔·路德维希：《铁血与音符——德国人的民族性格》，周京元译，中信出版集团，2017年。

埃米尔·路德维希：《德国人——一个民族的双重历史》，杨成绪、潘琪译，文汇出版社，2019年。

芭芭拉·卡森：《乡愁》，唐珍译，华东师范大学出版社，2020年。

本哈德·施林克：《朗读者》，钱定平译，译林出版社，

2012年。

本哈德·施林克：《专访："人不因为曾做罪恶的事而完全是魔鬼"》，陆志宙译，载本哈德·施林克《朗读者》，钱定平译，译林出版社，2012年。

戴安娜·阿克曼：《感觉的自然史》，庄安祺译，中信出版集团，2017年。

斐迪南·滕尼斯：《共同体与社会》，张巍卓译，商务印书馆，2020年。

费希特：《对德意志民族的演讲》，梁志学、沈真、李理译，商务印书馆，2010年。

弗兰茨·卡夫卡：《地洞》，载叶廷芳主编《卡夫卡全集》（第1卷），卢永华等译，中央编译出版社，2015年。

弗兰茨·卡夫卡：《随笔》，载叶廷芳主编《卡夫卡全集》（第4卷），黎奇译，中央编译出版社，2015年。

弗兰茨·卡夫卡：《致菲莉斯情书（Ⅰ）》，载叶廷芳主编《卡夫卡全集》（第8卷），叶廷芳译，中央编译出版社，2015年。

弗朗西斯·沃尔夫：《音乐如何可能》，白紫阳译，生活·读书·新知三联书店，2018年。

弗里德里希·迪伦马特：《物理学家》，载《老妇还乡》，叶廷芳、韩瑞祥译，人民文学出版社，2002年。

弗里德里希·迈内克：《德国的浩劫》，何兆武译，商务印书馆，2012年。

弗里德里希–克里斯蒂安·德里乌斯：《杀心萌动那一年》，

王泰智、沈慧珠译,新星出版社,2007年。

弗里德里希·尼采:《德国的音乐和语言》,载《谁是谁的太阳》,赵婉平译,安徽人民出版社,2012年。

歌德:《浮士德》,绿原译,人民文学出版社,1994年。

古斯塔夫·雅诺施:《谈话录》,载叶廷芳主编《卡夫卡全集》(第4卷),赵登荣译,中央编译出版社,2015年。

海涅:《德国,一个冬天的童话》,载《德国,一个冬天的童话》,冯至译,人民文学出版社,2015年。

海涅:《罗累莱》,载《德国,一个冬天的童话》,冯至译,人民文学出版社,2015年。

赫尔弗里德·明克勒:《德国人和他们的神话》,李维、范鸿译,商务印书馆,2017年。

黑格尔:《美学》(第三卷,上册),朱光潜译,商务印书馆,1979年。

胡戈·里曼:《音乐美学要义》,缪天瑞、冯长春译,上海音乐出版社,2018年。

霍夫曼:《沙人》,载《霍夫曼短篇小说选》,王印宝、冯令仪译,湖南文艺出版社,1996年。

J.希利斯·米勒:《共同体的焚毁——奥斯维辛前后的小说》,陈旭译,南京大学出版社,2019年。

吉尔·德勒兹、费利克斯·加塔利:《资本主义与精神分裂(卷2):千高原》,姜宇辉译,上海书店出版社,2010年。

基思·罗威:《恐惧与自由:第二次世界大战如何改变了

我们》，朱邦芊译，社会科学文献出版社，2020年。

基思·罗威：《恐惧与自由·引言》，《恐惧与自由：第二次世界大战如何改变了我们》，朱邦芊译，社会科学文献出版社，2020年。

君特·格拉斯：《奥斯维辛后的写作》，载君特·格拉斯《与乌托邦赛跑》，林笳、陈巍等译，上海译文出版社，2008年。

君特·格拉斯：《剥洋葱》，魏育青、王滨滨、吴裕康译，译林出版社，2008年。

君特·格拉斯、哈罗·齐默尔曼：《启蒙的冒险：君特·格拉斯对话录》，周惠译，人民文学出版社，2022年。

君特·格拉斯：《蟹行》，蔡鸿君译，人民文学出版社，2022年。

君特·格拉斯：《格拉斯谈〈蟹行〉（附录）》，《蟹行》，蔡鸿君译，人民文学出版社，2022年。

君特·格拉斯：《狗年月》，刁承俊译，人民文学出版社，2022年。

卡尔·雅斯贝尔斯：《罪责问题——论德国的政治责任》，安尼译，华东师范大学出版社，2022年。

克利斯托夫·施扎纳茨：《朗读者·"我把它一夜读完"（附录）》，姚仲珍译，载本哈德·施林克《朗读者》，钱定平译，译林出版社，2012年。

赖纳·马利亚·里尔克：《杜伊诺哀歌》，载《里尔克诗全集》（第三卷），陈宁译，商务印书馆，2016年。

雷蒙德·威廉斯：《马克思主义与文学》，王尔勃、周莉译，河南大学出版社，2008年。

雷蒙德·威廉斯：《漫长的革命》，倪伟译，上海人民出版社，2013年。

雷蒙·威廉斯：《关键词：文化与社会的词汇》，刘建基译，生活·读书·新知三联书店，2016年。

雷蒙·威廉斯：《文化与社会：1780-1950》，高晓玲译，商务印书馆，2018年。

罗伯特·杰伊·利夫顿：《纳粹医生：医学屠杀与种族灭绝心理学》，王毅、刘伟译，江苏凤凰文艺出版社，2016年。

罗纳德·W.兰艾克：《认知语法导论》（上、下卷），黄蓓译，商务印书馆，2016年。

米歇尔·希翁：《视听：幻觉的构建》，黄英侠译，北京联合出版公司，2014年。

尼尔·麦格雷戈：《德国——一个国家的记忆》，博望译，重庆大学出版社，2019年。

乔治·莱考夫、马克·约翰逊：《我们赖以生存的隐喻》，何文忠译，浙江大学出版社，2015年。

乔治·斯坦纳：《斯坦纳回忆录：审视后的生命》，李根芳译，浙江大学出版社，2012年。

约恩·吕森：《历史思考的新途径》，綦甲福、来炯译，上海人民出版社，2005年。

Adorno, Theodor W.: "Die Wunde Heine," in *Noten zur Literatur*, ed. Rolf Tiedemann (Frankfurt a. M.: Suhrkamp, 1974).

Adorno, Theodor W.: *Prismen: Kulturkritik und Gesellschaft* (München: Deutscher Taschenbuch Verlag, 1955).

Anderson, Benedict: *Imagined Communities: Reflections on the Origin and Spread of Nationalism* (London and New York: Verso, 2006).

Arendt, Hannah: "What Remains? The Language Remains," in *Essays in Understanding 1930-1954*, trans. Joan Stambaugh, ed. Jerome Kohn (New York: Schocken Books, 1994).

Arendt, Hannah: *Denktagebuch 1950-1973*, eds. Ursula Ludz and Ingeborg Nordmann (München: Piper, 2002).

Assmann, Aleida: *Der lange Schatten der Vergangenheit: Erinnerungskultur und Geschichtspolitik* (München: C. H. Beck, 2006).

Assmann, Aleida: *Generationsidentitäten und Vorurteilsstrukturen in der neuen deutschen Erinnerungsliteratur* (Wien: Picus, 2006).

Assmann, Aleida: *Geschichte im Gedächtnis: Von der individuellen Erfahrung zur öffentlichen Inszenierung* (München: C. H. Beck, 2007).

Assmann, Aleida: "Geschichte aus der Vogelperspektive: Die Erfindung von Vergangenheit in Marcel Beyers *Kaltenburg*," in *Marcel Beyer: Perspektiven auf Autor und Werk*, ed. Christian Klein (Stuttgart: Metzler, 2018).

Austin, J. L.: *How to Do Things with Words* (Oxford: Oxford University Press, 1962).

Behler, Ernst: *German Romantic Literary Theory* (Cambridge: Cambridge University Press, 1993).

Benjamin, Walter: "Über den Begriff der Geschichte," in *Walter Benjamin: Gesammelte Schriften. Band I*, eds. Rolf Tiedemann and Hermann Schweppenhäuser (Frankfurt a. M.: Suhrkamp, 1991).

Beyer, Marcel: *Nonfiction* (Köln: DuMont, 2003).

Beyer, Marcel: *Kaltenburg* (Frankfurt a. M.: Suhrkamp, 2008).

Beyer, Marcel: *XX: Lichtenberg-Poetikvorlesungen* (Göttingen: Wallstein, 2015).

Beyer, Marcel: *Sie nannten es Sprache* (Berlin: Brueterich Press, 2016).

Burke, Peter: *Languages and Communities in Early Modern Europe* (Cambridge: Cambridge University Press, 2004).

Cassidy, David C.: *Beyond Uncertainty: Heisenberg, Quantum Physics, and The Bomb* (New York: Bellevue Literary Press, 2009).

Deichmann, Ute: *Biologen unter Hitler: Porträt einer Wissenschaft im NS-Staat* (Frankfurt a. M.: Fischer Taschenbuch Verlag, 1995).

Dudenredaktion: *Der große Duden: Etymologie* (Mannheim: Dudenverlag, 1963).

Elias, Norbert: *Über den Prozess der Zivilisation: Soziogenetische und psychogenetische Untersuchungen. Erster Band* (Frankfurt a. M.: Suhrkamp, 1997).

Elias, Norbert: *Studien über die Deutschen: Machtkämpfe und Habitusentwicklung im 19. und 20. Jahrhundert* (Frankfurt a. M.: Suhrkamp, 2005).

Föger, Benedikt and Klaus Taschwer: *Die andere Seite des Spiegels: Konrad Lorenz und der Nationalsozialismus* (Wien: Czernin Verlag, 2001).

Fromholzer, Franz et al.: "'Man erzählt immer mit schmutzigen Händen.' Ein Gespräch mit Marcel Beyer in der Villa Massimo in Rom," in *Noch nie war das Böse so gut. Die Aktualität einer alten Differenz,* eds. Franz Fromholzer, et al. (Heidelberg: Universitätsverlag Winter, 2011).

Gavins, Joanna: *Text World Theory. An Introduction* (Edinburgh: Edinburgh University Press, 2007).

Georgopoulou, Eleni: *Abwesende Anwesenheit. Erinnerung und Medialität in Marcel Beyers Romantrilogie Flughunde, Spione und Kaltenburg* (Würzburg: Königshausen&Neumann, 2012).

Goethe, Johann Wolfgang von: "Faust. Eine Tragödie," in *Werke. Hamburger Ausgabe in 14 Bänden. Band 3. Dramatische*

Dichtungen I, ed. Erich Trunz (München: Deutscher Taschenbuch Verlag, 1982).

Goldhagen, Daniel Jonah: *Hitler's Willing Executioners: Ordinary Germans and the Holocaust* (New York: Alfred A. Knopf, 1996).

Grass, Günter: *Gegen die verstreichende Zeit: Reden, Aufsätze und Gespräche 1989-1991* (Hamburg: Luchterhand Verlag, 1991).

Grass, Günter: *Im Krebsgang* (Göttingen: Steidl Verlag, 2002).

Greenblatt, Stephen: *Shakespearean Negotiations: The Circulation of Social Energy in Renaissance England* (Berkeley: California UP, 1988).

Heisenberg, Elisabeth: *Das politische Leben eines Unpolitischen: Erinnerungen an Werner Heisenberg* (München: Piper Verlag, 1980).

Jeßing, Benedikt and Ralph Köhnen: *Einführung in die Neuere deutsche Literaturwissenschaft* (Stuttgart: Metzler, 2007).

Klein, Christian (ed.): *Marcel Beyer: Perspektiven auf Autor und Werk* (Stuttgart: Metzler, 2018).

Klein, Christian: "'Warum Veronica Ferres durch meine Texte geistert': Anmerkungen zur Poetik Marcel Beyers," in *Marcel Beyer: Perspektiven auf Autor und Werk,* ed. Christian Klein (Stuttgart: Metzler, 2018).

Klemperer, Victor: *LTI: Notizbuch eines Philologen* (Frankfurt

a. M.: Röderberg, 1957).

Lepenies, Wolf: *The Seduction of Culture in German History* (Princeton: Princeton University Press, 2006).

Lorenz, Konrad: *Er redet mit dem Vieh, den Vögeln und den Fischen* (München: Deutscher Taschenbuch Verlag, 1977).

Marx, Friedhelm (ed.): *Erinnern, Vergessen, Erzählen. Beiträge zum Werk Uwe Timms* (Göttingen: Wallstein, 2007).

Mendelssohn Bartholdy, Felix: *Briefe aus den Jahren 1833 bis 1847. Band 2*, eds. Paul Mendelssohn Bartholdy and Carl Mendelssohn Bartholdy (Leipzig: Hermann Mendelssohn, 2007).

Montrose, Louis: "New Historicisms," in *Redrawing the Boundaries: The Transformation of English and American Literary Studies*, eds. Stephen Greenblatt and Giles Gunn (New York: Modern Language Association, 1992).

Müller, Jan-Werner: *Another Country: German Intellectuals, Unification and National Identity* (New Haven and London: Yale University Press, 2000).

Polenz, Peter von: *Geschichte der deutschen Sprache* (Berlin, New York: Walter de Gruyter, 2009).

Schlegel, Friedrich: *Kritische Ausgabe seiner Werke. Band 6*, ed. Ernst Behler (Paderborn: Ferdinand Schöningh, 1961).

Schlegel, Friedrich: *Athenäums-Fragmente und andere Schriften* (Berlin: Hofenberg, 2016).

Schlink, Bernhard: *Der Vorleser* (Zürich: Diogenes, 1995).

Smith, Anthony D.: *National Identity* (London: Penguin, 1991).

Steiner, George: "The Hollow Miracle," in *Language and Silence* (New Haven and London: Yale University Press, 1998).

Stern, Fritz: *Einstein's German World* (Princeton: Princeton University Press, 1999).

Stockwell, Peter: *Cognitive Poetics. An Introduction* (London: Routledge, 2002).

Ungerer, Friedrich and Hans-Jörg Schmid: *An Introduction to Cognitive Linguistics* (London: Pearson Education, 2006).

Weixler, Antonius: "'Verwischt, wie ein Schleier, eine leichte Trübung': Über Unschärfe und Rauschen als Prinzipien sinnlicher Wahrnehmung in den Erzähltexten Marcel Beyers," in *Marcel Beyer. Perspektiven auf Autor und Werk*, ed. Christian Klein (Stuttgart: Metzler, 2018).

Wolf, Werner: *The Musicalization of Fiction: A Study in the Theory and History of Intermediality* (Amsterdam: Rodopi, 1999).

Wolter, Heinz: "Bismarck und das Problem der Revolution im 19. Jahrhundert," in *Bismarck und seine Zeit*, ed. Johannes Kunisch (Berlin: Duncker & Humblot, 1992).